河出文庫

楽屋の蟹

中村雅楽と日常の謎

戸板康二
新保博久 編

河出書房新社

楽屋の蟹
中村雅楽と日常の謎

目次

楽屋の蟹

中村雅楽と日常の謎

團十郎切腹事件

老優雅楽探偵譚の第七話、相かわらず面白い。今度はぐっと趣向を変え、ジョセフィン・テイの「時の娘」の手法によって、雅楽探偵は「人間ドック」入りのベッドの上で、百年前の歌舞伎界の不思議な事件を見事に解いてみせた。まさにベッド・ディテクティヴである。和本屋の層雲堂がわき役に出て、最後の興味を添えているのも面白い。本誌九月号につけたハガキの読者アンケートでも、雅楽探偵譚は最も反響の多い作品の一つであった。

今年の五月、中村雅楽《なかむらがらく》が一週間、K大病院の特別病棟に入院した。例の「人間ドック」と称する健康診断なので、別に故障があったわけではない。

午前中いろいろな検査があり、午後は病室で退屈しているらしい。向うは遠慮して、ぜひ来てくれともいわなかったが、私のほうで、こういう機会に、またおもしろい昔話でもききたいと思った。

入院の三日目にたずねると、朝、妙な薬をのまされたとかいう話で、あまり機嫌がよくなかったが、部屋には、最近の推理小説集も二三冊、そうかと思うと、古めかしい木版本、数十枚の芝居絵が積んであったりした。七十何歳という老優なのに、ナイトガウンを着たりしている突飛さが、読書の対象の上にも示されていておもしろい。

私は芝居絵を見せてもらったが、その中に、八代目團十郎《だんじゅうろう》の死絵《しにえ》が十数枚あった。

「これはね、下谷《したや》の層雲堂が持ってきてくれたんです。よく焼けずに、こんなに残ったものさね」と雅楽はいう。

層雲堂の主人というのは、私より十ほど年長で、錦絵の画商としては、その道で名を売った男である。昭和の初めにあった大がかりの贋作事件の時は、ある店の若い番頭で、それ以来一時、姿を消していた。何でも、彼は当時最も評判高く、しかもそれが贋作とわかって好事家《こうずか》を瞠目《どうもく》させた美人画を、実物らしく作るために、何かの仕事を手伝ったらしいという噂があった。

だから、所在をくらましたのは、自分を恥じて転業したのかもしれないし、あるいは虎視眈眈《こしたんたん》と次の機会を待っていたのかもしれなかった。先代左團次《さだんじ》のところにも出入りしていたし、私も層雲堂の顔には見おぼえがあったが、戦後御徒町《おかちまち》に再び店を開き、今ここに書いてある屋号で、古版本専門という看板をかかげた。しばらく郷里の松江に引っこんでいたという話も聞いた。私も、最近はちょいちょい彼の店にも寄っている。根はいい男なのだ。

八代目市川《いちかわ》團十郎は、姿がよく、器量がよく、口跡《こうせき》がよかった。幕末の代表的な二枚目で、今でも演じられる「切られ与三《よさ》」は、彼が書きおろしである。

嘉永《かえい》七年（一八五四）八月六日の朝、大阪の島《しま》の内《うち》の旅館で、自刃《じじん》しているのを発見された。人気の絶頂にいたスターが腹を切って死んだのだから、当時の騒ぎというものはなかったらしい。

死んだあとに、小冊子として『露時雨八代愁抄《つゆしぐれはちだいしゅうしょう》』『追善三升格子《ついぜんみますごうし》』等五種、故人の肖像に辞世の句や戒名《かいみょう》を添えた一枚刷りの死絵が三百余種出たということでも、彼がいかに惜しまれたかはわかるのだ。

雅楽の病室には、保存のきわめていい、その八代目の死絵と、同じ時代の役者絵がずい分届いていた。

私がていねいに一枚一枚見ているところへ、層雲堂が、メロンなどを抱えて入って来た。彼は、会津のほうへこの春旅行して、この蒐集《しゅうしゅう》を手に入れた自慢話を滔々《とうとう》とはじめたが、そのあとで、雅楽から聞いた話のほうが、はるかにおもしろい。そして、それを私はここに紹介しようと思うのである。


「八代目という人は、よくよく人柄のいい男だったんだね。親父の七代目團十郎が、よっぽど可愛がっていたらしい。

七代目が贅沢《ぜいたく》をして、おとがめを受け、江戸をお構いになったあと、一日も早く赦免《しゃめん》されるように浅草の蔵前《くらまえ》にあった不動様に日参したということが聞え、奉行《ぶぎょう》から十貫目《じっかんめ》の褒美を貰ったという話がある。

私なんぞも若い頃、八代目の話はよく聞いたが、家が借金で苦しい時に、掛取りが大ぜいつめかけて居催促《いざいそく》だ。楽屋へ入る時間がきて、八代目が紋服に袴《はかま》で玄関へ出て行って、ていねいに頭をさげ、ちょっと芝居へ行ってまいりますというと、一同道を開いて、どうぞ行ってらっしゃいましと見送ったというんだが、これで、その人柄がわかるじゃないか。

私の若い頃、八代目の舞台を見ている人がいて、スッキリして江戸前で、そのくせ坊ちゃん坊ちゃんした、何ともいえない味があったという話だったよ。つまり、与三郎という役は、この人の地《じ》の味で行けたんだね」

層雲堂がきいた。

「どうして、そんなにいい役者が死んだりしたんでしょうね」

雅楽が、そこで乗り出した。

「なぜ死んだかということについては、いろいろ臆測が下されているが、はっきりしたことはわからない。当時父親（七代目團十郎のちに海老蔵《えびぞう》）のそばについていた女との折り合いがわるく、板ばさみになるような思いをして、死んでしまったというふうに伝わってもいる。死絵の中に、お為とかいう七代目の妾《めかけ》を悪玉にしたてた趣向のものがあったのも、私はたしかに見ている。

死んだのは嘉永七年の夏なんだが、この年は市村座に出ていて、富十郎《とみじゆうろう》という女形《おんながた》と大げんかをしている。三月に『柳』と『ひらがな盛衰記《せいすいき》』が出て、團十郎が平太郎《へいたろう》と源太《げんた》、富十郎がお柳《りゆう》と梅《うめ》ケ枝《え》をやったんだが、この時に舞台でしっくり行かなかったんだね。夫婦と恋人をやっていて、しかも仲がわるい役者というんじゃ、もうどうにも仕方がない。

　次の五月が『忠臣蔵』で、八代目は師直《もろのお》と由良助《ゆらのすけ》と勘平《かんぺい》をやった。二段目の小浪《こなみ》を、自分の弟の猿蔵《えんぞう》にさせようとしたら、戸無瀬《となせ》の富十郎が断わったので、二段目を出さないことにするというういきさつがあった。そこへもってきて、中幕《なかまく》が一つふえ、四代目歌《うた》右衛門《えもん》の追善という名目で、『熊谷陣屋《くまがいじんや》』が出て、富十郎が相模《さがみ》、熊谷をのちに四代目芝翫《しかん》になった福助《ふくすけ》がすることになったが、座頭《ざがしら》の八代目には一言も相談がなかった。

　そんなことがあったあとで、旅に出たわけだ。六月のおわりに江戸を発《た》って名古屋に行って父親と一しょに芝居をし、それから大阪へ行った。そして着いて八日目に死んでいる。私は、この時、八代目と一しょに江戸から名古屋まで旅をしたという人から、じかに話をきいてるんだが、これがちょっとおもしろい話なんだ。

　私がまだ十八九の頃、家の近所にいて、金貸しをしていた高島伝兵衛《たかしまでんべえ》という人がいた。おもに役者なんかに小金を貸し、その金利で食っているといった、それだけに呑気そうにくらしている爺さんで、年を繰ってみると、まだ六十を出たか出ないという年配だが、明治時代の感じでは、もういっぱしの年寄さ。

　歌舞伎座で現金が少しでもほしいという時があって、私の親父が、お前さん芝居に金を出したらどうだい、高利がとれるじゃないかというと、小屋に金なんぞ怖くって出せるもんじゃないと、首をふってあわてて断わった様子がおかしかったんで、今でもおぼえている。というのが、この伝兵衛さん、嘉永安政という時代に、父親が興行師の才取りのようなことをしていて、江戸の役者を大阪や名古屋につれて行けば、つれて行くというだけでいくらかになるというような、周旋業もしていたというのだ。

そして、阿漕《あこぎ》な金をとったかと思うと、つまらない山を張って、元も子もなくしてしまう。そういう芝居の金の動き方を、いやというほど、子供心に見せられていたわけだ。だから、御一新《ごいっしん》になって、自分で一本立ちになってからも、金融は家業としてやっていたが、水物といわれる芝居や寄席《よせ》には手を出さないというふうに心にきめたといっていた。

もう私が知っている時分には、息子も大きくなり役所につとめていたし、娘が二人、それぞれ商家へ嫁に行って、何の心配もない。田舎から来たとでもいうような、地味な細君と二人で、柱や窓なんぞきれいに拭きこんだ家に、小体《こてい》にくらしてたんだよ。

私の家から三軒先にいて、よく行っちゃ、将棋などさした。話好きでね、いろいろおもしろい話もきいたが、八代目が死ぬすぐ前に、江戸から名古屋へ行く時には、父親と一しょに、伝兵衛さんが生まれてはじめて、箱根を越えて、わらじというものを履《は》いたというんだ。

そういうふうに、初めて知らない国を見たという経験は、御同様、頭に残るものだが、しかも間もなく切腹してしまった團十郎と、いく日か道中をしたというのが、この人にはよくよく身にしみたと見える。そして、その旅の話は、くり返しくり返し、独り言のようにきかされたもんだ。私も、その話は耳にたこができてるともいえず、相手を慰《なぐさ》めるつもりで、それでどうしましたと後をねだって、いつも聞いてあげた。だから、目に見えるように、嘉永七年の夏の三人旅について私は知っているんだ。

三人旅といったが、くわしくいえば四人旅といってもいい。八代目團十郎は、浮世の義理で、その時、江戸に来ていた嵐瑠璃五郎《あらしるりごろう》という役者を、ぜひ名古屋までつれてゆかなければならない羽目になっていたんだ。

当時成田屋《なりたや》の家は、方々に借金があり、それを返すために、夏の休みもせずに、舞台へ出なければならなかったんだが、名古屋から来た使いの口上《こうじょう》では、瑠璃五郎を同道してほしい、そしてそれができなければ、二《ふ》タ芝居打ってほしいということだった。瑠璃五郎は敵役《かたきやく》だが、老巧な人で、どういうわけか名古屋に人気のあった上方《かみがた》の役者なんだ。

前の年から江戸へ来ていたが、八代目と仲がよくて、富十郎との一件でも、八代目の肩を持っていたらしい。それを名古屋の仕打《しうち》（興行師）は知っているから、八代目の口ききで、江戸に好きなひとができてみこしをあげないでいる瑠璃五郎をつれて来てもらいたいとたのんだわけだ。

はじめは、伝兵衛さんの父親で、まだ高島という姓なんぞなく、鉄火屋《てっかや》の弥蔵と仇名《あだな》で呼ばれていた人が、口説《くど》いても相手にしなかった瑠璃五郎が、ようやく承知したというのを、八代目のほうから聞いたのが六月の中頃で、では一しょに発とうという話になったのが、二十日すぎだった。

一行は瑠璃五郎と、八代目に、鉄火屋の親子。瑠璃五郎の愛人は、あいにく病気で江戸を動けないという話だったが、これは大阪から名古屋まで内儀《かみ》さんがやってくるのを見込んで、ひとりだけで行くことにしたんだろうと、そうでも考えておこう。

はじめ二十九日の夜に、八代目は深川木場の家を出る手筈になっていたが、二十六日に、使いが来て、名古屋へ行く途中、よんどころない用足しをしなければならず、一足先に行き、三島で合流したい。だから鉄火屋は瑠璃五郎の供をして、初めにきめたとおり、二十九日に発ってくれということだった。

その旅に立つ前にも、瑠璃五郎と、いやに年のちがう女との間に痴話喧嘩があったりした話を、自分で見たのか、父親にきいたのか、伝兵衛さんはよく話してきかせたが、この辺は端折《はしよ》らせてもらう。

道中の話が、それで、はじまるんだ」

そこで、雅楽はひと息入れた。

おわりまで雅楽の直接話法で行くと、少し読者には退屈かもしれないし、私の筆で、この老優の達弁を十分に生かす自信がないので、それからの旅の話は、私がこれを小説風に書き直してみることにする。

雅楽は、この旅の話を一気呵成《いっきかせい》にしてきかせた。そして、そのあとで、「明日、この続きを話す」といったのである。私と層雲堂は、否応なしに翌日また病室を訪れ、雅楽から、更に興味のある話を聞かされたのだが、今はとりあえず、第一日の第一話を、ここに書かせてもらいたい。

嘉永七年の夏は閏《うるう》で七月が二度あった。

その前の六月の二十九日というのだから、ついこのあいだ市村座で、八代目團十郎が演じた「忠臣蔵」の五段目、与市兵衛《よいちべえ》が定九郎《さだくろう》に殺され、定九郎が勘平に射《う》たれたのと同じ日に、江戸神田佐柄木町《さえきちよう》の、嵐瑠璃五郎の家を、三人づれの旅客が出発した。風がなくて、むし暑い夜だった。

まだ十三歳の伝兵衛と、父親の鉄火屋の弥蔵が、八丁堀の家を出たのが午後四時頃、向うへ行って、意外に手間どって、歩き出すまでに二時間の余もかかった。

瑠璃五郎の家には、江戸へ来てから彼が世話をしている二十二三の女がいるはずだが、顔を見せなかった。

伝兵衛は、玄関の脇の小部屋でずい分待たされ、もうあたりが暗くなってから、やっと父親の声をきいた。

「親方は、歯が痛いそうだ。しかし発って頂かなくちゃならねえ。御挨拶だけして、余計な口をきいちゃいけねえよ」

冷やした手拭を頬に当て、五十がらみの瑠璃五郎が、機嫌の悪そうな顔を見せた。役者らしい面長《おもなが》の顔は、前から舞台でも二三度見知っている。伝兵衛がおぼえているのでは、去年の顔見世に見た「近江《おうみ》源氏」の和田兵衛《わだひょうえ》が立派だった。扮装と素顔とは、受ける感じがまるでちがった。

「倅《せがれ》の伝兵衛でございます、よろしくどうぞ」と弥蔵が紹介する。「ああ」と口の中で答え、ろくにこっちを見もせずに、わらじを履いた。

佐柄木町の駕清で仕立てた駕《かご》が三挺《さんちょう》戸外に待っていた。子供心に、瑠璃五郎と同格の乗物で、すまないような気がした。

今度名古屋へ行くことになったのは、降ってわいたような話だった。瑠璃五郎をつれて行くために、八代目と弥蔵の間で毎日のように相談を重ね、先方へ掛け合った末、やっとまとまった。何となくその経過を聞きかじっていた伝兵衛が、「お前、一しょに名古屋まで行ってくれないか」といわれた。天にも昇るようにうれしかったが、何のために行くのかわからなかった。

母親はにこにこしながら、「昔から可愛い子には旅をさせろというんだよ。お父ッつァんと一しょじゃァ薬になる苦労も味わえないだろうが、東海道を見てくるのも、なにかの役に立つだろうよ」といった。

駕にのせられてからも、伝兵衛は、そんな言葉を思い出し、やがて途中で一行に加わる八代目團十郎がどんな顔をしているかなどと考え、いつの間にか眠ってしまった。

その晩は、川崎の万年屋の別棟に泊まった。

潮《しお》の香が濃く、昂奮で、眠りが浅かった。

瑠璃五郎は歯が痛むのか、自分ひとりの部屋に引きこもり、伝兵衛は父親がいつもたしなむ寝酒の話相手をさせられた。

「成田屋さんは、どこへ行ってるの」

と訊ねると、

「神様のところへ寄ってるんだ、大事な御用なんだ」

といった。何の神様だか知らないが、こういうふうにいわれると、八代目という人まで、神秘に思える。

翌朝も、親子の支度が早く、道中ごしらえの笠が玄関に先に出て、十五分位経って、まだ頬のあたりを痛そうにおさえた瑠璃五郎が、ずい分待たせてから駕に乗った。

その瑠璃五郎の笠の裏に、「養生専一」と書いてあったのを伝兵衛はおぼえている。読んだその時でも漠然と意味はわかった。歯の痛む病人が、それで一層病人らしく、弱っているようにも思えた。

三十日は、程《ほど》ケ谷《や》の先の、さかい木という立場《たてば》の、鈴木屋という行灯《あんどん》のかかっている家で中食、夜は藤沢泊まりだった。

昼食は、見はらしのいい庭先に腰をかけて摂《と》ったが、瑠璃五郎だけは、奥へ入った。瑠璃五郎がわらじを履いている時に、その家で飼っている白犬が、弥蔵にも伝兵衛にも近寄らず、いきなり瑠璃五郎のところへ行って、千切《ちぎ》れるように尻尾をふった。しかし瑠璃五郎は、あわてて飛びのいて、「おいらア犬が嫌いでね」と、笠の紐を結びながら呟《つぶや》いた。

その時初めて、瑠璃五郎らしい太い声を伝兵衛はきいた。

七月の一日は早発ちで、朝の八時頃には、大山へ行く道との分岐点である四つ谷の辺へ来ていた。「東海道四谷怪談」の「四谷」がこの辺だと父親に聞かされた。

馬入川《ばにゅうがわ》の渡しを渡って向うへ上ると、西のほうから来た二人づれの男が、「鉄火屋さんじゃないか、やっぱりそうだった」となつかしそうに声をかけた。

瑠璃五郎は早足で先のほうへ行く。初め父親のそばにいた伝兵衛は、瑠璃五郎がひとりで先へ歩いて行くのが気になったので、ふり返りふり返り、爪先上りの道を、渡し場から街道のほうへ上って行った。

二人づれの男は、多分芝居のほうの人らしかった。弥蔵がこっちのほうを見ながら、そして瑠璃五郎のほうを指しながら、何か説明しているらしくもあった。

その晩は小田原に泊まった。瑠璃五郎は、まだ気分が悪そうだった。その宿屋には大湯があり、入れこみで三十人ぐらい入れる風呂場だったが、彼だけは小さな湯殿を借りて、ひげを剃《そ》ったりしているらしかった。

江戸を発ってから、瑠璃五郎と伝兵衛とは、ほとんど口をきいてない。歯が痛かったり、今度の名古屋行きが不承不承の旅だったりしたとはいえ、ずい分とっつきの悪い人だと思わずにはいられなかった。

この小田原の宿で印象に残っているのは、隣の部屋に、武家の親子が泊まっていたことである。芝居者と武士とが、控えの間があるにしても、隣り合わせというのはふしぎだが、父親の説明では、「今度の道中は、親方が役者だなんて人に知られないようにしているので、お前も気をつけなくちゃいけないぜ。昔から道中を役者で御座《ござ》いっていう顔をしていると、よくゆすられたりなんぞしたものだ。だからわざと無精ひげを立てたりして、往来したものなんだよ。今度は三島で、顔の売れた成田屋の親方が来なさるが、まアそれからがどうなるか、お父ッつァんも気が重いのさ」

一合のむと真っ赤になる酒をのみながら注意されたのを伝兵衛はおぼえている。隣室は、母親を守って江戸へ行く武士らしく、箱根の関所を越した安心で、愉快そうに高声で話していた。

中庭の池に亀の子がいたのを棒でつっついていると、厠《かわや》のかえりのその武士が「何だ、ああ亀か」といって、笑って通ったりした。

七月二日は箱根を上った。山道へかかると涼しかった。駕をやめて、馬に乗った。途中でおりて歩き、関所を通った。

芦の湖のほとりで泊まることになった。瑠璃五郎は今夜も別室へ、早く引きこもっている。じつは伝兵衛は、今度の旅が憂鬱になりはじめていた。何か、重っ苦しい気分がして仕方がない。

そう思う原因は、二人が團十郎に逢うまで親子で守ってゆく相手の瑠璃五郎の態度にあるのは明らかだった。

「いくら気分が悪くったって、もう少し、打ちとけてくれてもいいじゃないか。フン、おれたちを何だと思ってやんでえ」

そんな独り言を、口に出していってみたくなった。

少年のそういう敏感な反応がわかっている父親は、苦笑しているようだった。機嫌をとろうとする様子も見せた。伝兵衛は、それがわかって、わざと駄々をこねて見せたりした。

芦の湖の見える宿の二階で、「明日は、成田屋にあえる」そう思いながら、伝兵衛はいつの間にか、うとうとしていた。

七月三日、ゆっくり三里二十八丁の道を歩いて、三島の宿場に入った。

午後一時頃だった。はたやという宿屋に一行は着いた。

「まだ、成田屋は見えませんか」

そんなことを、弥蔵は、女中に訊ねた。二人の部屋は、東海道の、雨がこのところないので埃《ほこり》が立ってしかたのない往来に面した二階の六畳である。

その部屋の前から鉤の手に曲った突き当りの部屋に、あいかわらず、ぶすっと黙りこくった瑠璃五郎がはいり、弥蔵もそのあとを追って行って、しばらく話していた。

伝兵衛は何だか疲れ、畳の上に大の字に寝そべって、仮睡《ひるね》していた。

そのうちに、何だか廊下のほうで、がやがや人声がする。

「おかしいわね、一向に見かけませんよ」

「どうなすったんでしょうね」

などと、女中の話し声がした。

むっくと起き上って伝兵衛が出て見ると、父親が押し戻すように部屋の中へ彼を入れ、

「今、成田屋の親方がお着きになった。御挨拶はあとだ、困ったことになった」といった。

弥蔵は、この三島に義理のある取引先がある。伊豆の宮芝居に金を出している親分なのだが、いつぞや府中（静岡）で打った芝居の思わくがはずれて御難《ごなん》にあいそうになった時、気前よくあと始末をしてくれた人なのである。

江戸で名の知れた役者を二人送って名古屋へ行くのに、この町を通って、知らん顔もできない。弥蔵は着くとすぐ挨拶に行った。小田原で買ってきた手土産を彼は用意していた。

「成田屋なら、こちらからあとで伺わなくちゃ」と先方もいい、わずかの時間で弥蔵が引っ返し、二階に上ると、團十郎が廊下に立っていた。

「この家は不用心だね。今来たんだが、誰もいないので、さっさと上ってきた」

「そいつアどうも」

といいながら、とにかく瑠璃五郎の部屋へ入った。部屋の中には誰もいない。

「ここにいたお客様はどうしたね」と女中を呼んできいたりしているところへ、伝兵衛が起き上って廊下へ出たのだ。（だから、八代目の着いた辺の描写は、父親の説明なのである）

先刻部屋へ入って坐っている瑠璃五郎のところへ、女中が茶と柚子《ゆず》の入った餅《もち》菓子を届けた。歯の痛い人に甘いものは禁物だが、宿ではそんなことは知らない。

「お湯がわいてますが」というと、「うん」とうなずいて、脚絆《きやはん》を解き手甲《てっこう》をはずしながら、うしろ向きに「今すぐ貰います」と答えた。それから女中が階下へおりると、家の裏のところに、今朝とれた魚を持って来ている浜の男がいる。板場の男と番頭と女中二人が、そこへ行って荷を見ていた。そうすると、弥蔵があわただしく呼んだのだ。

「御用があって戸外《そと》へお出になったのじゃありませんか」

「そんなはずはないが……」

「歯が痛いんで、薬を買いに行ったか、それともお医者へ」

と伝兵衛がいいかけると、父親は、「とにかく、成田屋の親方に、御挨拶を」といって、瑠璃五郎の部屋へつれて行った。小さな振分けの荷が、床の脇に置いてあった。瑠璃五郎の荷物のつづらは、そこへ風呂敷をほどいたまま置いてある。

八代目團十郎は、目が大きく、鼻の高い、想像以上の好男子だった。

「倅の伝兵衛でございます」

「いいお子だね、いくつだい」

歯ならびのいい口もとをほころばせて、八代目は訊ねた。瑠璃五郎とは、何というちがいだろう。もうその一言で、伝兵衛は、うれしくてたまらなかった。

間もなく、三島の親分が團十郎のところへ挨拶に来た。その時の話の模様は、同席していない伝兵衛には知るよしもないが、結局、約束の日に、團十郎だけでも名古屋へ着いていないと工合《ぐあい》がわるい。失踪した瑠璃五郎の捜索は、その親分に一切まかせることにして、團十郎と鉄火屋親子は、翌朝発つというふうにきまった。

伝兵衛は、父親が割にのんきに構えているのがふしぎだったが、こういう突発事に対処して動じない太っ腹ができているのを知って、子供心にもうれしかった。

團十郎が三島の親分に短冊《たんざく》を書いて渡し、そのついでに、はたやにも一枚書き残したりしたのをおぼえている。もしその宿屋が以後火災にもあわずにいたとすれば、やがて自ら命を絶つ彼の晩年の手蹟が、その旧家に残っているかもしれない。

翌日、七月四日の朝は、また晴れて、空があくまで澄み、暑い日だった。團十郎の笠の裏を見ると、「鱶七《ふかしち》」「星」「團十郎」という六つの文字が、ほとばしるような達筆で書かれていた。鱶という字が読めずに、伝兵衛が父親にたずねると、團十郎が、「これは、妹背山《いもせやま》に出てくる漁師の名前だよ。星というのは、関兵衛《せきべえ》のところへ上からおりて来るものだ。名古屋へ行って、私がする芝居を二つ、書いておいたのさ」といった。

年長《ちょう》じて考えると、弘法大師と同行二人《どうぎょうににん》という文字を記す慣習をもじって、これから名古屋に行ってからする「妹背山」と「関《せき》の扉《と》」の二つの役を、笠に書いて、自戒にしたというふうにも思われる。

芸熱心な團十郎は、休憩する立場《たてば》なんぞでも、書きぬきを開いては読んでいた。

四日の夜は吉原、五日の夜は府中、六日の夜は島田、七日の夜は浜松、八日の夜は吉田、九日の夜は岡崎と、ほとんど誰でもがするような泊まり泊まりを重ねて、十日に名古屋に入った。

この間に、印象に残ったのは、大井川を渡る時に、笠をとって空を仰いだ團十郎の顔を見つけて、逆に江戸のほうへ行く旅客が、「成田屋ア、成田屋ア」と声をかけたのに対し、大変ていねいに、にこやかに挨拶を返した、しかも少しの卑屈さもない鷹揚《おうよう》な態度だった。

もう一つ、岡崎の桔梗屋の飼犬が團十郎になついて、足もとに転がって仰向けになったりして、じゃれたことである。團十郎は目を細くして、犬の腹を撫でてやったりしていた。


名古屋へ着いて、勢座《きおいざ》の座元をすぐたずねた。父の話によれば、瑠璃五郎が途中で行方をくらましたことについて、その座元は大変怒り、鉄火屋ばかりでなく團十郎にも責任があるとでもいうような口吻《こうふん》だったという。

あとから飛脚が当然、三島のその後の情報を持って来るはずなのに、それらしい気配もなかった。いずれにせよ、神隠しにでもあったように、道中で消えてしまった瑠璃五郎の消息がわかったのは、じつは團十郎が死んだあとのことで、彼は上州の磯部に湯治に行っていたという、狐につままれたような話だった。

約束を楯に、名古屋の座元は、團十郎に、二夕月の興行出演を迫った。父の海老蔵、弟の猿蔵その他水いらずの一門に、瑠璃五郎を加えて一芝居「妹背山」「関の扉」「切られ与三」「対面《たいめん》」などを予定、そのあと大阪へ下る予定だった團十郎は、もう大阪の仕打とも契約をすませ、八月の狂言をきめていたから、さア困ってしまった。

すったもんだした末、大半の出し物を搗《つ》き替え、「扇屋熊谷《おうぎやくまがい》」「切られ与三」「対面」で十一日、あとの一の替りに「忠臣蔵」「阿古屋琴責《あこやことぜめ》」と、形は二夕興行、ただし実質的には一ト興行という折衷案を座元に承知してもらい、二十三日に千秋楽、父と一しょに、それから大阪に向って、二十八日に到着したわけである。

名古屋の座元とは、結局最後までしっくりゆかなかった。瑠璃五郎を必ずつれてゆくという約束を守れなかったというのが、團十郎にとっては最大の苦痛であったろう。三年前に市村座で「鳴神《なるかみ》」を演じているとき舞台で倒れ、市中に気の早い死絵が売り出されたという彼は、それ以来健康もほんとうではない上に、ひどい神経衰弱であった。だから、名古屋の座元との紛糾が、彼を自殺に追いやったと見てまちがいなく、それには、嘉永七年七月三日の午後、三島でなぜか姿をくらました嵐瑠璃五郎の行動が、間接の死因になっているともいえる。

團十郎が死んだという報《しら》せをきいてすぐ江戸へ出てきた瑠璃五郎は、伝兵衛の父親を呼び、「申しわけない、申しわけない」といったそうである。そのことから考えて、彼の失踪は、他人から誘拐されたのではなく、やはり、自発的に、團十郎と会うのを避け、團十郎の着く前に、ちょうど鉄火屋の不在を幸い、逃亡したのにちがいない。

そのとき眠ったりしていなければ、いく分瑠璃五郎の行動を妨《さまた》げられたものを。そうして、團十郎も死なずにすんだものを。そう思うと、のちのちまで伝兵衛の胸は痛んだ。

「まず、話はこんなふうだった。伝兵衛さんは、いつもおわりは愚痴になったんだ。ところで、竹野《たけの》さん、瑠璃五郎の絵が一枚ここにあるんだよ。よく見て御覧、いい顔だろう」

雅楽の示したのは、「三代記《さんだいき》」の佐々木らしい。六文銭を描いた衣裳にぶっ返った大見得の構図で、真っ赤に塗った顔、強い目張り、逆立った髪、仁王だすきの跳躍、画師は国貞《くにさだ》らしいが、何とも気持のいい一枚刷りの芝居絵である。

「竹野さん、また明日おいでよ。この話には、続きがあるんだよ」

私も層雲堂も、喜んで、第二話をきくために、翌日また雅楽を訪ねることにした。

次の日行ってみると、雅楽は、今日の検査は簡単で、朝から本を読んでいたといって、きのうよりもずっと上機嫌だった。

そして、昨日きかせてくれた話の、瑠璃五郎失踪事件について、それぞれの意見をきかせてほしいというのだった。

私は大方そういう質問を受けることを予期し、昨夜からいろいろ考えてみた。この事件のかげに人物がいるとしても、これは團十郎に対するいやがらせとは思われない。むしろ名古屋の座元を困らせようとする商売仇《がたき》のさし金ではないかと、私は思う。

「馬入川であったのが、芝居の人らしいという話でしたね、これがくさいんじゃありませんか。その弥蔵をつかまえて、あれは誰だと訊いている様子が、目に見えるようだ。名古屋の勢座と対立している別の仕打が、團十郎の来る閏の七月の芝居に、何か対策を考え、江戸で遊んでいる役者を買いにゆく道中だったとすれば、團十郎のほかに瑠璃五郎までとうとう行くときまったら、これはショックでしょう。

こいつアいけないというんで、二人づれは自分の判断で引っ返し、鉄火屋のあとをつけたんじゃないんですか。

わざと避けて別の宿をとったか、それとも同じ宿に大胆にも泊まったか、それはわからないが、ずっと瑠璃五郎を追尾した。

三島まで行くと、ちょうどいい工合に、鉄火屋が手土産の外郎《ういろう》か何かぶらさげて、どこかへ行く。手土産を持っているところを見ると、近所へ買物とも思えない。仕打の誰かだったら、その町の親分に挨拶に行ったという見当もついたかもわからない。

そこで、瑠璃五郎の部屋へ入って行って、うまい口実をつけて、つれ出したわけでしょう。口実には持って来いのがある。ちょうど江戸には残してきた可愛い女がいる。何でもその女が急病になって、ぜひ親方に帰って来てもらいたいという言伝《ことづて》をたのまれて来たとでもいったんでしょう。

もともと名古屋には行きたいわけじゃなく、團十郎と鉄火屋に口説かれてやっと出て来た男だから、これはいい、あとで何とかわびればというようなことで、すぐその男と一しょに発ったんですよ。

どうせ荷物も手まわりのものだけ、あわただしく発ったんで、振分けの荷はおいて行き、金とたばこ入れ位持って、馬か何かで、江戸へ帰って行ったんだと思います。

そのまま、帰ってからも連絡もしなかったのは、体裁が悪いからで、女の病気はうそとわかっても、もうすっぽかしてしまえばいいと思った。しかし佐柄木町にいるのは気が咎《とが》めるので、磯部へ行って、逗留《とうりゅう》していた。やがて、一ヵ月経って團十郎が死ぬ。これは大変だと出て来て、鉄火屋にわびたと、こう見ますね」

私はまアこんなふうに、推理のあとをたどってみたのである。

層雲堂が異説を出した。

「瑠璃五郎は、ひまさえあれば逃げ出そうとしていたんだと思いますね。鉄火屋はそれを見こして、万一の時の見張りをたのむつもりで、息子をつれて行ったんです。

瑠璃五郎の歯が痛いというのは仮病で、段々ゆくうちに、益々《ますます》腫《は》れてきて、どうにも仕方がないとでもいって、江戸へ帰るつもりだったんですよ。役者のことだ、含《ふく》み綿《わた》をしてもいい。

別の部屋に寝泊まりをするというのは、こういう三人旅なら常識だけれど、どうも話の様子では奥のほうに瑠璃五郎が入り、手前にいつも鉄火屋が泊まっていたのは、監視の必要があったからでしょう。

ただし、江戸から離れてゆくうちに、瑠璃五郎の態度も、比較的穏やかで、あまり不平もいわなくなった。多分鉄火屋が夜部屋へ行ってると、ああだこうだと厭味をいっていたのが、箱根あたりでは、大分おとなしくなった。だから三島では、つい油断をしたのが、まちがいのもとだったんですね。

宿屋からその親分のところが、何丁はなれているか知らないが、遠方へ出かけてゆくのに、息子に瑠璃五郎の様子を監視させなかったのは、たしかに失敗だと思います。

瑠璃五郎は、ちょうどひとりになった。鉄火屋の息子は幸い畳の上に寝転がっている。宿屋の番頭や女中にいくらか包んで、飛び出した。書置もしなかったのは、あとを追う道がすぐわからないほうが有利だと思ったからでしょう。

どうでしょう、私は誘拐じゃないと見ますね」

雅楽はますます機嫌よさそうに、私たちの顔を見比べながら、二人の話を聞いていた。この微笑は、いつもながら、私にとっては、次に聞かれる明快な推理の前提だということがわかるのである。

「二人の考えはそれぞれ一理ありますね。竹野さんは誘拐説、層雲堂さんは自分で逃げ出したという説だ。

私は二人のとは全くちがう考え方をしているんです。

ただこれは、もうそのことがあってから百年の余も経っているんだし、別に証拠があるわけじゃない。証拠がない以上、私のいうことが正しいとはいいきれないんだが、しかし、まず正しいんじゃないかと思っているんだ。

私は、伝兵衛さんから何度もくり返して話をきき、三人旅の道中、ほんとうは三島からは四人旅のはずだったのが一人減って、やはり三人旅になったというこの道中の様子を、自分で見たことのように知っているわけだが、そういう話の中から、鍵がいくつか拾えたように思う。

竹野さんと層雲堂さんの話の中で、一番弱い点をいうと、場所が三島だということです。三島は箱根の関所よりも先ですよ。馬入川は箱根より江戸寄りで、馬入川にいた男が咄嗟《とっさ》に思い立って上り旅を下り旅に切りかえたり、三島から名古屋へ行こうとしている人間が、いきなり江戸へ帰ろうとすることができるかどうか。むろん宿場には役所があって、願って出れば手形をくれたかもしれないが、右から左というわけにはゆかない。だから、この場合あなた方の考えには、かなりできない相談というものがあるわけです。

私は三人に一人が加わって四人になるはずの道づれが、毛ぬき合わせに一人減って、又もとの三人になったという算術の式を頭の中に考えてみたあげく、ふっと思いついたのは、三人は初めからおわりまで三人だったという、簡単な計算だ。

瑠璃五郎の笠の裏に、『養生専二』と書いてあったという話がありますね。團十郎の笠には、何と書いてありましたか。『鱶七』『星』『團十郎』と、書き散らしてあった。書いてみればすぐわかるが、『鱶』の字には『養』、『星』の字には『生』、『團十郎』には『専二』という字が隠れている。

これは『五大力《ごだいりき》』で思いついたんだ。例の小万《こまん》が源五兵衛《げんごべえ》に誓いのしるしとして、三味線に『五大力』と書く。あとで小万が三五兵衛《さんごべえ》に向って、せっぱつまって『三五《さんご》大《たい》切《せつ》』と書く。前の『五大力』を生かし、上に『三』を書き『力』の左に七の字を書いて、三五兵衛が大切の『三五大切』とする。いわゆる『書きかえて三五大切』という外題《げだい》がある位で、この字探しは、いかにもうまい並木五瓶《なみきごへい》の趣向だ。

私は源五兵衛を何度もやっていて、この字の遊びをよく知っている。それで思った。江戸から三島までの瑠璃五郎の笠と、それ以後の團十郎の笠とは、同じ笠だったんだとね。

そうすると、瑠璃五郎と團十郎とは、同じ人だったんじゃないか。瑠璃五郎に化けて、團十郎が江戸からずっと、鉄火屋親子と一しょに旅をしていたんじゃないかと、思わないわけにはゆかない」

私は、反問さえできないほど、びっくりした。層雲堂も、マッチの火が燃えたまま、くわえた煙草の先につかないのにも気がつかないでいるふうであった。

雅楽の説明はつづく。

「多分こうだろう。團十郎がいくら頼んでも瑠璃五郎は名古屋行を承知しなかった。まアその原因は女だったか、他に何かわけがあったか、それはどうでもいいが、しまいに團十郎もあきらめてしまった。

しかし、名古屋の仕打には、義理がある。鉄火屋といろいろ相談して、とにかく江戸を発った瑠璃五郎が途中で行方しれずになったということにすれば、初めからあきらめて、つれ出そうとしなかったよりも体裁はいい、そう思った。

名古屋のほうでは、瑠璃五郎が行かなきゃア、團十郎に二夕月打ってもらうという話を持ち出していたが、とにかくつれ出したという努力をみとめてもらえば、そのほうも何とかなるという甘い見方が、團十郎にはあったんだと思う。

そこで、これは瑠璃五郎とも鉄火屋とも、なれ合いで、まず瑠璃五郎は女をつれてどこかに身を隠してもらう。そして自分は瑠璃五郎に変装して、木場からわざわざ神田まで行って、そこから旅立ちをする。何も事情を知らない息子は、何かの場合には証人に立てよう、そういうためにつれて行くことになったんだ。

役者の変装は、私なんぞ自分がそれをやったからよくわかる。いつか、まだ私の四十代の頃に、面白半分で六十以上の老人になりすまして銀座へ買物に行って、誰にも見破られなかったことがあるんだが、ことに、歯が痛いといって手拭で顔を半分おさえ、駕《かご》にのったり歩いたとしても、笠をかぶったり、宿では引きこもりがちにしていたら、伝兵衛さんには、それを見ぬけるものじゃない。團十郎が瑠璃五郎に化けているなんて思いもよらないことだから、疑ってかかるわけもないと、いえるわけですよ。

きのう、私は竹野さんに瑠璃五郎の絵を見てもらって、いい顔だろうといったが、よく気をつけてみると、あの顔は、團十郎と大変似ている。輪郭のうりざね顔のところも、目が大きく鼻の高いところも、変装するのにおかしくない似方なんだ。

團十郎は二十も年上の瑠璃五郎に首尾よくなりすまして、江戸を発った。

しかし、あいだには冷や冷やするような思いをした。馬入川で、笠をのぞきこまれて、鉄火屋に『あれは成田屋じゃないか』ときいた者がいる。顔は変えても、体格までは変ってないから、芝居のほうの人だと、笠を冠《かぶ》ってるだけにかえってわかった。

それでわざと、さっさと先へ歩いて行ったのだが、鉄火屋は、あれは瑠璃五郎だと、汗をふきふき説明したにちがいない。

もうひとつ困ったのは、程ケ谷の先の立場で弁当をつかった時、犬が近づいてきたことだ。團十郎は大変な犬好きだった。犬のほうも犬好きということは嗅ぎわけるから、多分それほど好きでなかった鉄火屋親子の前を通りこして、わらじを履いているそばへ行って、尻尾をふった。

この時、素直に頭でも撫でてやればいいものを、『おいらア犬が嫌いでね』なんていったのは、やましいところがあったからだ。つまり、團十郎ではないということを、無理に示そうという作略《さりやく》だ。

これが上手《じょうず》の手から洩《も》れた水ということになる。瑠璃五郎が犬嫌いだなんて、誰も知っているわけじゃない。あるいは、大きに犬好きだったかもしれない。二人とも好きだって一向かまわないのに、團十郎じゃないことにしようと思っているから、よけいなことをいったんだ。

三島を過ぎてからも、犬が来て、その時はほんとうにうれしそうに、仰向けになった腹を撫でてやっている。三島で、團十郎に戻っての上機嫌の延長といっていい。これはきっとうれしかったろうね。

箱根の関所の記録が、もし古文書《こもんじょ》として残っているとすれば、その時の三人づれの姓名が書かれているだろう。手形にのっている名前は、上り下りの旅人が何人江戸へ入った、江戸から出たかを確かめるために、関所に書きとめるのが、しきたりだからだ。

その文書には、きっと市川團十郎、鉄火屋弥蔵、同子息伝兵衛と書いてあったにちがいないね。おそらく團十郎の顔については、錦絵の売り出されていた頃だから、役人も見知っていたと思う。だから関所の時は、かなり素顔に近く、うまく瑠璃五郎と自分の年の間ぐらいの顔にしてたんじゃないか。小田原で、自分だけ小さな湯殿でひげを剃ってるらしいと、伝兵衛がいっているのは、廊下を通る時かなんぞに、顔をいじってるところを垣間見《かいまみ》たんだと思う。

多少顔は変っても、もう馴れっこの伝兵衛は、瑠璃五郎と思いこんでいるから、歯の腫れが引いたかぐらいのところで、何とも疑わなかったんだ。

鉄火屋はむろん、何もかも承知で、夜部屋に訪ねた時は、成田屋と話をしていたのさ。倅はいいあんばいに気がついてない様子です、などという話も出たと思う。

だまされた伝兵衛は、おわりまでこのからくりを知らずに、知らないまんまで、私に話したんだが、それから何十年も経ち、当の伝兵衛さんが死んだあとで、私はふとこんなふうに考えはじめたのだよ」


外国の推理小説に、ベッド・ディテクティヴというのがある。探偵は病人で、床の中に入ったままで推理するのである。

現実の犯罪の推理を、そんなふうに、動かずにする不精な探偵もいるが、『時の娘』のように、歴史の出来事を、さかのぼって推理する物語もあるわけで、この場合、八代目團十郎の道中記を、瑠璃五郎の失踪から案出したのは、雅楽会心の一席だったかもしれない。ちょうど病院に入っている時だけに、「ベッド」という呼称が一層ピッタリしていた。

「じゃア、神様のところへ寄ってるんだと鉄火屋がいったのは、苦しまぎれですかね」

「これは、成田屋の家が神道の信仰だったことも含めて、鉄火屋の洒落《しゃれ》だろう。三島まで行ったら、瑠璃五郎を消して團十郎があらわれるというのは、かねてからの打ち合わせだから、鉄火屋の親分訪問も、わざと不在にするという意味で、筋書に入っていたんじゃないだろうか。

三島にしたわけは、宿屋の間取りが工合がいいとか、奉公人の人数が少ないとか、商人が来るとみんなが裏口へ行ってがやがやしゃべる癖があるとか、そんなふうな事情を、しじゅう上ったり下ったりしている鉄火屋が知っていて、えらんだのじゃないかと思う。

箱根からおりて、ひるすぎに着く。打ち合わせたとおり、鉄火屋は外出する。團十郎は、瑠璃五郎の顔を落し、おっけ(公然)晴れて團十郎にかえり、廊下へ出る。荷物は多分、瑠璃五郎の道中行李《こうり》の中に、入れこになってもうひとまわり小さいのが入っていたんだと私は思う。

それを持って廊下に出る。ここで幸いに、伝兵衛がいなかったが、いたとしても顔がちがうし、今度は堂々とさらしていい顔なんだから平気だ。

ことによると、鉄火屋の戻ってくる時刻を見はからって、引きぬいたんだとも思えるね。

荷物はいいが、道中につきものの笠がなかった。二つ用意するわけにはゆかないので、前のやつを使って、前から書いてあった文字をうまく直して、『鱶七』『星』『團十郎』にした。鱶七はともかく、星で関兵衛なんていうのは少し苦しいし、役者だということをできるだけ隠すのが当り前だったその頃に、裏とはいっても、團十郎とれいれいしく書くのはおかしい。これは、『養生専一』がそもそも、むりに書かなくてもいい文字だが、それも、『三五大切』から思いついた、團十郎の遊びじゃないかと思う。

遊びといえば、瑠璃五郎に化けて道中するということ自体が、ずい分人を食った茶番だが、おそらく子供の伝兵衛にわからないとしても、騒ぎはじめた三島の親分や宿屋も、ちょいとしたいたずらだとか何とかで、ごまかされたんじゃないかと考える。

もしほんとうに瑠璃五郎が行方不明になったのだとしたら、さっさと後を頼んで発ってゆくというのが、いかにも腑に落ちないやね。初日には間があるのだし、せめて一日は役所に届けたり、少なくとも宿屋は上を下への大さわぎのはずで、伝兵衛が、割に父親がのんきに構えているといったのは、太っ腹なのではなく、当人知らないが大変な慧《けい》眼《がん》だったともいえるんだ。

瑠璃五郎じつは團十郎の部屋に、笠の文字をいじる墨や筆があった証拠は、短冊を書いていることでもわかる。

それにしても、八代目ともあろうものが、半分は道楽っ気があったにしても、長い道中、他の役者に化けたり、短い間に、後見《こうけん》なしのぶっ返りじゃ、さぞ骨が折れたことだろうよ」

雅楽の説明は、このように終った。

むろん、雅楽もいうように、これがそのとおりだという証拠はあるものではない。仮に、團十郎自身がそのことを書いた手記がどこかにあって、じつはかようしかじかとあれば、雅楽の推理の裏づけになるのだがと、私はそれをいった。

「昔のことは、証拠がないから仕方がないが、所詮《しょせん》歴史なんて、こんなふうなもんじゃないか」

と雅楽は警句を吐いたが、その語尾に冠せて、層雲堂が、

「團十郎の手記ってものが、どこかにないんですかね」

と、真剣な目つきでいった。

「そうだね、世阿弥《ぜあみ》の伝書さえ、明治になってから発見されたというんだから、写本になっている文献がこの頃になって、永年真実めかして伝わっていた話をひっくり返した場合はいくらもあるさ。しかし、おあつらえ向きに、この話の裏づけになる写本が出てくるなんてことは考えられないな。もし出てきたら、大変な珍本だがね」

「珍本っていえば、値は高いんでしょうね」

「値はつけられないが、團十郎の自筆の手記ときまれば、まず十万円はかたいね。写本でもいい値だろう」

層雲堂はさすがに商売人だと思いながら、私はこの問答をきいていた。

團十郎の考えは甘かった。狂言を打って、瑠璃五郎を失踪させ、誠意だけはみとめてもらおうと思ったが、名古屋の座元はもっと現実的だった。結局、二の替りまで先方の希望を全面的に容れ、大阪のかえりにもう一度、名古屋に出てくれという強談判《こわだんぱん》にも屈した。

しかし團十郎は、江戸で、市村座のお名残《なごり》芝居を、九月にはどうしても打たなければならなかった。板ばさみになって、彼は自刃したのだと思われる。

雅楽が「人間ドック」から出て、六月には舞台に立った。「縮屋新助《ちぢみやしんすけ》」の赤間源左衛門《あかまげんざえもん》は、ほんのわき役だが、風格すぐれ、見事な出来だった。

七月の中頃だった。私が新聞社の部会に出ていると、層雲堂から電話があって、「ちょっと見せたいものがある。これから高松屋《たかまつや》の家へ行くから、あなたも来ないか」というのだ。

層雲堂が直接私のところへ、見せたいものがあるなどといってきた前例はない。私は別に、錦絵の蒐集家でもないし、古版本を集めていたりするわけでもない。つまり、あの店の常連というほどの人間ではないのだ。

しかし、わざわざいって来るからには、何か、よほどおもしろいものが手に入ったのだろうと思って、その日は、試写を見に行く予定だったが、それをやめて、雅楽の家へ行ってみた。

私のほうが先で、二十分ほどおくれて麿雲堂が来た。鞄の中から、大切そうに一冊の写本をとり出した。

「ふしぎなまわり合わせで、こんなものが、手に入ったんですよ」という。

保存のいい写本で、多少手擦《てず》れてはいるが、紙のにおいも、その紙の色の褪《あ》せ方も、墨色の古び方も、一見百年ぐらい経ったもののようである。

雅楽が老眼鏡を出して、それをためつすがめつ眺めた。表紙には『團十郎自刃の真相』とあり、二十頁ほどの写本である。御家流《おいえりゅう》に似た達者な筆で書き流してある。

まず雅楽が読む。それから私も、その場で読んだ。おどろいたことには、五月にK大病院で、二日間にわたって私たちが話し合った八代目團十郎の死について、この写本は、精細に語っているのである。

写した人は、大阪の商人らしく、上本町四丁目但馬屋《たじまや》吉次《きちじ》写之《これをうつす》と巻末にあるが、嘉永七年の出来事が広く喧伝《けんでん》され、追悼の冊子などもいろいろ出た中に、誰もが真実を指摘していないので、じつはこういうことだったのだという「真相」を、島の内の医者山《やま》内偏庵《のうちへんあん》が記した手記を、たまたま目にしたので、借覧《しゃくらん》した上で写しとったものだという経過が、附記《ふき》してあった。

筆写したのが、元治元年一月六日と書いてある。年表でしらべてみると、事件から九年目に写したのだ。

山内偏庵は、ことによると、團十郎の変死が発見された時、かけつけて検屍した医者ではあるまいか。そして、その時、闇に葬られた團十郎の遺書を見ているのではないだろうか。材料はなかなか豊富である。

それにしても、奇縁といおうか、はからずも、團十郎の話をした直後に、こんな本が出てきたのだ。層雲堂にいわせると、五月以来彼が商売上始終通信を交換しているいろいろな方面に、「八代目團十郎」に関して、何でもいいから資料があったら知らせてくれとたのんでおいたところ、大阪の郊外の旧家の土蔵に、永年日の目も見ずにいたおびただしい文書の中から、これが出てきたのだそうだ。

写本の内容を紹介すると、こんなふうである。まず最初に、原筆者の山内偏庵は、八代目團十郎のような花のさかりの名優が自ら刃《やいば》に伏したという悲劇を嘆き、巷間伝わるところによれば、家の中の紛争があって、父親の寵愛《ちょうあい》する女との仲がわるく、そんなことから気に病む性分の團十郎は、思い余って死んだということだが、真相は、もっと複雑だといっている。なるほど團十郎は小心で、神経質な男ではあったが、継母との折り合いが悪いといった程度のことで、自殺するほど弱くはない。この死は、責任感の強い彼が、義理を欠いた申し訳に、みずから選んだものなのである。

嘉永七年市村座に出ていた彼は、父親の借財を肩がわりし、債鬼《さいき》に追われていた。名古屋と大阪の芝居に、暑中出演することにしたのも、金のためである。

夏、名古屋に行く前に、某優を伴う約束をし奔走したが、どうしても承知してもらえない。せっぱつまって、團十郎は、ある方法を考えた。——以上は、今様の文章に翻訳して書いているのだが、偏庵という人は、なかなか論理的な筆法で叙述している。

某優というのは、例の嵐瑠璃五郎にちがいないのだが、私はここまで読み進んで、「ある方法」とは何だろうかと、胸がおどるようだった。先に読んだ雅楽は、微笑をふくみながら、私の顔を見ている。

いつぞや雅楽の下した推理が、まさしく的中していたとすれば、大したものだ。

写本には、こうある。原文のまま写す。

「團十郎が思案のするゑ思ひつきたる次第は所詮伴ふことのむづかしき某優をあきらめ、おのれその役者らしく姿をつくり、六月の終りに江戸を発つ。同行の者は、團十郎を終始別の役者らしくもてなし、やがて團十郎はあとより追ひつくものとして、西へ向ふ。七月に入り、泊りを重ね、三島の宿に至る。にはかに團十郎は、おのれの姿に戻り、江戸よりここまで来りし役者は、神かくしにあひたりと披露す。畢竟《ひつきやう》苦肉の策なり。そののち名古屋に至り、團十郎は、某優の失踪を訴へ、座元に情を乞へども、きき入れられず、かねての約束通り、ここで二箇月打つか、大阪よりの戻りに一箇月打つか、さアさアさアと詰め開き。大阪の芝居にも、義理あり。しかも成田屋一門の名にもかかはるごときしだらは、もつてのほかなり。おそらく、名古屋にある頃、すでに自決のころ、定りたるものと考ふべし」

と、こういうふうに書いてある。

「おのれその役者らしく姿をつくり」「江戸を発つ」た團十郎が、三島で「おのれの姿に戻り、江戸よりここまで来りし役者は、神かくしにあひたりと披露す」るところまで、全然、雅楽の考えたとおりである。

何という見事な一致であろう。私は今更のように雅楽の顔を見つめ、感嘆の思いを新たにせずにはいられなかった。

ビールが出た。私は用を思い出し、電話をかけに席を立って帰って来ると、層雲堂が、「いや竹野さん、すっかり見破られたよ」と大きな声で私を迎えた。

「何だって」

「この写本のいんちきが、ばれてしまったんだよ、さすがに高松屋さんだ」

私は呆然とした。「写本のいんちき」とは何だ。

「今高松屋さんにたった一言いわれたので、とどめを刺されたんだ。やはりだめだね、うそはつけない」

雅楽も、破顔一笑という態《てい》であった。

頭をかきながら、層雲堂が話した。彼は、五月に雅楽の推理をきいたあと、写本でも相当な値になる文献という分野が、自分の商売にはあるということに気がついた。

事実、市《いち》に行っても、虫の食った古文書を漁《あさ》るようにしたが、半分は茶目っ気もあって『團十郎自刃の真相』という偽書を作って、雅楽に見せたら何というだろうと思った。

専門的にいうと、文化文政の紙、天保の紙、安政の紙と、和紙にもそれぞれ、質のよしあしがあるのだそうだ。そして、そういう古い時代の紙も、手に入らないことはない。

浮世絵の贋作を手伝った経験のある層雲堂は、適当なルートで安政末期の紙を手に入れ、文章の書けるある学者に、戯作だからと頼んで、自分の立てた筋書どおりの「真相」の執筆を依頼、古風な字の書ける書家に、それを書いてもらった。

できあがった偽の写本を、文久の頃から百年ほど経ったような工合に、うまく色を変え、久しく旧家の土蔵の湿気を吸ってきたようにするぐらいの芸当は、朝飯前である。なかば楽しみに、かなりの費用をかけて、層雲堂はこの写本を作成した。

　そうして、雅楽と私に見せたのである。


　疑ってかかれば、この種の写本が、嘉永七年から九年も経って、思い出したように作られていることも変だが、それは、偶然そうなる場合もある。

「某優」という表現も拙《つたな》く、雅楽が、自分はこう考えるが証拠はないといった話と符節が合いすぎているところに、もっと不自然なものがあるともいえる。へんに詳しく知っているくせに、瑠璃五郎の名が出て来ないのも、怪しい。

　層雲堂が雅楽に見ぬかれて閉口したあとになってみると、私には、なるほどそういえばという点が、いろいろ出てきた。ただ、雅楽のほうが、いつも先に気がつくというだけのちがいがあり、結局コロンブスの卵なのである。

　層雲堂は、まさかこの偽書を、どこかへ売りつけようとしたわけでもなさそうだが、冗談ですよとヘラヘラ笑ってすませることもできない表情で、何となく気まずそうにしていた。そして、急に時計なぞ見て、ひと足先に帰って行った。

「どうして、あの写本が怪しいとわかったんですか」

　雅楽は答えた。

「何となく、いかさまのにおいはしたが、それだけでは、きめ手にはならない。ただ、おわりのところに元治元年一月六日とあるのが、馬脚だよ。考えてごらん、文久が元治に改元したのは、二月二十日だよ。その年のはじめに、元治元年と書く人があるわけがないじゃないか。それをいったら、層雲堂は手もなく降参したんだ。文久四年一月六日としてあったら、私も、あるいは、だまされたかもしれない」

虎の巻紛失

一

大正座の顔見世興行の千秋楽《せんしゅうらく》は、十一月二十五日である。

私は泉鏡花《いずみきょうか》の展覧会が開かれている金沢に三泊の旅行をして、その前夜、帰京した。

私は加賀百万石の城下町であった金沢が好きで、日本海に沿って走る鉄道に乗って旅をすることがあれば、かならず、時間のやりくりをして、泊りに降りるのだ。

兼六園《けんろくえん》のすぐ近くにあるKという旅館とは、もう十数年来のなじみで、定宿《じょうやど》になっている。

今度の金沢行は、半ば公用の出張であった。私のつとめている東都新聞の社長が石川県人で、野々市《ののいち》という町から出ている。

金沢市には、地方としてはほかに類のない近代文学館がある。泉鏡花、徳田秋声《とくだしゅうせい》、室《むろ》生犀星《うさいせい》という三人の作家を生んだ町なので、自然こういう文化施設が作られる気運が生じたのだろう。

その文学館で鏡花展が開かれることになり、人を介して鏡花原作の演劇の舞台写真を展示したいから適当な何枚かを貸してもらえないだろうかと、社長のところに話があった。

私は社長にいわれて、新派や歌舞伎で上演された鏡花狂言の、かなりいい写真を、大きくのばして文学館に送った。喜多村緑郎《きたむらろくろう》の「婦系図《おんなけいず》」のお蔦《つた》や、花柳章太郎《はなやぎしょうたろう》の「滝の白糸」など、うっとりするほどいい印画が残っている。

ほかの用事をかねて帰郷する社長に随行して、私はもう冬の季節になっている金沢まで行き、展覧会を見たあと、ひとりで能登《のと》半島の旧跡を見物したりして久しぶりにのんびりした時間をたのしんだあと、二十四日の夜、米原まわり、新幹線に乗りついで帰ったところである。

金沢には以前老優の中村雅楽《なかむらがらく》と行ったことがあり、初代歌右衛門《うたえもん》や菅専助《すがせんすけ》の墓を掃いたりしたことがある。その時たまたま、或る町でおこった事件の謎を、雅楽が解いたのを、私が小説にしているのを、知っている読者もあるだろう。

その時雅楽が金沢でいたく気に入った和菓子がある。私は駅の名店街で買うのが何となく安易な気がしたので、わざわざ香林坊の本店にまで行き、小ぶりの箱を買って、鞄の底に入れて来た。

二十五日の朝、社にゆく前に私は、その菓子を持って、雅楽を訪問した。夏のなかばに、すぐ近くの親戚に行った時寄ってから、もう四ヵ月ほど経っていた。

雅楽は暑さに弱いので、その時はあまり元気がなかったが、この日は、見ちがえるようにいい顔色をしていた。年に二度ぐらいしか舞台には立たないが、毎月の出し物でいろいろな役を演じる俳優がしじゅう話を聞きに来るので、劇界とは無縁でない老優である。引退した感じはすこしもない。

私の行く直前に、多分来月の「忠臣蔵」のどの役かを務める誰かが来ていたと見えて、通されたいつもの座敷の卓上に、茶碗と菓子鉢が出ていた。

鉢は輪島塗である。この前に雅楽と金沢に行った時、同じものを買ったのである。私のところのよりも、艶《つや》がいいような気がする。夫人が丹念にからぶきんをかけているせいかも知れない。

雅楽がはいって来たので、私は手にとっていた菓子鉢を卓の上に戻し、老優を見あげて、つい微笑した。

「『滝の白糸』の写真は、むろん卯辰橋《うたつばし》のところを出したんでしょうね」とすわりながら、雅楽がいう。

「ええ、花柳のとてもいい写真がありました」と答えたあと、私は飛び上るほど、びっくりした。

なぜなら私は、金沢から葉書を出したおぼえもないし、金沢にゆくと雅楽にことわった記憶もまったくないからである。

「なぜ、わかったんです。金沢へ行ったのが」といそいで訊ねた。

「わかりますよ。それは」と、うれしそうに雅楽がいった。「私がこの座敷にはいった時、竹野《たけの》さんがその菓子鉢を手にしていた。そして家のと同じだと思いながらニッコリしていたんです。私がはいってからも、竹野さんの口もとには、笑顔が残ってました」

「はア」

「あなた、こんど、輪島塗の現地まで行って来たんじゃありませんか。そして、ここにあるのも輪島塗だと思い、お宅と私の家にあるのを、いつか金沢に行った時、買ったことを思い出したわけです。向うにあなたが行ったばかりでなければ、こんな菓子鉢に関心を、そんなに持つはずがない」

「でもよくわかりましたね」と私は、無条件に兜《かぶと》をぬいだ。

「それだけじゃない」と雅楽はいかにもおかしそうに付け加えた。「あなたの膝の脇の風呂敷包みが、私の好きな金沢のあの菓子の桝形《ますがた》の箱だとすぐわかったんです。お土産を、どうもありがとう。で、竹野さんが金沢に行ったとすれば、お宅の新聞にも記事が出ていた鏡花さんの展覧会に行ったにちがいなく、きっとそこには『滝の白糸』の写真があっただろうと思ったので、つい余計なことをいったのですよ」

「つい余計なこと」というのは、雅楽の口ぐせで、じつは、そんなことをいって、周囲の者を驚かせるのが好きなのだ。

ポオの探偵デュパンだの、コナン・ドイルのシャーロック・ホームズだのが、よくこういう表現をして、相手をけむに巻く。雅楽は古今東西の探偵小説（決して雅楽は推理小説といわない）を耽読《たんどく》しているので、海の向うの先人の故智《こち》をわざと真似てみせる稚気もあるわけなのである。

その朝は、社長に復命することがあったので、私はすぐ辞去した。しかし、その夜、もう一度、雅楽に会いにゆく必要がおこった。

奇妙な事件が、その日大正座に発生したからである。

二

私は、その二十五日、社から日本橋の百貨店で開かれているフランス中世絵画展を見にゆき、軽い食事をしたあと、大正座に行った。

この月、この日まで行われた興行で、「素襖落《すおうおとし》」の三郎吾《さぶろうご》と、「髪結新三《かみゆいしんざ》」の勝奴《かつやっこ》と、大ぎりの「三社祭《さんじゃまつり》」に出ている阪東豊蔵《ばんどうとよぞう》を訪ねるのが、目的だった。

十二月は、大正座に出ている一座と、名古屋のM座に行っている一座とが合同して、木挽町《こびきちょう》の劇場で、「忠臣蔵」の通しが上演される。いまの歌舞伎界のおも立った幹部が顔を揃えて大序《だいじょ》から九段目まで、昼夜通して出すのである。

十一月三十日、つまり初日の前夜に、劇場では、出演俳優たちをねぎらうための会を、稽古のあとで催すことになっており、そういうことの好きな市川桃次《いちかわももじ》が余興や福引の準備をしているのを、私も知っている。

しかし、豊蔵は、その「忠臣蔵」には出ない。出れば、五段目の千崎弥五郎《せんざきやごろう》を演じるだけの人気と地位を持っている若手なのだが、この月は、ひとり日比谷公園の前の劇場に行き、新劇のベテランの扮する「シラノ」に、二枚目のクリスチャンの役を演じることになっている。

豊蔵はテレビの主演をした芸歴もあり、歌舞伎だけの俳優ではない。知名度も高い青年である。W大の芸術科を出てもいるし、外国にも行っているので、新劇にも早くから食指を動かし、去年は研究上演ではあるが、「シラノ」と同じ作者の書いた「子鷲《こわし》」の主役（ナポレオンの子）を演じたりもしていた。

もっとも、こんどのクリスチャンの役は、はじめ中村哲弥《てつや》が招かれるという話であった。哲弥は十一月「三社祭」を豊蔵と共演、善玉と悪玉を交代で演じている。豊蔵と哲弥は、文字通りのライバルなのだ。

それだけに二人は、若い観客の人気を折半《せっぱん》していた。片方のファンは、片方を好まないというほど、競争心が当の俳優自体にはげしく燃えている以上に、ひいきが源平に分かれている。

十一月の哲弥が「三社祭」だけ、豊蔵は、べつに中幕《なかまく》に出て、二番目の「新三」の子分に出ている。片手落ちだといって、哲弥のファンは眉をつりあげた。じつは、一番目の「寺子屋《てらこや》」の阿呆のよだれくりをという話があったのを、これは哲弥がことわったのだ。

興行会社としては、せり合っている二人に公平に役を与え、あるいは対立する役に出てもらえば、それだけ芝居がもり上ることがよくわかっているのだが、十一月の場合に限っては、勝奴をぜひ豊蔵にといったのが、髪結新三を演じる喜之介《きのすけ》の鶴の一声だったのだから、これはやむをえない。

しかし、十二月の役でいえば、一方の豊蔵が、ある時期まで哲弥と内定していた「シラノ」の二枚目に出演する。哲弥のほうは、せめて二人侍《ににんざむらい》か、九段目の力弥《りきや》と思っていたのに、七段目の三人侍《さんにんざむらい》の竹森喜多八《たけもりきだはち》というのでは、不平は隠し切れなかった。

私が千秋楽に豊蔵に会いに行ったのは、終演後どこかでゆっくり、新劇に出演する心がまえといった話を聞くつもりで、その確認をしようと思ったのであった。

偶然だが、楽屋口で靴をぬいでいる時、哲弥がはいって来た。ちょうど一番目の「寺子屋」の段切れの「いろは送り」の三味線の音がマイクを通して、頭取部屋に設置されている拡声器から聞えていた。

私の挨拶のし方が悪かった。

「今月はゆっくりだね」とついいってしまったのである。それというのも、十月には、序開きの「操り三番《あやつさんば》」の千歳《ちとせ》に出ていたのをおぼえていたからなのだが、哲弥は、最初に私を見た時に示した愛嬌のこぼれる表情をにわかにくもらせて、「ええ、ぼくは、たった一役ですから」といいすてると、硬い顔で、廊下を遠ざかって行った。

すぐ豊蔵の部屋に行くつもりだったが、香盤《こうばん》の前で、喜之介に肩をたたかれてしまった。

「竹野さん、おもしろい本が蔵から出て来たんですよ、見に来ませんか」という。

めずらしい口伝《くでん》の秘本でも出て来たのかと思って、ついて行ったが、それは幕末の草双紙《くさぞうし》で、大してめずらしくもない種彦《たねひこ》だった。

そうしているうちに中幕のおどりがはじまり、姫御寮《ひめごりよう》の家来の役の豊蔵は、舞台に行ったにちがいない。

私は時間をつなぐつもりもあって、そろそろ二番目狂言の支度にかかる喜之介の背中を見ながらしばらく雑談して、拡声器が、太郎冠者《たろうかじや》の酔いどれた声を伝えて来たころ、立ち上った。

地下室で死んだ女形《おんながた》の浜次《はまじ》の細君が経営している食堂で、コーヒーでものもうと思った。どういうわけか、ここのコーヒーは表の観客のはいる喫茶店の半値で、しかもこっちのほうが、はるかにうまいのである。

喜之介さん江と書いた、あばれのしののれんをくぐって廊下に出ると、二人の男の子が、肩をつつき合いながら通った。

私を見て一人がふと立ち止り、しばらく間をおいて、ピョコンとお辞儀をした。それで顔を見定めると、「寺子屋」の菅秀才《かんしゅうさい》をしている喜之介の次男の喜太郎《きたろう》だった。もうひとりは、桃次の子の桃吉《ももきち》であった。桃吉は寺子に出ていたはずだ。たしか、よだれくりの次に、親に抱かれて引っこむ子供だったと思う。

名門の子は、同じ「寺子屋」でも、小太郎《こたろう》や菅秀才に扮する。弟子筋《でしすじ》の子は、無名の寺子になる。そういう宿命がまだ歌舞伎には、確固と存在しているのを感じた。

そう思いながら、通りすぎて行った二人をふり返ると、頭取部屋の前で「じゃアね」といいながら別れ、喜太郎は父親の部屋にはいった。

桃吉も桃次のところにゆくのだろうと思った。小走りに、直角になっているべつの廊下の方にゆく。

そのほうには、豊蔵の部屋もあるはずであった。御曹司《おんぞうし》の豊蔵はひとりで、八畳の部屋を占領し、桃次はほかの中年の三人の俳優と、十畳に相部屋なのだ。

私はコーヒーをのんで、「素襖落」のおわるのを待った。

カウンターの隣に、今月は「寺子屋」の戸浪《となみ》に出ている浜木綿《はまゆう》がいた。

「めずらしいですね、先生」という。新聞記者に対して、先生という習慣が、芝居の世界にはあるが、いつまで経っても、この呼称に私はアレルギーがあって、くすぐったくて仕方がない。

「『忠臣蔵』だってね、来月は」

「ええ、久しぶりの大一座《おおいちざ》なので、会社も宣伝で大変ですよ」

「君は何に出るの？」

「顔世《かおよ》とお石《いし》です」

「大した役じゃないか」

「おかげ様で。でも、朝から夜まで、芝居にいなければならない。しんどいわ」と、大阪に以前いたことのある女形は、わざと、関西風にいった。

「ぜいたくをいいなさんな。それで勘平《かんぺい》は喜之さんだね。二ヵ月続いて、音羽屋《おとわや》型か。さぞいい気持だろう」

二人は、そのあと、来月の配役について、いろいろ話した。桃次は、与市兵衛《よいちべえ》だということであった。

「まア役は五段目に、出て来ていきなり殺されてしまうひと役ですけど、桃さんは、大へんですよ。頼まれて道行の伴内《ばんない》のセリフをオリンピック見立《みたて》で作ったし、みそかの晩の楽屋祭の福引をこしらえているんです」

「そういうことにかけては天才だからな、桃次は」

「ですから、あの人の死んだ師匠の浜次さんがいつもいってましたよ。桃のやつは、役者なんかやめて、ジャーナリストにでもなれば、きっと成功するって」

「なるほどね」

「あら」と女形らしい声で、浜木綿が私を見た。「そういえば先生もジャーナリストでしたね、新聞の方もジャーナリストといっていいんでしょう？」

「ジャーナルというのは、もともと新聞ってことなんだよ」といって、私は苦笑しながら答えた。

「失礼なこと、私、いったかしら」

「いいえ、ちっとも」

二人は、そういって笑った。

三

いつのまにか、幕間《まくあい》になっていたのが、ぞろぞろ食堂に長唄連中がはいって来たのでわかった。

私は急いで豊蔵の部屋に行った。すると、弟子や付人《つきびと》が、真っ青な顔をして、私を出迎えた。ろくな会釈《えしゃく》もしない。

「何かあったの？」というと、付人の留《とめ》さんがうなずいた。

「なくなったんです、虎の巻が」

私は咄嗟《とっさ》には、何のことか、わからなかった。虎の巻という言葉で、一番最初に頭にうかんだのは、学生時代の試験用のアンチョコという奴で、その次に、「鬼一法眼《きいちほうげん》三略巻」の菊畑《きくばたけ》を思い出した。

二人が左右に開いて道を作ってくれたので、奥にはいると、豊蔵が勝奴の支度をしながら、「先生、困っちゃった」と叫んだ。べそをかいている。

やっと聞きとめたのは、こういう話である。十二月の「シラノ」に出ることになったので、フランスに行っている学生時代の友達にそのことを知らせたら、三日前に航空便で、パリの劇場で演じられている「シラノ」のクリスチャンのしぐさや手順をこまかくメモにして送って来たのだという。

午前中もうはじまっている日比谷の劇場の稽古場《けいこば》で、演出の深水敬太《ふかみけいた》にそれを見せると、「コメディ・フランセーズのなら、立派な演出だ。君はそれでやりたまえ」といってくれた。

しかし、まだ役が自分のものになりきっていない感じだから、そのメモを手もとにおいて、しじゅう見ていた。鏡台の脇においていたのが、今舞台から帰って来たら、なくなっている。こういうのである。

「紙きれなんだろう、どこかにまぎれこんでいるのじゃないのかい」

「いえ、それが、私の札《さつ》入れに入れてあったんで」

「金もはいっていたのか」

「大したことはありません。金は一万円もなかったでしょう」

「どんな札入れなの」

「スターズ・アンド・ストライプスの記者にもらった、皮の札入れです」

「スターズ・アンド・ストライプスといえばアメリカ軍の新聞じゃないか」

「ええ」

「どんな色、どんな形をしているんだ」

「アメリカの旗が一杯に描かれているんです。ひろげると、国旗になるんです」

「へんな札入れだね」といったが、なるほどどこの新聞の名前は、星と縞という意味なのだから、くれた札入れに、星と縞で形成されているいわゆる星条旗が刷りこまれていても、決してふしぎはない。

私は豊蔵と今夜何時に会おうという相談もできないまま、部屋を出た。

楽屋というのは、不用心なものである。

劇場の裏は、楽屋口に口番《くちばん》がいて、履き物をあずかる。つまり外来の者は、一応口番に声をかけ、誰それを訪ねるとことわって、中にはいるのだから、そこで顔を見られる。次に、頭取部屋の前を通る時、もう一度、誰それを訪ねるといい、自分の名を名のることになっている。

楽屋の頭取は事務長という権限にすぎないが、しきたりで、この部屋の前を通る時は、座がしらだろうが、立女形《たておやま》だろうが、脱帽しなければ、とがめられるのである。

二つ関所があるから、出入りは厳密に見守られている理屈ではあるが、実情はそうではない。

劇場の表、つまり客席の方から楽屋にはいって来る者は捕捉できない。

地下室の俗に奈落《ならく》といって、まわり舞台の仕掛が露出し、花道の下の通路に駕《かご》だの、花四天《はなよてん》の花の槍だの、猪《いのしし》のぬいぐるみだのがおいてある舞台の真下にはいるのには、観客の歩く廊下からかげにはいったところにある目立たぬ戸を押さなければならぬ。

その戸には「御用のない方は御遠慮願います」と書いてある。しかし、その札を無視してはいることは、たやすい。別にそこに人が立っていて、チェックするわけではないからだ。

ある時期、女の子が見さかいもなく楽屋に飛びこんで来る流行があって、この戸のところにも受附を設置したことがあったが、何となく、それはやめてしまった。幸いに、勝手にはいって来るファンも、いなくなったようである。

しかし、楽屋につながるこの一般には関知されてない抜け道を知っている者なら、簡単に奈落を通って、どこへでも行けるのである。

その人物が、頭取部屋の前を通ったとしても、一々誰何《すいか》はされない。のべつに、舞台とめいめいの部屋を往復する者がいる楽屋で、そこまで神経を使っているわけにはゆかないのだ。

だから時々、盗難がある。本興行の時ではないが、おどりの温習会の時、中年の女が大部屋にはいって来て、「御苦労様ですね」と挨拶しながら、大ぶろしきに、そのへんにある出演者の和服をすっかり包みこんで、「おつかれ様」と声をかけて、どこかへ行ってしまったという珍事もあったくらいだ。

私は、豊蔵の部屋に、そういうナガシの盗人がはいったのだと思った。

弟子はべつとして、付人が、主人が舞台に出ているあいだは、留守番をしていることになっている。

しかし、電話が頭取部屋にかかって来て、「豊蔵さんのところの人を」といえば、付人が飛んでゆかなければならない。

その時に、何分かのすきができる。

おそらく、人けのないのを見て、そっとはいり、物色したら、鏡台の脇に、ちょっと目につく札入れがあったので、それをふところに入れて立ち去ったのだろうと思われる。

それを盗んだ者は、多分、表からはいって来たにちがいない。一応スリッパに履きかえることを、用事で表の事務所から楽屋に来る者にも、劇場は要求しているが、急用の時は土足のまま、通ってしまうことが多いし、足もとを見て一々スリッパを履いてくださいと注意する者も、楽屋にはいない。

私も、観劇日に、誰かの部屋にゆく時は、横着をして、靴のまま、どこへでも通っているのである。

しかし、金目の品と思って持ってゆかれた札入れの中に、クリスチャンの役を演じるために、ぜひ座右《ざゆう》においておきたい、パリの演出の虎の巻がはいっていたのだから、豊蔵にとっては、とんだ災難というものである。

四

私は居たたまれないような気持で、豊蔵の前を去り、また地下室におりた。食堂の前に古びたソファがおいてあり、ひろげた大きな紙を持って、深刻な顔をしている男がいる。

近づくと、桃次であった。

「おや先生、きょうは何か」と愛想よく挨拶する。

「何だい、それは」と訊くと、桃次が私にその紙を手渡した。私は桃次の隣にかけて、それを見た。

「忠臣蔵」の初日の前夜に、木挽町の劇場で催される楽屋祭の福引らしい。新聞紙を思い切ってひろげたような大きさの洋紙に、墨で書いてある。右の端に、上から「題」「鍵」「景品」となっている。十行ほど、書いてあった。上の「題」は、すべて役の名前である。

「十じゃ足りないんだろう」

「ええ、くじを引く人数は五十人もいるんですが、とても私の知恵で、それだけの趣向を工夫できっこないので、福引を引く資格を、その前のくじできめるんです」

「ややこしいんだな」

「ええ、でも仕方がありません。しかし、それにしても数が二十はないとね」といった。

「『忠臣蔵』の役の名を題にするのはおもしろいね。それに鍵が、小道具ときまったわけではないのが、しゃれている。塩冶判官《えんやはんがん》とあって、鍵が鮒《ふな》ざむらい、そして景品が鮒の甘露煮《かんろに》か」

「ええ」と桃次は得意そうな顔をした。

「千崎弥五郎というので、提灯《ちょうちん》なんか景品に出しても仕方がない。なるほど、鍵は、蚤にもくわさぬで、蚤とり粉か」

「このへんは苦心の作で」と桃次は、ますます、うれしそうだった。

そこに出ている、あとの八つを、ついでに紹介しておこう。

「寺岡平右衛門《てらおかへいえもん》。髪の飾りや。かんざし」

「高師直《こうのもろのお》。すい奴《め》すい奴《め》。酢」

「早野《はやの》勘平。色にふけった。絵の具」

「お軽。酔いつぶされ。二日酔の薬」

「お石。御無用。消ゴムと楊枝《ようじ》」

「顔世。これ見てたも。虫めがね」

「大星《おおぼし》力弥。いまだ参上。山椒《さんしょう》の粉」

「猟人《かりゅうど》。笑止笑止。障子紙」

というのである。

「桃さん、御無用で、ゴムと楊枝は、ちっと苦しいね」と私が、ひやかした。

「ええ、苦心の作で」と、さっきとはちがう顔をして桃次が答えた。

「足利直義《あしかがただよし》というのはどうだね」

「先生、いい鍵がありますか」

「目利き目利きというので、ものさしさ」

「なるほど、でも、ちっと苦しい」

「おうむ返しをいっちゃ、いけない」

私も、こういうことが決して嫌いではないので、それから、しばらく、他愛のないことをいいながら、あれこれ案を出し、桃次は、墨汁の蓋をとって、直義のほかにもなお、

「おかや。のがれぬ証拠は。げんのしょうこ」

「鷺坂《さぎさか》伴内。御内聞に。マスク」

などと書いて行った。

役はまだ十いくつもあるが、なかなかいい案がうかんで来ない。こうなると、残念だが、斧定九郎《おのさだくろう》で蛇の目を景品に出すほかないだろうと桃次はいった。

「うちの倅《せがれ》のやつが、おもしろがって私のそばでいろんなことをいうんですよ」と桃次は思い出したように話した。

「でも子供の才覚なんぞ知れたもんでしてね、猪《いのしし》ってのはないのなんていうんです。やっぱり小学生ですよ」

「そういえば、桃さんの役はまだできてないんだね」

「桃吉が、与市兵衛はないのって、やっぱり訊ねましたよ」

「自分の役のをこしらえなきゃね」

「あんな役じゃ、福引の題にも、なりゃしねえ」と、桃次はその日はじめて、不快そうな顔になっていった。

「でも、せっかく桃さんがこしらえる福引なんだから、与市兵衛という題をお作りよ」

と私は勧めた。何となく、私は義憤《ぎふん》にかられるような気持で、そういったのだ。

桃吉という子供が、父親の福引の準備をそばで見ている姿を想像しても、そこに「与市兵衛」というのがなくては、淋しいだろう。

「でも先生」と桃次がいった、「与市兵衛という役、ろくにセリフはないんですよ。ありがたい、ありがたいといって、縞の財布を掛け稲の前で押しいただくと、その財布をぬっと出て来た定九郎の手がとりあげ、すぐ脇腹を刺されてしまうんです」

私は情なそうな顔をしてそんなことをいっている桃次から、目をそらした。

「さて」と桃次は立ち上った。「うちのちびを買い物にやらなくちゃ。桃吉は、どこの店の御主人にも可愛がられるんで、買い物が好きでしてね。いつも景品係なんです」

はじめて、うれしそうな顔になっていた。

五

私は豊蔵の付人を呼び出し、一度社に帰るとだけ云いおいて、待たせておいた車で、勤め先に戻った。

車の中で、急に思いついたことがあった。

豊蔵の部屋から札入れを持ち出したのが、中村哲弥の側に立つ人物ではないかという推理である。

豊蔵と哲弥とは、前にもいったように、ほとんど同年で、若手を代表する二人である。そして、内心はげしく競い合うライバルなのだ。

ファンが同じように両方について、ファン同士の対立意識も普通ではない。歌舞伎専門の雑誌の読者クラブという投書欄に、主として女性だが、豊蔵を絶讃するついでに哲弥をけなしたり、哲弥のほうが豊蔵よりもよほどいいと書いて来たりした手紙がのっていて、編集長が「ごひいきの役者をほめるのは大いに歓迎しますが、悪口はなるたけ書かないようにいたしましょう」などと警告したりしている。

興行界というのはふしぎで、十一月の大正座のように、ほとんど人気も技術も伯仲《はくちゅう》している二人を、「三社祭」で共演させていながら、同じ月のほかの出し物で、一方にいい役を与え、一方にいやな役を与えたりして、くさらせたりすることがある。

前にもいったように、十一月の場合、哲弥が大ぎりのおどりにしか出なかったのは、「寺子屋」の阿呆の役をことわったからだが、豊蔵が三郎吾と勝奴で、哲弥がよだれくりというのが、そもそも無茶だった。ことわるのが当然だと、私でも思う。

しかも、十二月は、一方が日比谷の劇場の「シラノ」のクリスチャン、一方が「忠臣蔵」の三人侍の一人というのでは、哲弥をわざといじめているようなものだ。

私なら、歌舞伎に出ている哲弥を元気づける意味で、若狭之助《わかさのすけ》や定九郎は無理でも、せめて「五段目」「六段目」の千崎弥五郎に起用するところだ。

楽屋口でばったり出会った哲弥が浮かない顔をしていたのも、私のかけた声に不快そうな反応を示したのも、じゅうぶん同情に値《あたい》した。

こうなると、ファンはおそらく、だまっていないだろう。哲弥には、たしか日本橋の織物問屋の後援者がいたはずで、その社長なぞは、カンカンに怒っているにちがいない。哲弥は気取らない率直な青年だから、多分、後援者を訪ねて、ぐちをこぼしただろう。そんな時のふんい気として、豊蔵に対する敵愾心《てきがいしん》のようなものがもりあがり、豊蔵を困らせてやろうという復讐の悪だくみが生れる可能性だってないとはいえない。

初代の鳫治郎《がんじろう》は、人気をねたまれて、水銀をのまされたので、あんな悪声になったのだという伝説がある。

現代は人間が進歩しているから、毒を盛って相手を傷つけるような野蛮な行為はまさかする者もないが、俗にいう「いやがらせ」の方法はいくらでもある。

私のところに、これは歌手の話だが、じつにたくみな方法で、競争者のまことしやかなスキャンダルを持ちこんで来るといった、情報化時代にふさわしい悪辣《あくらつ》な作戦を立てるマネージャーがいる。

むろん、私の社ではそういう持ちこみのネタは採用しないが、待ち伏せして人を斬ったりする徳川時代とちがって、こういう時代のライバルに対する策謀はむしろ陰湿なだけ、ぞっとするようなものがあるのだ。

私は、豊蔵がコメディ・フランセーズの演出メモを、友人からもらったのを、得意になって、みんなに吹聴《ふいちょう》したに相違ないと確信していた。

当然、それは哲弥の耳にはいった。おそらく、豊蔵の側でも哲弥については何事によらず情報をつかもうとしているだろうし、哲弥の側は、何となく水をあけられそうになっている今だから、ことに豊蔵に関する噂を、細大もらさず集めているだろう。

そのメモ、つまり古風にいえば虎の巻を、隠したら、豊蔵がさぞ迷惑するだろう。クリスチャンの役の成績も、きっとよくないだろう。

それを狙って、哲弥の側に立つ誰かが、豊蔵の札入れを持ち去ったのだ。

それには共犯者が必要である。甲が楽屋に行って、豊蔵の部屋から札入れをとって立ちのくためには、部屋をからにする必要がある。

そこで、乙が打ち合せた時間に、外線から大正座に電話をかけ、楽屋を呼び出し、豊蔵のところの人をという。その時間は、豊蔵が「素襖落」に出ているあいだとする。付人が電話口に走って話しているあいだに、無人の部屋から持ち去る。

私は、そういう光景が見えるようだった。

「竹野さん、社に着いていますよ」と運転手が不審そうな顔をして、ふり返った。私はひとりで組み立てた推理にふけっていて、いつ社に帰ったのか、気がつかなかったのである。

六

私は社に帰ってから、こんなことを考えた。

これは、豊蔵にとっては大変困った事件にはちがいないが、人が殺されたとか、傷つけられたというような事件ではない。

犯罪にはまちがいないとしても、楽屋の盗難といった程度の話は、それこそ日常茶飯事である。だから、新聞に書き立てるほどのことはまったくない。

しかし、豊蔵がとにかくショックを受けたのは事実で、クリスチャンの役づくりについて、その精神的動揺が後遺症になることさえ、考えられなくはない。

メモの内容は、しかし、一応頭にはいっているかも知れないから、この際、豊蔵と予定通り、やはり会って、新劇の人たちと共演する心がまえとともに、クリスチャンをどういう風に演じるかという具体的な話をしてもらうと、それは豊蔵にとっても、紛失したメモの細部を思い出す働きをするかも知れない。

やはり、今夜、「三社祭」がおわってから、会ってみようかと思った。

それで、さっそく大正座の楽屋に電話を入れた。付人の留さんが出て来て、「札入れはまだ出ません。しかし、お金だけ出て来ました」といった。

部屋ののれんをくぐってすぐ右側にある、靴や草履《ぞうり》をしまう箱の上に、四つにたたんで九千五百円の現金がのっていたというのである。

「虎の巻は？」と私が訊いた。私にとっても、メモのゆくえは気がかりだった。

「いえ、それが、そっちのほうはまだどこにあるのかわかりません。若旦那は金なんか返って来なくてもいい、あの紙きれのほうがよっぽどほしいといってます」

「それはとにかく心配だね」といったあと、私は豊蔵に今夜会ってもらえるかどうか訊いてくれるよう留さんにたのみ、改めて電話をもらうことにした。

返事を待つのに、時間がかかりそうである。なぜなら、まだ「髪結新三」がおわっていないはずだからである。

私は机の上に原稿紙をひろげて、桃次の考えていたような、「忠臣蔵」の福引の題と鍵を、いくつか作ってみた。

他人がのぞきこんだら、何だかさっぱりわからないだろう。

「加古川本蔵《かこがわほんぞう》。阿呆の鑑《かがみ》。鏡」

「斧九太夫《おのくだゆう》。見立てましょ。梅干」

「小浪《こなみ》。谷の戸あけし。鶯餅《うぐいすもち》」

などと書いてあるのだから。

やがて電話が鳴った。

豊蔵自身がかけて来て、もう気持も落ちついたから今夜終演後に、指定の場所まで出向くといった。

「こんなことで竹野先生が私のために予定して下さった記事が流れたら、とんだ御迷惑ですから」といった。

「哲弥ときょう会った？」と訊ねてみた。

「まだ会ってません。あとで、舞台では会いますがね」といい、「哲弥君に何か」と訊く。

「いやべつに」といって、つぎ穂ないまま、「桃次君がそのへんにいたら、この電話に出てもらえないだろうか」といった。

「いえ、桃さんは、家に帰りました」

「おや、そう」

「何だか心配事があったらしく、急いで帰ったんだそうです」

「子供をつれて帰ったわけだね」

「桃吉ですか、そういえばあの子も見かけませんね。いつも今頃まで楽屋にいて、帰る時は私の所にかならず声をかけてゆくんですがね」

「よく遊びにゆくのかい、桃吉は」

「ええ、ぼくの所が気に入っているらしくて。留が子供好きなので、可愛がっているんでしょう」

「そうか、そうか。じゃア今夜十時に、浜町のすし文で会おう」といって、私は電話を切った。時計を見ると、八時二十分であった。

私は、豊蔵の言葉が気になったので、俳優協会の名簿を引き、市川桃次の電話番号をしらべて、かけてみた。桃次が私の家とそう遠くない町に住んでいるのを、はじめて知った。

桃次が出た。

「じつは、豊蔵君から、あなたが心配事があったらしく急いで帰って行ったと聞いたものだから」

「それはどうも、御親切に、ありがとうございます。じつは倅がどこかに行ってしまったと聞いたので、おどろいて家に帰ったんです。でも、今し方、おどりを習っている若柳の師匠の家に行っていたのがわかったので、安心したところです。桃吉は師匠のところの御隠居さんに甘えてましてね」

「それはよかった。福引の題を三つばかり考えたんだが、それは明日でも届けるよ。本蔵と九太夫と小浪だ。桃さんの紙にまだ書いてない役だから、考えておいたんだ」

「そいつはありがとうございます。ところで定九郎はありませんか」

「むずかしいね、あれも」

「やっぱり蛇の目でごまかしましょうか」と笑って、桃次が電話を切った。

八時半である。十時まで一時間半ある。

私は千駄ケ谷まで行って、雅楽にきょう大正座におこった事件について話さなければならないと思い立った。

高速道路を利用すれば、豊蔵にあうまでの時間に、雅楽と四五十分は話すことができる。

こんな時に、雅楽に会うと、きっといい助言が聞かれるはずで、それをみやげに豊蔵に会うことにしよう。こう思った私は、配車係に歩いて行った。

七

予告しておいたので、雅楽は、座敷に火を入れて待っていてくれた。

「大正座でどんな事件があったんですか?」

「豊蔵君が大切にしていた札入れがなくなったんだそうです」

私はきょう豊蔵と付人の留さんから聞いた通りのことを、ていねいに話した。こういう話を伝えるには、データを逐一《ちくいち》述べなければいけない。

私は、おそらく雅楽も知っているだろうとは思ったが、楽屋の豊蔵の部屋の鏡台の位置や、わきにおいてある三つ引き出しのある場所まで説明した。

「アメリカの旗の札入れとは、かわってますね」と雅楽がいった。そして、便箋を文箱《ふばこ》から出し、万年筆で、札入れの想像図を自分で書いてみたりしていた。雅楽は絵もうまい。

「竹野さんは、この事件をどう見ているんです」と雅楽が私を注視した。

「哲弥君に同情した者のしわざじゃないかと思うんですが」

私は多少云いまわしを緩和《かんわ》させていった。

雅楽はすぐわかったらしく、うなずいた。

「なるほどね、札入れの中のその『シラノ』の役の虎の巻を隠して、困らせようというわけですね」

「そうだと思います」

「私の若い時にも、そんなことがありましたよ。私は先年死んだ翫五郎《かんごろう》といつも、おみき徳利《どっくり》で、同じような役をもらい、競争していたんだが、翫五郎の父親が死ぬと、薄情なもので、急に役がつかなくなった」

「そんなことが、あったんですか」

私のまだ知らない時代の話である。こんな機会に聞いておこうと思って、私は次をうながした。

「やはり『忠臣蔵』が大合同で出ましてね、私に若狭之助が来た。翫五郎は千崎だと思っていたら、大序の直義ひと役です。いやがりましてね」

「何か起ったんですか」

「とにかく、大序で、こっちは判官と対等の居どころにすわり、師直とけんかをする。向うは正面にいて、しどころもない。翫五郎のひいきの客が、私の所に電話をかけて来て、翫五郎の邪魔をするなというんです。こっちは小屋のほうからいわれた役をするだけで、翫五郎の役のことなぞ、何のかかわりもないのに、お客様というものは、妙なかんぐりをするんです」

「いやだったでしょう」

「ところがふしぎに、私が初日があいて三日目に盲腸炎で手術をすることになった。私は若狭之助をぜひ翫五郎に代らせてくださいとたのみ、その通りになりましたよ」

「はア」

「ところが、この若狭之助がばかに好評で、劇評家の招待日の時は、もうこっちが休演していたので、翫五郎の若狭之助をみんなが新聞に大きく書き立てたんです。私は病院でその劇評を読んで、正直いい気持はしなかった」

「いく日か経って、またお出になったんでしょう」

「そのまま、その月は休んでしまいました。じつは手術のあと、どうも腰のぐあいが悪かったんです」

　私は、わざとそんなことにして、雅楽が相手に花を持たせたのだろうと思った。

「おかしな話があります。電話で私に抗議した甑五郎のお客から、病院に、途方もなく大きな花が届きましたよ」

　二人は大笑いをした。

　雅楽は急にまじめな顔をして「哲弥の肩をもつひいきのお客が、かげで糸を引いているという見方はおもしろい。しかし、そうきめてしまうわけにもゆかない」

「金は返って来たんです。だから、これは、いわゆる盗難ではなく、あきらかに妨害工作だと思います」

　雅楽はうなずきながら、訊いた。

「大正座できょう、あなたの会った人の話を聞かせて下さい」

「まず楽屋口で、哲弥君に会いました。うっかり、私が今月はゆっくりだねというと、いやな顔をしました」

「そういうものだ。役が多くて、一日中劇場にいて、ふうふう忙しい思いをしても、そのほうがずっと役者にとっては、うれしいものなんですよ」

「わるいことをいったと思ってます」

「哲弥は、別に不審な様子もありませんでしたか」

「ええ別に。もっとも、私はその時、何もまだ知りませんでしたから」

「それから誰に会いました」

「喜之介君に会いました。豊蔵君のところに行こうとしている時、肩をたたかれて、蔵から珍しい本が出て来たからと引っ張って行かれたんです」

「どうせ、大したものじゃなかったでしょう」

「種彦の草双紙でした。絵はきれいでしたが、そんなに珍しい本じゃない」

「喜之介は、いつも、話が大げさだから」

と雅楽はくすくす笑った。「もっとも、あの男の芝居のおもしろさは、そんな所から来ているともいえます。しかし、竹野さん、喜之介は、無理にもあなたを部屋に連れて行きたがったんですか。軽くさそったんですか」

こう訊かれて、私には何とも返事がしかねた。じつは、こんな些細なことでも、雅楽には重要なのだ。もしかすると、喜之介にも、ある意味で雅楽が目をつけているのかも知れない。とすると、私の報告が杜撰《ずさん》ということとなる。私は赤面した。

「それから誰に会ったんです」と雅楽がニッコリしながらいう。

「浜次のおかみさんです」

「コーヒーをのみに行ったんですね。あすこのコーヒーはうまい。むかし銀座の裏に浩一路という店があったが、そこでのませてくれたのと同じような味がします」

「コーヒーを飲んでいる所に、浜木綿君がはいって来ました」

「顔世とお石をするというんで、喜んでいましたよ。明日、話を聞きに来るというんです。私は女形じゃないが、昔の人のした型を教えてやるつもりです」と老優がいった。

「私には、大序から九段目までつかまっていると、ぼやいてました」

「そんな風にいうのが、役者の一種の見栄なんです。そのくせ、四段目がとれると外に出て、パチンコなんかして遊んでいるんだから、仕方がない」

雅楽はそんなことをいいながら、浜木綿をすこしも、非難している感じはなかった。もともと、浜木綿はお気に入りなのだ。

「それから豊蔵君の所に行って、この事件を知ったのです」

「それで新聞社へ帰ったんですね」

「今夜会う約束を確認しに行ったわけなんですが、とりこんでいる最中で、豊蔵君も気が立っているらしい。私は居たたまれなくなって廊下に出ました。そして、もう一度あとで留さんにでも声をかけて帰ろうと思い、地下室におりてゆくと、浜次のおかみさんの店の前のソファに、桃次君がいました」

「桃次は気のいい男なんだが、役者としては、芸に欲がなくてね」

「そのかわり、ふしぎな才能のある人ですね、福引の題を考えていました」

「福引って何だろう」

「木挽町で初日の前の晩に、楽屋祭があるんだそうです」

「そうそう、そんなことを、木挽町の支配人が電話でいってました。私にも遊びに来ないかといったんだが、九段目の本蔵に出てくれというのをことわったんだし、役もないのにお祭りにだけ顔を出すのも異なものだから、遠慮するといってやったところです」

「その日のために、福引を桃次君がこしらえているんです」

「『忠臣蔵』で題を出すんでしょう」

「御存じだったんですか」

「いや、今度のは知らなかったけれど、昔は何かというと、そういう祭りの時に、出し物を洒落《しやれ》にして、地口あんどんだの、聯《れん》だのを楽屋の廊下に飾ったものです。以前はみんな、そういう趣向をたてるのが好きで、それこそ知恵をきそったものです」

「福引はなかなか凝《こ》っているんです。役の名を題にして、その役のセリフか、その役についた言葉を鍵にして、景品をきめます。判官で、鮒ざむらい、景品は鮒の甘露煮というわけです」

「鮒ざむらいというのは師直のセリフだけど、まアいいでしょう。私が昔作ったのに、河内山宗俊《こうちやまそうしゆん》というのがある。わかりますか」

「景品はひじきに油揚ですか。上州屋で河内山がセリフでいいます」

「そういうだろうと思った。玄関先の幕ぎれのセリフですよ。馬鹿めで、景品はわかめ」

雅楽はたのしそうに、火鉢の上で手をこすりながら語った。こういう雑談を聞く時ほど、たのしい時間はない。

私はそれから、思い出した福引の題と景品を、いくつか挙げた。

「桃次は『忠臣蔵』には出るんですか」と雅楽が訊ねる。

「与市兵衛ひと役だという話です」

「むろん、与市兵衛という題のがあったんでしょうね」

「ところがないのです。桃次君は子供にもいわれているので、ぜひ与市兵衛というくじを作ろうと思っているといってましたが、あいにく、鍵のいいのがないと、こぼしてました」

「与市兵衛のくじ、さてね」と雅楽が腕を組んで、じっと考えていた。どうも、それは福引の題よりも、ほかのことを考えているらしくも見えた。

「桃吉は、今月、大正座に出ていましたかね」と腕組みをとくなり、雅楽が訊ねた。

「『寺子屋』の寺子の一人です」

「親父が与市兵衛の役者だと、倅も菅秀才や小太郎には、なかなか、なれない」

私と同じようなことを、老優が口に出していったので、おかしくなった。

「じゃア大正座の楽屋で、桃吉を見かけましたか」

「うっかりしていました。桃吉と、それから菅秀才に出ている喜太郎、喜之介の息子です。この二人に廊下で会いました。子役だから、つい忘れてしまった」と私は頭をかいた。

「あの子はいい子だ」

「桃吉は買い物が好きで、いつも買い出し係だそうです。きょうも父親からいいつけられて景品を買いに行くといってました。もっとも、急に若柳の師匠のところに無断で行ってしまったそうですが」

「そういうことは、早く話して下さい」と、なぜか雅楽は、むずかしい顔でいった。

八

「竹野さん、もしかすると、豊蔵の札入れの中にはいっていた紙きれだけは、すぐ出るかも知れませんよ」と雅楽がいった。

「どうして、それが」

「いま思い当ったことがあるんです。すぐ豊蔵の部屋の留さんを呼び出してください」

と老優は、あわただしい声でいった。

電話には雅楽が出た。

「ああ私だ。桃次の部屋に行って、部屋の隅にある屑籠を見てごらん。もしかすると、虎の巻があるかも知れないよ」といった。

五分ほど経って、大正座から電話がはいった。私が受話器をとった。「三社祭」の清元が、留さんの浮き浮きしたような声の向うに流れている。

「ああ、竹野先生ですか。ありました。別に丸めもせず、ただ抛《ほう》りこんであったんです」

「そりゃよかった」

と私はいった。雅楽が手を出したので、受話器を手渡すと、老優がうれしそうに話している。

「きっとそうだろうと思った。まア虎の巻とそれにお金も出たのだから、札入れはあきらめるんだね。あきらめるように豊蔵にいってください」

電話の終るのを待ちながら時計を見ると、もう九時半だった。

十時の約束だから、出かけなければならない。

「なぜ紙きれが、そんなところにあったか、竹野さんは訊きたいでしょう。もう一度、あしたでも来て下さい」

と雅楽がいった。

「もちろん、明日まいります。ほんとは、今夜、浜町のかえりに寄りたいところです」

「冗談いっちゃ困ります。もう湯にはいって、そろそろ寝る時間なんですよ、いつもなら」と雅楽が大きく手を振って、制した。むろん、半分冗談である。

雅楽は上機嫌で私を送り出した。

夜の高速道路は、じつに早い。

タクシーが外苑のゲートを九時三十五分にはいって、十五分のちには、もう箱崎町に降りていた。

すし文の店にはいると、今し方着いた豊蔵が、ほっとしたような表情で、にこやかに私を迎えた。

「まアひと安心というところだね」

「虎蔵《とらぞう》のつもりだったが、鬼一にいつのまにか、されてましたよ」と役者らしい洒落を豊蔵はいった。

「菊畑」の芝居では、鬼一の持っている六韜《りくとう》三略の虎の巻を、牛若丸の虎蔵が盗み出すのである。

その夜の取材は、まことに上首尾におわった。

十二月の「シラノ」を、雅楽と一緒に見にゆこうと私は思った。

しかし、なぜ、雅楽は、紛失した紙きれのある場所に気がついたのだろう。

九

雅楽に推理の絵ときを、これまで何回聞いただろうか。

私は、豊蔵と会った翌日、十一月二十六日の朝、早く社にゆくと、前夜、浜町のすし文での対談を記事にまとめ、文化部のデスクにのせると、千駄ケ谷に車を走らせた。

東京にはめずらしい青い空で、のどかな小春日和《こはるびより》だ。私は口笛が吹きたいような気持でさえあった。

「きのうは万事めでたしめでたしで、何よりでしたね」と雅楽が私を笑顔で迎えた。

「さっそく、聞かせて下さい」と私はすわるとすぐ、催促する。

お茶をいれながら、雅楽が語った。

「豊蔵の虎の巻を、やっかんだ哲弥のひいきが、手をまわして、隠したのではないかという竹野さんの説に、私は半分賛成だったのです。そんなことが、よくあるからです。やりかねないからです」といった。

「はア」

「しかし、私は、あんまり、話ができすぎているという気がしました。それで、別の犯人を考えてみることにして、何となく、あなたが会った人の話を聞くと、思い当ったのが、楽屋祭の福引です」

「どうして、福引が手がかりになったのでしょう。私にはまだわかりません」

「桃次が、『忠臣蔵』の役の名を題にして、鍵を考え、景品をきめる。その役の中に、桃次自身の与市兵衛がないので、あの倅の桃吉に与市兵衛のくじを作れといわれたと、竹野さんいったじゃありませんか」

「ええ」

「子役でも、家柄のいいのと悪いのとでは、役がちがう。それを可哀そうに、桃吉は感じているんでしょうね。菅秀才の喜太郎の父親は、勘平をする。桃吉の父親は、同じ五段目でも、定九郎に殺される百姓ひと役です。子供ごころに、それを口惜《くや》しく思っているのかも知れない」

「ええ」

「だから、父親の与市兵衛のくじだけは、どうしても作りたかったんです。ところが桃次も竹野さんも、題はあっても、鍵になるセリフも思い当らないといっている。小学生の桃吉に、思案がつくはずがない」

「ええ」私にはまだ、とんと合点がゆかないのである。

「そのうちに、定九郎にも、うまい鍵がないので、蛇の目の傘を景品に出そうということになった。そこで桃吉は、これならいいと思った」

「はア」

「いつも遊びに行っている豊蔵の部屋の鏡台のわきに、札入れが投げ出してある。それがあるのを思い出して、とりに行った。あんな子が廊下をウロチョロしていても、誰も気がつかないし、しじゅう行っているのだから、ヒョイと飛び出して来るところを見られても、誰も不審に思いはしません」

「そうですね」

「桃吉は、多分寺子の衣装のまま、札入れをふところに入れて、父親の部屋に帰った。そして、その札入れはどこかにしまっておき、景品を買いに行ったあとで、父親につきつけて、与市兵衛のくじを作れとせがむつもりだったんでしょう」

「それで、紙きれなんですが」と私は口をはさんだ。

「桃吉は、札入れがほしかったので、中身はどうでもいい。しかし、子供でも、一応札入れを手にしたら、中をあらためてみるでしょう。見ると思いもよらぬ、子供にとっては、大金がはいっている。また別のところに、紙きれがはいっていた」

「なるほど」

「その紙きれは、フランスから飛行機に乗って来た手紙なら、きっと薄いペラペラのものだったにちがいない」

私はゆうべ、すし文で、とり戻したその虎の巻を見ているので、知っている。航空便だから、重量のかからないライスペーパーの便箋だった。

「まさしく、薄い紙でした。よくそんなことまで」

「アメリカにこの夏行った役者からもらった手紙がそれでしたよ。そこに何か書いてあるが、見ると、大したものでもないと思って、紙きれは屑籠にポイと抛りこんだ。金のほうは、盗んだことになるので、豊蔵の部屋に返しに行った。桃吉としては、金を返せば、札入れはもらってもいいという了簡《りようけん》だったのでしょう。何しろ子供の判断ですから」

「はア」

「私は桃吉が買い物に行かずに、若柳の師匠のところに行ったという話を聞いた時に、あの子がやったのだと思い、同時に札入れを盗もうとした動機が、ガラリとわかったのです」

「……」

「おそらく、豊蔵のところで虎の巻が紛失して大さわぎになり、方々に問い合せたりしたことが桃吉にわかったので、とんだことをしたと怖ろしくなって、いつも可愛がってくれるおばアちゃんのいる若柳の家に行ったにちがいない」私はそんなことまで、雅楽が知っているのに、おどろいた。

「桃吉なら、きっと紙きれの値打がわからないから、屑籠にすてたと思ったんです。みんな、札入ればかりさがして、紙きれが裸になって、部屋の隅にあるとは思わなかった。その時、札入れは、桃吉が着がえた洋服の内がくしにでも入っていたでしょう」

「でも、ほんとうに、よかった」

「そうです。千秋楽の最後の芝居がすむと、部屋を引きあげるから、屑籠はほうぼうのをまとめて、中身を全部すてるなり焼くなりしてしまう。私が竹野さんに電話をかけていただくのが、もう三十分おそかったら、あんな薄っぺらの紙きれなんか、どこに紛れこんだか、わかったもんじゃありません」

「ところで高松屋《たかまつや》さん」と私がいった。「桃吉はなぜ、あの札入れが、そんなにほしかったのでしょう」

「だって」といいながら、雅楽は啞然《あぜん》とした表情をした。「与市兵衛の題にもって来いの品物じゃありませんか」

「はア」

「ひろげるとアメリカの旗になるかも知れないが、二つに折ると、星条旗の縞目だけが表に出ている札入れです。つまり、それは与市兵衛の持ち道具と同じです」

「ああ、わかりました」と私は膝をたたいた。

「桃吉にいわせれば、とにもかくにも、それは縞の財布というわけなんです」

雅楽はいかにもたのしそうに、最後の言葉をいった。

グリーン車の子供

一

八月の第二日曜日の朝、私は老優中村雅楽《なかむらがらく》と、新大阪駅の新幹線上りプラットホームに立っていた。

暑いさなかに八十歳の老人が大阪まで来たのは、昭和十八年に死んだ関西の名優の三十三回忌の法要に列するためだった。

雅楽は、若い時分ずっと東京に来ていた故人とは親しい間柄だったので、この法要にはぜひ出たいといっていた。私は故人の舞台は見ていたが、直接会ったことはない。

だから私は寺に行くつもりはなかったが、もし雅楽が久しぶりに旅に出るのだったら、往復の車中で話をゆっくり聞きたいと思い、老優の予定がきまったら、公休をとって、何となく大阪まで行こうと、六月ごろから考えていた。

雅楽から連絡があったので、私は新幹線の下りの席を自分で二枚とって、千駄ケ谷の家に届け、五日前に一緒に西下した。往《ゆ》きの車中では、思いがけなく、雅楽がこんな話をした。

「竹野《たけの》さん、じつは十月に歌舞伎座に出てくれという話が来ているんですよ」

「ほんとですか」と私は目をまるくした。何しろ、神経痛で足が動かなくなって舞台を休んで、もう七年になっている人である。あれは昭和四十二年の四月に、「新薄雪《しんうすゆき》」の正宗《まさむね》に出たのが最後で、まだ引退を称したことはないが、役者をやめてしまったのではないかと思われている雅楽なのだ。

その雅楽から劇界の内外におこった大小いろいろな事件について、あいかわらず鋭い推理を下してもらう機会は、私が手記として書いて来た数編を読んだ読者の知っている通り、しばしばあったわけだが、もうほとんど今は亡びてしまった古風な型を知り、持ち味でその型をおもしろく見せる雅楽の芸には、ずっと接していない。

「ほんとですか」と私は思わず叫んでしまったらしい。二人の並んでいる席と通路をへだてた席にいた夫婦づれらしい乗客が、おどろいてこっちを見た。

「『盛綱《もりつな》』がでるんですよ」と雅楽はしずかにいった。「宝来屋《ほうらいや》がしばらくぶりで、この芝居をするのだが、おっ母さんの役者がいないんです」

おっ母さんというのは、佐々木盛綱の母の微妙《みみょう》という役で、「近江源氏先陣館《おうみげんじせんじんやかた》」の八冊目、俗に「近八《きんぱち》」「盛綱陣屋《じんや》」と呼ばれているこの芝居では、主役につぐ、大切な役なのである。

盛綱が戦場で弟の高綱《たかつな》の軍勢と戦い、その一子小四郎《こしろう》を生け捕りにして帰って来る。盛綱はこの子に対する父性愛に迷って、弟がみっともないまねをするといけないと思ったので、小四郎に切腹させてくれと、母親にたのむ。

やむなく微妙は、血をわけた可愛い孫に向って無紋《むもん》の上下《かみしも》と刀をさし出し、腹を切れと涙ながらに命じるのだが、この場面がじつにむずかしい。武士道にのっとった老婆のつよさと、恩愛の情が必要で、しかも品位がなければいけないのだ。

じつはこの小四郎という少年は、伯父や祖母の思わくを裏切って、高綱の首だといってにせ首が運ばれてきたときに、進んで「父様《ととさま》」と呼びながら腹に刀をつき立てるので、この役も、子役の扮する中では、むずかしい役といわれている。

一方微妙も、歌舞伎のふけ役の中の「三婆《さんばばあ》」のひとつに数えられているほどの大役で、そういえば、もうこの役のできる老優が、いなくなっている。

「微妙に高松屋《たかまつや》さんが出てくれたら、宝来屋も、どんなに喜ぶでしょう。私も、しばらく高松屋さんの舞台を見ていないんです。ぜひ決心して下さい」

「ええ」と雅楽は一応うなずいた。「幸いここのところ、足腰の痛みはなくなっているから、舞台に立つことはできるんですが、ひとつだけ、気の進まないわけがあるんです」

「何ですか、それは」

「子役が気に入らないんです。宝来屋の一座に義五郎《よしごろう》という敵役《かたきやく》がいるでしょう。そのひとりっ子で、去年初舞台をふんだ義蔵《よしぞう》という七つの男の子が小四郎ときまっているというので、それで考えこんでいるんです」

「あの子、いけませんか」と私は訊いた。義蔵は、「うつぼ猿」の小猿と、「明烏《あけがらす》」のかむろと、「先代萩《せんだいはぎ》」の鶴喜代《つるきよ》と、今まで三度舞台に出たのを見ているのだが、別にそんなに困った子役とも私には思えなかったのである。

「義蔵の舞台はみんな見ているが、初舞台の小猿は別として、浦里《うらざと》の雪責《ゆきぜ》めの所に出ていた時、誰が教えたのか、雪の中をチョコチョコ歩いたりして、変にませていたのがいやだった。『先代萩』の芝居では行儀がわるかった。目をパチパチさせたり、何度もすわり直したりしたのが目ざわりでした」と、雅楽はよどみない口調でいった。

なるほど、雅楽の目から見れば、その通りかも知れない。しかし、そんなことをいったら、今の子役は、みんな落第だ。

私は義蔵という子供を、まだ舞台以外で見ていないのだが、一座の座がしらの宝来屋が大変可愛がって、父親からあずかって部屋子《へやご》にしているのを知っている。

それだからこそ、盛綱の小四郎にも起用したのだろうが、雅楽がこんなことを考えているのを、宝来屋は知っているのだろうか。

それを質問しようと思っていたら、私の胸の中を射当《いあて》でもしたように、雅楽がいった。

「宝来屋に、小四郎は義蔵じゃないとだめかねとだけ、私はいっておきました。妙な顔をしていたが、私が子役が気に入らないことだけは、もうわかっているはずです」

「しかし、小四郎を何とかして、舞台にだけは出て下さいよ」と私は、くどいように、何度もくり返した。

「考えておきましょう」とだけ、雅楽は答えた。そういう話を、私たちは、浜松あたりから名古屋を過ぎる頃まで、続けたのであった。

大阪では、二人とも新阪急ホテルに部屋をとった。雅楽とは、二回ほど食事をしただけで別行動だったが、出発する前の晩、打ち合せて、道頓堀を歩いてみた。

「ああ、すっかり変ってしまった」と雅楽は、中座やもとの朝日座の前で、何度も溜息をついた。

法善寺の地内の小さな店で酒を飲んだ。電話をかけると、新歌舞伎座の支配人が、たのんでおいた翌日の新幹線のグリーン車の券を届けてくれた。

支配人も酒好きなので、三人で二時間ほど、いろいろな話をして過した。

支配人はさすがに早耳で、「高松屋はん、十月にはいよいよ舞台に出なさるそうで」といったりした。

「それが、まだ決りまへんのや」雅楽がわざと関西弁を使って答えたのは、そういう話題にまきこまれたくなかったのであろう。

二

支配人が届けて来たグリーン車の券の座席番号を、前の晩確かめておかなかったのは私の迂闊《うかつ》だが、いざ乗りこんでみると、二人の席は並んでいなかった。

雅楽の席は十号車の十二のB、私の席は同じ十号車だが十のCだった。

せっかく帰りもまたいろいろな話が聞けると思っていた私は、がっかりした。もっとも並んだ席があいていたら、そこに移動して話すことができると思い直したが、この朝私たちの乗った「ひかり二三四号」は、新大阪仕立てなのに、満席に近く、あとからあとから乗客が乗りこんで来て、たまに一箇所だけあいていても、二つ並んだ座席はどこにもあいてなく、やがて京都でその飛び飛びの空席も、埋まってしまう状況だった。

こういう手もあるにはあった。十二のAもしくは十のDにすわっている乗客に訳をいって頼み、かわってもらうという方法である。

しかし、それもじつは頼みにくいので、雅楽も私も、とってもらった席は通路側である。同じ料金でも、窓際のほうがいいと誰でも思うのが人情だから、AやDの乗客に、BかCとかわってくれとは、申し出るのを遠慮するのが常識だろう。

それに、雅楽の隣に来たのが、女の子であった。

私が雅楽の席をみつけて誘導し、自分の席につくとすぐ、その子は、その子の多分父親だろう、四十五六の男につれられて、十号車にはいって来た。
「ああ、これはよかった」とその男は、老優の顔を見るなり、声をあげた。「御年配の方なら安心だ」

女の子は就学年齢より幼い感じだが、昔の人形のような純日本的お河童《かっぱ》の頭で、学校にもまだ行かないくらいの年なのに、セーラー服を着ているのが、珍しかった。

髪の形と服が不似合いという感じがしたが、目はパッチリと、色が白く、おとなしそうな子だった。目尻がきつい嫌いはあるが、顔だちも、今時あまりない日本的な感じで、笑顔を浮かべ、すこし恥らうようにして雅楽の前を通ると、窓際の席にチョコンとすわった。

「おそれ入ります、この子を、東京までやるのですが、あいにく私のところで、ついて行く者が、いないのです。私は東京の人間で、大阪に転勤して来ておりますが、渋谷に住んでいる私の親が、この子をよこせとあんまりいうものですから、ひとりで乗せてやることに致しました。おとなしくしていると思いますが、御迷惑なことがありましたら、遠慮なく、お叱りになって下さい」と男はゆき届いた挨拶をした。

「よござんすよ、確かに引き受けました」と雅楽がうなずいた。そして女の子に向って、「東京まで、おじいちゃんと一緒にゆこうね」といった。

女の子は黙って首をたてにふったが、すぐ窓の外を見ている。

「失礼ですが、東京のお方ですか」と男が訊いた。雅楽とは知らないらしい。

「ええ、私の家は千駄ケ谷で」

「そうですか。じゃア私はゆくよ。おとなしくしてゆくんだよ」と男はいい、「東京駅には迎えが来ております。隣にいい方がいたから安心するようにと、これから早速電話をかけておきましょう」といいすてて立ち去った。

すぐうしろにいる私には、男の言葉も、雅楽の言葉も、全部聞えた。どちらかというと、男のしゃべり方は近所隣の人たちにも聞かせているように、かん高い声であった。おそらく、頑是《がんぜ》ない女の子が保護者をつけずにひとりで東京まで行くのだということを、その辺にいる人たちにも知らせておきたい意識が、あったのではないかと思う。

私は何となく、「寺子屋《てらこや》」の芝居の寺入りの場面で、松王丸《まつおうまる》の女房の千代《ちよ》が小太郎《こたろう》を武部源蔵《たけべげんぞう》の内にあずけて帰るところを、思い出していた。男のいい方が、いささかセリフじみていたせいかも知れない。

十時二十分、すべるように、新幹線が動き出した。すぐ検札が来た。

大阪に来る時、雅楽とならんでいると、車掌が二人で検札に来て、「六のアメリカ名古屋、ブラジル京都、カナダ大阪、デンマーク京都」といっていたのを、雅楽が聞きとがめて、わざわざ、あとで質問しに行ったのを、私は微笑しながら回想していた。

つまり、ＡＢＣＤを、符丁で、アメリカ、ブラジル、カナダ、デンマークと車掌が呼んでいたのである。国鉄全体が使っている隠語ではないらしいが、雅楽は詮索好きで、同時に洒落《しゃれ》を楽しむ老人だから、こんな云い方があるのを知って、大変喜んでいた。

そして、「竹野さん、われわれだと、別の符丁が使えるね」といった。

「どんな符丁ですか」と私はわざと、とぼけて訊いた。

「きまっているじゃないか。アメリカだのブラジルというのは、西洋の国です。芝居の人間なら、それらしいＡＢＣＤができるはずですよ」と雅楽はじれったそうな顔をして、

「こうっと」と目をつぶっていたが、「できました、できました」と嬉しそうに、手を打った。

「はア」

「荒事《あらごと》に弁慶、宙吊《ちゅうづ》りに團十郎《だんじゅうろう》、どうです。ＡＢＣＤでしょう」

「なるほど」と私は感心した。

しかし、帰りは、雅楽がよその子をあずかってしまったので、私は隣にゆくわけにはいかないのが残念だった。

雅楽はめがねをかけて、十二の弁慶の席で、「演劇界」を読み出したし、私は十の宙吊りの席で、週刊誌を開いた。

京都に着いた。

三

京都で、私の隣の空席が埋まった。すわったのは、四十ぐらいの和服の女性である。身のこなしが、おどりでも習っているようにスッキリしたひとで、「御免下さい」といって私の前を通って、十のDに腰かけた。

ひとり旅なのに、鞄を二つ持っている。私はそれに気がついたので、立って、それを網棚にのせてあげた。

「恐れ入ります」と、いかにも恐縮したように、その女性は礼を返した。

私はどちらかといえば人見知りをするたちで、連れのない時に、こういう座席の隣に誰が来るのかが、ひどく気になる。大阪であいていた席が、どんな人物によってふさがるのか気にかけていたのだが、女性で、感じのいい乗客だったので、ホッとした。

それで「東京ですか」と声をかけた。

「はい、東京に帰ります」といった。頭のいい返事である。自分が東京に住んでいるということまで、この一言で知らせているわけだ。

しかし、逆にいうと、一言でまとめて返事をしたということは、あまり長くしゃべりたくないのかも知れない。私は、ふと、そんな風に思った。

だから、週刊誌を再び読みはじめた。

時々目をあげて、二つ前の通路の向うの席を見ると、雅楽は雑誌を読みふけっており、その隣の子は、おとなしくしている様子だった。

名古屋に近づいた頃、セーラー服の幼女は、便所に立った。私の前を通った時、私の目を見て、ニッコリ笑った。

私も笑顔でむくいたが、女の子が自動ドアの外に行った時、隣の女性に、「あの子、東京までひとりで行くんです」と教えた。

「まア、ひとりで」

「ええ、さっき、お父さんらしい人が連れて来ましてね、隣にいる老人に、たのんでいましたよ。東京駅には、迎えが出ているそうです」

「まア、えらいこと」と女性はうれしそうにいって、振り返って、自動ドアのほうを見ている。

女の子が帰って来た。ゆれるので、左右の座席につかまりながら歩いている。

「おとなしいね」と私はつい話しかけてしまった。

隣の女性も、可愛くてたまらないといった顔で、微笑しながら見ているのだが、女の子は、チラッと女性を見て、すまして通って行った。

名古屋を定時の十一時二十四分に、新幹線は発車した。

名古屋から、前のほうに、小学生の男の子が二人、両親につれられて、乗りこんだ。この子供たちは、雅楽の隣の女の子とは対照的で、乗りこむ時から、はしゃいでいた。そして、席にすわったかすわらぬうちに、親にせがんで、ビュッフェに立って行った。通路をさわがしく駆けぬけた二人の小学生は、よく似ているから、年子の兄弟にちがいなかったが、片方の子は、新幹線の模型を、片方の子は、飛行機の模型を手にしている。

二十分ほどして、ビュッフェから男の子が、大きな声で話しながら帰って来た時、雅楽の隣の女の子が通路に飛び出して、新幹線の模型のほうに、ちょっと手をのばした。そういう時に子供というのは意地悪なもので、左手に持っていたその模型を、右手に持ちかえて、スタスタ行ってしまった。

女の子は私のほうをチラッと見て、首をすくめ、また窓際に戻った。女の子でも、あんなに鮮やかな色に塗られた精巧なオモチャには、魅力を感じるものらしい。これは、私にとって、ひとつの発見だった。

雅楽が私を招いたのでゆくと、「食事をどうしよう」というのだ。

「ビュッフェも食堂車もあります。食堂車は、案外おいしいそうですよ。売りに来る弁当よりは、いいでしょう」

「じゃア行くことにしようか」といったが、隣の女の子に気がついて、「一緒に御飯を食べにゆかない?」」と話しかけた。

女の子は黙って首をふり、網棚の小さな荷物を指さした。

「どういう意味でしょう」と私が首を傾けた。

「きっと弁当をこしらえてもらって、あの包みにはいっているんだ。そうだね」と雅楽が訊くと、子供は、だまってうなずいている。

「じゃア、おじいちゃんは、このおじさんと御飯を食べに行って来ますからね、おとなしく待っていなさい」といって、私たちは、食堂車に向った。

九州まで新幹線が通うようになってから、食事の設備が以前にくらべて改良されたのは、うれしい。雅楽と私は、二人でビール一本を飲み、肉料理の味を、かなり満足した。

「そうだ、あの子、弁当、自分でとれるかしら」と急に雅楽がいった。

「座席にあがれば、手が届くでしょう」と私は答えた。

「冷淡だな」と雅楽はあまり愉快そうでないいい方をした。

「どうも、すみません」と私はわびた。こういう時は、すぐあやまっておくほうがいいのを、長いつきあいのあいだに、私は心得ていた。

「あの子は、しかし、ほんとに、おとなしい子だね。うっかり名前を訊ねなかったが」

「ええ」

「ニコニコしているだけで、ほとんど、しゃべらない。年は七つか八つだろう。あのくらいの年の女の子は、大てい、おしゃまで、おしゃべりなものだが、まるで口を利かない」

「しつけのいい家なんでしょうね。あのあと、名古屋から乗りこんで来た男の子のほうは、親がいるのに、まるで傍若無人《ぼうじゃくぶじん》で、通路を走りまわっているのに、誰も小言をいわないんだから」と私は思わず、いった。

「あの子供たちが、模型を持っていたのを、女の子が気にしていたのがおもしろい。手をのばしたから、貸してくれるかと思ったのだが、意地悪して、行ってしまった」

「私も見ていました」といったあと、「女の子でも、あんなオモチャに興味を持つんでしょうかね」と私は付け加えた。

「きれいな色をしているからね。それに、今は男の子のオモチャと、女の子のオモチャと、そんなにちがわない。男の子でも人形を抱いて喜んでいたりするんだ。世の中はすっかり変りました」と雅楽は苦笑した。

三十分ほどいて、十号車に戻ると、私の隣の女性が、雅楽の席にいて、私たちを見るとすぐ立ち上り、「いま、このお子さんが、網棚に手をのばそうとして、一所懸命だったので、私がお弁当をとってあげたんです」といった。

女の子は膝の上に風呂敷をひろげ、塗り物の箱にはいっているまぜ御飯を食べていた。雅楽は安堵したように、「それはどうも」と挨拶している。

私はおかしくなった。大阪でたのまれてはいるにしても、かれこれ二時間ならんですわっているうちに、情《じょう》が移ったのか、雅楽が女の子を、自分のつれて歩いている孫のような気持で見ているのが、わかったからである。

それはそうとして、雅楽の微妙を、ぜひ十月に見たいものだと、改めて私は思った。

四

幸いに、富士山がよく見える日だった。すぐうしろの席にいる外人が、私の肩を叩き、窓の外を指して、「フジ？」と訊ねた。

私が「そうです」というと、カメラをとり出して、パチパチ写している。

それにつりこまれたのか、十三のCDを占領していた若い夫婦が、あわただしい会話を交わしたと思うと、男が網棚の鞄から八ミリの機械を出して、富士山に向けた。

軽快な音が聞える。女の子は伸び上って、通路に中腰になって八ミリをまわしている姿を、じっと見ていた。

さっきの男の子の模型に対しても、この八ミリに対しても、女の子は、積極的に好奇心を示している。お人形のような顔をしたおとなしい子だが、案外、かわった好みを持っているようでもある。

隣の女性が、鞄の中から、横文字の商標の小さな缶を出して、私にすすめた。

「つれのあのお年寄の方にも、どうぞ、上げて下さい」という。

「ありがとうございます。老人の隣のあの子にも、あげていいでしょうね」と私がいうと喜んで、「ええ、もちろんですわ」といった。

私は、先に雅楽と女の子に食べてもらおうと思い、あずかった缶を持って、二つ前の座席に行った。

「私の隣の方から、これを」

「それはどうも」と振り返って会釈《えしやく》をしたが、その雅楽が缶をあけようとしても、固くてなかなかあかない。

私を見上げて心細そうな顔をしているので、私が缶を受けとって、蓋を手の平でおさえてまわしてみたが、私にもあけられなかった。

すると、女の子が手を出して、ニコッと笑いながら、蓋を軽くおさえ、スッとまわすと、苦もなくあいた。

中にはパラフィン紙が美しく畳んであり、それを開くと、五色のキャンディがぎっしり詰まっていた。舶来の飴のようである。

「さア、あなたから、おとんなさい」と雅楽がいうと、またニッコリして、女の子は、色とりどりの飴を五粒ほどつまんだ。

雅楽も私ももらい、缶を返した。

「あの女の子が、あけてくれましたよ」と私はいった。

「きっと、家でも、このキャンディを食べているんでしょう」

「まア」と女性は大きく息をついていたが、「そうです、この缶の蓋をまわすのに、コツがあるんですの」といった。「私には読めませんが、英語で、蓋のあけ方が書いてあるんだそうです」

「そうですか」と私はいったが、急に見たくなったので、缶をもう一度借りた。

裏を見ると、「開くのには、軽く蓋の中央をおさえて、時計の針の順にまわす」と書いてある。

何だと思った。日本でふだん私たちの前にあらわれる缶は、時計の針とは逆にまわすのだが、この外国製品の缶は、それが逆方向になっていたのだ。

スイス製ということもついでに判ったのだが、こうなると、あの女の子は、きょうはじめて、このキャンディの缶を見たわけではないにちがいない。

長い丹那トンネルをぬけると、すぐ右側に熱海の町があった。

熱海で、十五六人の乗客がおりた。富士山をカメラで写していた外人も、八ミリで写していた若い夫婦も、行ってしまった。

新幹線が動きだすと、雅楽が女の子のほうに身体を傾けて、話しかけているのが見えた。手に持っている雑誌を開いて、指さしながら話している感じである。

ふしぎだなと思っていた。

やっと馴れて、おしゃべりをはじめたのか。それにしては、声があまり聞えない。

雅楽が私のところに来て、「向うがあいたようだ、ちょっと来て下さい」と、ずっと前のほうに二つ並んで空席となった場所に、私をつれて行った。

行く前に雅楽は、私の隣の女性に、「私たち、ちょっと打ち合せたいことがあるので、席を移します。恐れ入りますが、あの子の相手をしてやって下さいませんか」と、ばかに丁寧な口調でいった。

「はア？」と一瞬女性はキョトンとした表情になったが、「はい、はい、よろしゅうございます」と立って、雅楽の席に移った。

五

「竹野さん、私は、十月の『盛綱陣屋』に出る決心をしましたよ」と雅楽はうれしそうにいった。

「ほんとですか」と私はまたしても、同じような応対をした。「それはありがたい」

「ふしぎなことだが、隣に女の子がすわって、何となく世話を焼いているうちに、子供になつかれているって、何ていい気持なんだろうと思ったんです」

「そうですか」

「さっき食堂車で、私があの子が網棚に手が届くだろうかといった時、竹野さんが、事もなげに、座席の上に立てば届くでしょうといった時、私は思わず冷淡だなといいましたね」

「ええ」と私はもう一度赤面した。

「私はハッと思った。あの時、私は女の子の保護者のつもりに、ハッキリなっているのが、わかったからです」

「なるほど」

「そのあと、座席に帰ると、女の子の隣に、竹野さんの隣にいたあの奥さんが来て、面倒を見ていた。私たちを見ると、あわてて会釈をしたが、あの時、私は、これは親子じゃないかと思った」

「えッ」と私はまた大きな声を出してしまった。

「じつは、あのキャンディで思いついたんです。あの缶を、奥さんが竹野さんに渡し、竹野さんが私の所に持って来た。二人であけようとしてもあかなかった缶を、あの子は、簡単に逆にまわしてあけた。あれは、いつも食べつけているキャンディにちがいないと私は思いました」

「ええ、私もそれには」といいかけたが、やめた。こういう時に雅楽の話の腰は、折らないほうがいいのだ。

事件の推理を下す時のような、独特の言いまわしで、雅楽は続けた。

「女の子が大阪から乗り、奥さんは京都から乗った。だが、あの奥さんの座席券は、女の子のと一緒に、大阪で買っているにちがいありません。それよりも、竹野さん、私たちの券と四枚一度に買われた券じゃないかと思う」

「どういう意味でしょう」

「まずあれが親了だと大体見当をつけてから考えてみると、この十号車の私たちの座席券は、新歌舞伎座の支配人が手配してくれたものです。ところがあの支配人は、宝来屋のマネージャーをしていたことがある。それを思い出しました」

「……」私は、これから何が話し出されるのかわからず、唖然《あぜん》として聞き入っていた。

「つまり、私が微妙に出るのを渋っているのを聞いた宝来屋が、あの支配人にたのんで、私に三時間、子供の相手をさせようとしたのですよ」

「ああ、そうですか」やっとわかった。

「歌舞伎座から話があった時、私は例によって即答はしなかったが、しばらく考えてから、こう返事をしたんです。もう何年も舞台に出ていないので、諸事カンがにぶっていると思うが、ことに子役を扱うカンは、すっかり衰えている。子役がうまくなついて、私の思う通りに動いてくれないと、芝居はできないが、今のところ、どんな子役が出て来ても、私は調子を合せる自信がない、こんな風にいったんですよ」

「小四郎の子役が誰かということは別としてですね」

「ええ、義蔵という子役はあなたにこのあいだ話したように、ちょっと気に入らないのだが、それをいうと、あの子が傷つく。だから、別のことをいって、ことわったんです」

「そうですか」

「ところで、宝来屋は考えたんだ」と雅楽がまた続けた。「私を子役に馴らそうとしたわけです。大体、私と竹野さんを離れた座席にすわらせるなんて、ばかなことがあるものじゃない。つまり、宝来屋にたのまれた支配人は十のCDと、十二のAＢの四枚をとって、十のCと十二のBを私たちに渡し、残る十のDと十二のAを親子の席にした。しかし、母親が京都から乗りこむなんて、手がこんでますよ」

「しかし、あれが、母親だとしたら、じつにあの女の子は、大したものですよ、母親を見ても、全然反応を示さなかったんだから」と私は自分の見た通りを話した。

「ほんとですか」と今度は雅楽が目を丸くした。

「そんなことがあったんですか」

「ええ」

「そうか、そうなると、これは」と雅楽は、うれしそうに、いつもの癖で、両手をもみ合せながら、目を車窓の外に向け、しばらく考えていた。

私は立ち上って、十二のＡＢの座席を振り返ると、女性と女の子は、しきりに話しこんでいた。雅楽が見ぬいたように、あれは、まぎれもない、親子にちがいなかった。

新横浜を定時に発車した。あと二十分で終着駅の東京である。ずっと黙っていた雅楽が、目を輝かせながら、私をかえりみて、「竹野さん、義蔵の小四郎は、きっといいと思うよ。私が太鼓判を押す」といった。

「急にまた、どうして」と訊くほかない。

「私は義蔵という子供を、これまで三回見ています。あんまり行儀のいい子ではないと思っていたが、まちがってました。あの子は、教えれば、すなおにいうことを聞く子だということがわかった。きっと、いい小四郎が、できるでしょう」

「……」

「あの女の子をつれて来た男は、父親じゃありません。父親なら、私は顔を知ってます」

「……」

「あの男がわざわざ、私に、東京のお方ですかと訊いたのも、今となってはおかしい。私はあなたを雅楽とは知りませんと断ろうとする、こしらえたセリフだった」

「……」私は一向焦点のまとまらない話を聞きながら、じりじりした。

「あの時、あの男が子供が東京に行くというわけを、長々と説明したでしょう。あの話し方も不自然です。女のひとならともかく、男はあんなふうにペラペラ、おしゃべりをするもんじゃありません」

「はア」

「女の子が無口で、ほとんど口を利かないのも、不自然だと思いませんか」

「そういえば、そうですね」

「私が話しかけても、うなずくか、首をふるか、ニッコリ笑うだけ。おとなしくしていろといわれたにしても、すこしおとなしすぎますよ」と雅楽はなお話し続ける。「じつは、私は多分あの子が、芝居の世界に関係のある子だと思ったので、さっき『演劇界』の写真のところを開いて、これが『寺子屋』、これが『車引《くるまびき》』という風に、一々教えて聞かせたんです」

「どうしました」

「だまって、おとなしく聞いていました。一度だけ私はわざと間ちがったように、『道《み》行《ゆき》』の勘平《かんぺい》を指して、これが由良助《ゆらのすけ》といってみたんです」

「すると」

「その時だけ、あの子は、うなずかなかった。この子は、歌舞伎のいろいろなことを知っているなと思いました。

だから、宝来屋にたのまれて、東京まで私の隣に、すわらせられた女の子だと、もう結論を出していたんだが、私の読みは、もうひとつ浅かった」

「何ですって」と私は思いもかけない言葉が次に出て来る予感に、肩の線を硬くした。

雅楽は立ち上って、通路を戻ると、女の子と、いまその隣にいる女性を手招きした。

二人が目の前まで来ると、雅楽がしずかにいった。

「『盛綱陣屋』のセリフに、教えも教えたりというのがあるが、ほんとによく教えこみましたね」

「はい」と女性は、涙を目にためていた。

「その『盛綱陣屋』の小四郎に、君が出るんだね」と女の子に、こんどは話しかけた。

目のうろこがとれたような気がした。そうか、この子が義蔵だったのか。

「このおじいさんは、すっかり君が気に入ったよ。しかし、洋服を着た女の子に、よく化けたねえ」と雅楽は破顔した。

「申しわけありません」と女性は低く頭をさげた。

「おとなしくしているようにといわれて、これだけ、おとなしく、女の子になったのだから、教えれば、どんな役だって、できるよ。お母さん、私はこの子と一緒に、盛綱の芝居に出ます」

東京駅には、義五郎が迎えに来ていた。雅楽を見て、恐縮しきっている様子である。

雅楽は笑いながら、新幹線からおりると、義五郎の肩を叩いて、「いい子供を持っているね」といった。

次に私に、「名古屋でオモチャを持った小学生が乗りこんで来た時に、気がつかなかったのは、私の推理が甘かったことになる」といった。

最後に雅楽は、義蔵にいった。

「早くうちに帰って、のびのびとしなさい。そして、お父さんに、新幹線の模型を買ってもらいなさい」

目黒の狂女

一

　私には姪が三人いて、その一人が、目黒の行人坂《ぎょうにんざか》のそばにある松野ドレスメーカー学院の教務室につとめている。

「竹野《たけの》のおじ様にお願いがあるんだけれど」といって、その姪の幸子が、九月のはじめに、東都新聞社に出社している私を訪ねて来た。

「何だい。結婚したい相手がやっときまったから、一度会ってみてくれとでもいうのかい」

　酒をのむといつも楽しい会話をはずませるこの幸子を私は好きなので、すぐこんな調子で切り返した。

「うちのドレメに来て、お話をしていただきたいのよ。学生だけでなく、一般にも公開します」

「講演かい？　冗談じゃないよ。そんな器用なことはできない」

「どうしても駄目?」

「歌ぐらいなら、行って、みんなに聞かせてもいい」

「歌って何です? おじ様」

「ドレメの歌」

「ひどいわ」

私はヨネヤママママコにちょっと似ている幸子を例によってからかったが、結局余計な冗談をいったのが仇になって、十月の毎週火曜日の午後四回、学院に行って、演壇に立つことになってしまった。

テーマは「歌舞伎役者」という注文で、仕事の関係で何十年ものあいだに会ったいろいろの俳優の逸話だの芸談だのを話してくれと、幸子があらかじめプランを用意して来ていた。

そんな話なら、まんざら厭《いや》でもない。親しくしている老優の中村雅楽《なかむらがらく》についてだけでも、一時間や二時間の話題はあると思ったので承知したわけだが、これが私を一時ノイローゼのようにしてしまう結果を招こうとは予想だにしなかった。

じつは、こういうことがあったのだ。

十月五日の火曜日の午後一時から、松野学院の小講堂で、役者の話を、二時半までした。歌舞伎に関心を持つ若い女性が殖《ふ》えているとは一応知っていたが、みんな熱心に、目を輝かせながら、しずかに聴いてくれた。

メモをとっている学生もいたし、私の話の終ったあと、廊下で質問をする学生もいた。何となくあと味よく、副院長と姪の幸子に見送られて、学院を出た。

それから社に行こうと思って、私は目黒の国電の駅の隣のターミナルビルの前のバス停留所に立っていた。

永代橋行か東京駅南口行かに乗れば、内幸町まで二十分で行ける。満ち足りた思いの私はホープに火をつけて、澄み切った秋空を、見あげていた。すると、都バスの営業所の前から横断歩道を渡って来る群集の中にいた二十七八の女性が、はじめ日本橋三越行という標示の前に立ち、私のほうを見ると、急に、けたたましく笑った。

あまり度はずれた声だったので、二ヵ所のバス停留所で待っていた人々が、一斉に、そっちを見た。

顔の色は蒼白で、目の下が黒ずんでいる。髪はカールをしているが、櫛がはいっていない。たしかに異常である。

気がつくと、手に赤いカーネーションの花を一本、捧げるように持っていた。

この女は、フラフラと、自分が立っていた場所から、私のほうに歩いて来た。

私の顔をひたすら見つめているようだが、視点は定まっていない。ニヤニヤ笑いながら私に近づくと、また「ハハハハ」と声をあげ、やおら手にしていた花を、私につき出した。

反射的に私はその花を受けとってしまった。まわりにいる男女が、おもしろそうに、その女と、私を見ているのがわかる。

「貰ってくださって、ありがとう。おじさん、さよなら」と女は大声でいい、クルッと背中を向けると、すたすた歩きだした。

そして、ビアホールが屋上にあるビルディングと隣の銀行とのあいだの路地に姿を消した。

赤い花を持たされた男は、とんださらし者である。私は苦笑しながら、そっと花を、すぐ近くにあった屑籠に投げこんだ。

こういう時に、みんなが黙っていると格好がつかないものだが、さすがに年の功とでもいうのだろうか、前に立っていた六十五六の紳士が、声をかけてくれた。

「御迷惑でしたな」

「いやどうも」と私は額の汗を拭いた。

「私は毎日ここからバスに乗るんだが、あんな娘は、一度も見かけていませんよ。どこから来たんでしょうな」

「せっかく花をくれたんですが、持ってバスに乗るわけにも行かないんでね」と私は、屑籠をチラリと見た。

私の無雑作に抛《ほう》った花が、さかさに、読みさしのスポーツ新聞のあいだに、立っていた。私は、それが、さっきの女性の姿のような気がして、いかにも哀れだったので、もう一度屑籠の中から拾い上げて、花を上にして、そっと沈めた。

バスに乗りこむと、今しがた声をかけてくれた紳士が、隣にすわった。

「私は五十年も、この目黒に住んでいるんですが、この夏から秋にかけて、これまで一度もなかったような事件が、私の町内で三度もおこりましてね」

「はア」

「物騒なんですよ。ひとつは、七月のことですが、宵の口だというのに、ビール会社の塀のそばを歩いていたOLが、ハンドバッグをひったくられたんです」

「いやですね。このごろは、よくそんなことがあります」

「八月になると、三田（目黒区）の小さな公園でガールフレンドとベンチで話していた学生が、恐喝されて、現金をとられています」

「アベックを狙うというのも、よくある話ですね」

「その次が、たしか先月だったと思いますが、私の家のそばのマンションのエレベーターの中で友人を訪ねて来た若い奥さんが襲われたんです。幸いに、一階から六階に上るそのエレベーターを四階でボタンを押して止めた人がいたので、そのまま男は逃げ出したそうですが」

「まったく、こわいですね。うちの社会部の連中は、その程度の事件は、記事にしていたらきりがないから、没にするといってます。それだけ犯罪の数が多いんですね」

「あなたは、新聞におつとめですか」と、紳士は目を光らせて、私をじっと見た。

「ええ、私は文化部の嘱託ですけれど」

「新聞のお方なら、ちょうどいい。いまお話しした事件について、考えると妙なことがあるんですよ」

「どういうことですか」

「三つの事件の被害者が、共通した条件を持っているんです」

「というと」

「恵比寿のほうに行く陸橋のそばに、高層ビルが建つことになった時、日照権の問題で強硬に反対した住民連盟があるんですが、いま話した事件の被害者が、全部、その連盟のリーダー格の人たちの家の奥さん、息子、娘なんです」

「ほほう」

「つまり、猛烈に反対されたため、まだ施工にとりかかれずにいるそのビルの建築主が三つの事件の裏にいるような気がしてならないんです」

私はすっかり気が滅入ってしまった。あきらかに狂女と思われる二十七八の女性に突如近づいて来られた時の、背筋の寒くなった感覚が、隣席の紳士の話で、あざやかに、よみがえった。

二

それだけなら、何でもないのだが、十月十二日の第二火曜日に、私は再び、同じバス停留所の前で、狂女に出会ったのだ。

しかも、その女性は、先週の女性とは、すこし似てはいたが、明らかに別人であった。同じ女性なら、気がおかしくて、しじゅうこのへんを歩きまわっていると解釈してもいいのだが、先週のとちがう顔をして、同じように異常な女性があらわれたのだから、何とも不気味な話だった。

やはり蒼白な血色をして、目の下が黒ずんでいる。髪も手入れをしていない。目鼻立ちは別だが、そのほかの様子は、ほとんどこの前の女と同じだった。

おまけに、今日の狂女も、花を持っているのだ。こんどは、白いカーネーションであった。

私を見ると、私のほうに歩いて来て、私にまたしても、その花をさし出した。

もちろん、先週とは、まわりにいる人たちがちがっているので、その群集にとっては、はじめて目撃した新鮮な椿事《ちんじ》にちがいない。

花を貰って戸まどい、二回続けて火曜日に二人の狂女に会った偶然におびえている私を、おもしろそうに見ている。クスクスと忍び笑いをしている少女もいたし、こっちを指さして話している夫婦づれもあった。

二人目の狂女も、先週の狂女と同じように、ビルディングの横の路地に姿を消した。

私は今日も、カーネーションを捨てることにして、屑籠にていねいに入れた。


その夜、私が歌舞伎座に行って、招待日に見残した大ぎりの「娘道成寺《むすめどうじょうじ》」を見てから、終演になって玄関に出て来ると、雅楽が一中節《いっちゅうぶし》の家元のおきよさんと、立ち話をしていた。

私は雅楽に、送って行きましょうと声をかけ、三原橋の交差点で、タクシーをとめた。じつは、私の異様な経験をぜひ話しておきたかったのだ。

「千駄ケ谷は大まわりになりますよ。いいんですか」と雅楽はいったが、「もっとも、竹野さんが私に話したいことがあるんなら、喜んで御一緒しますよ」とつけ加えた。

さすがに敏感な老人である。

先週の火曜日と、今日と、ちがう狂女に目黒で会った話をすると、いつものように、目をつぶって私が話し終るまで聴いていた雅楽は、何となく嬉しそうに、手をこすった。

「目黒の狂女というわけだな。狂女は目黒に限る」と老優は、皮肉な笑顔で、独り言のようにいったが、「竹野さん、これは来週の火曜日にも、同じ場所同じ時刻に、ぜひ行ってみて下さい」と、私のほうをキッと見るようにした。

「どうせ、松野学院に出かけるんですから、そのかえりにバス停まで行くのは何でもないんですが、また気の変な女の人があらわれたら、どうしようと、少々薄気味わるくもあるんですよ」

「花を一本もらって、あとで屑籠に入れるだけで、大した負担でもないのだから、行ってみることですね」

「そりゃアまアそうですけれど、相手は狂女ですからね。何がおこるか、わからない」と私は弱々しい声で、つぶやいた。

まもなく、タクシーは神宮外苑を通りぬけて、雅楽の家のある横町の角にとまった。

「きょうの『道成寺』は、よかったですね」

ひと言いうと、老優は、元気な足どりで、去って行った。ひところ苦しんでいた神経痛は、もうすっかり快癒したようである。

十月十九日は、第三火曜日である。

私は、先週と同じように、午後一時に松野学院の小講堂の壇上にあがり、今回は元禄をした。きょうも、みんな、熱心に聴いてくれた。

「役者論語」に出ている坂田藤十郎《さかたとうじゅうろう》や芳沢《よしざわ》あやめの逸話を中心に、一時間半おしゃべりをした。きょうも、みんな、熱心に聴いてくれた。

外に出ようとして、見送りに来た姪の幸子に小声でいった。

「ちょっと出られないかね」

「お茶でも御馳走してくれるの？」

「いや、バス停のところまで、送ってくれないか。訳はあとで話す」

幸子は院長にことわって、黙って、ついて来た。「何なの」と、途中で一切訊ねないところが、この子のいい性質だと思う。

二時四十分ごろに、いつもの永代橋行という標示柱の前に立った。

まるで時間をはかっていたように、女があらわれた。先週のとちょっと似た顔だが、やっぱり別の人間らしく思われる。

髪の形がちがうし、目の下に黒ずんだ隈《くま》がない。顔色も、そんなに悪くなかった。そして、今日は、花を持っていない。

しかし、その女は、私を認めると、私のほうに、まっすぐに歩いて来た。そして、私の前で、クスッと笑った。

かたわらで幸子は、あっけにとられたように、女と私を見くらべていた。

女の服は、先週のとほとんど同じ色だったが、顔はちがうと、私は思った。そして、ぞっとした。このバス停に来るたんびに、毎週、ちがう女に会い、それが、どこか常軌を逸した言動を、私にだけ、ハッキリ見せる。何だろう、これは。

私が深刻な表情をして、無言で目の前に立った女をじっと見返していると、女は右手をポケットに入れて、白い紙片を出した。そして、私につき出す。

稚拙な片仮名の字が書いてある。「ワタシハカワニオチテシニマス」

この電報のような十四字をにらんでいて、ふと気がつくと、もう女はどこかへ行ってしまっていた。

「何なの？　今のひと」と幸子は、こわそうな顔をしながら、小声で尋ねる。

「どっちに行った？」

「そこの路地にはいったわ」と幸子は指さした。先週も、その前の週も、同じ道に、姿を消したのだ。たしかに、三人には、ハッキリ関連がある。

幸子には、こう説明した。

「きょう、あの女がここにあらわれて、おじさんに何か手渡しそうな予感がしたのさ。幸子にも、その女の姿と顔を、よく見てもらいたかったのだ。第三者の目撃というものは、当事者よりも、確かだからね」

紙片は、わざと見せなかった。

幸子は、妙なことをいった。

「この間、パリのレジスタンスの映画を、テレビで見ていたら、街頭で、今のように、同志が紙きれを手渡して連絡する場面があったわ。あのひと、おじさんの何なの？」

「名前も知らない。今はじめて見た女さ。狂女だと、おじさんは思う」

「何のことか、らっとも、わからないわ」

「おじさんにも、わからないんだ」といった。それは、本音だった。

私は、幸子と別れて、バスに乗った。そして、もう一度、さっきの紙片を開いてみた。

「私は川に落ちて死にます」とは、何の意味だろう。自分の死を予言するというだけでも普通ではないのに、私にそれをわざわざ示したわけが、理解しがたい。

ふと気がついたのは、先々週の五日の火曜日に、バスの隣にいた、私より年長の紳士が洩《も》らした奇妙な話だった。

何でも、目黒駅の近くの陸橋のそばに高層ビルを建てようとしている人物がいて、日照権に関してその実現を阻止しようとする住民の抵抗があり、その運動のリーダーシップをとった者の家族が、いやな目にあったというのであった。

もし、その事件の被害者に、そうした共通の条件があったのが偶然でないとすれば、あきらかに、或る組織が人を動かして、犯罪を行わせていると推定される。

そして、いまの狂女の紙片は、自分がやがて、そういう暴力の犠牲になって、川に突き落されて死ぬのだという恐怖を、誰かに伝えるための文字ではなかったのだろうか。

しかし、それにしても、何だって、よりによって、この私を、えらんだのか。毎週火曜日にあらわれた三人の狂女は、一体何なのだろう。

私は急に、雅楽に会いたくなり、社に出るのをやめて、千駄ケ谷に行った。

老優は、私の見せた紙片を、無言で見つめていたが、ニッコリ笑って、「大体見当はつきましたよ」といった。

「しかし、私の推理が当っているかどうか、二三日待って下さい」と続けて、雅楽はいうのだった。

私はその二三日のちに、おそらく聞かせて貰うにちがいない雅楽の説明をたのしみにして、その日はまっすぐ帰宅した。

三

十月二十六日に、もう一回、目黒の松野ドレスメーカー学院に行くことになっていて、その日もかえりに、あの例のバス停で、四人目の狂女に会うのかと思って、私はいささか、うんざりしていた。

しかし、その前に、十月二十三日の土曜日の朝、社に雅楽から電話がはいった。

「竹野さん、今夜は、芝居を見る予定がありますか」といった。「もしひまだったら、私につきあってくれませんか」

これはきっと、絵ときを聞かせてくれるのだと思い、仮に見る芝居があっても、それは先に延ばそうと考えた。

デスクの上の硬質ガラスの板の下に入れてある十月公演一覧を見ると、まだ見ていない新劇の大きな芝居が二つ残っているが、今夜行かなくても別にかまわないので、「お目にかかります」と返事をした。

雅楽は、夜の八時に、虎ノ門の地下鉄の入口の前にある喫茶店で会いたいと、指定した。私の聞いたことのない店であった。

行ってわかったのだが、その店は待ち合わせるためにえらんだので、雅楽は私をほかに連れてゆくつもりらしかった。

レモンティーを飲むと、雅楽が勘定を払い、広い道を横断して、琴平神社のほうに歩きだした。そして、鳥居の前を通り、次の横町を右折した。

その横町には、何軒かの飲食店がならんでいたが、灯の明るいスナックバーの「旅情」という店に、つかつかはいって行った。

中は外から見た感じよりも、かなり広く、十五六人の客が、めいめいテーブルについている。雅楽と私は、カウンターの前の椅子にかけた。

雅楽はしずかに店内を見まわしていたが、小さな声で、私に、「この店の中に、誰か見覚えのある人はいませんか」と尋ねた。

私も目立たぬように、煙草のけむりがこもっている旅情の中を、目で追い、テーブルごとに、すわっている客の顔をたしかめて行ったが、ギョッとして、雅楽にささやいた。

「います、います。いちばん奥のテーブルにいます」

「やっぱり、いましたか」と、雅楽は、うれしそうに笑った。

するとと、奥のテーブルにいた四人連れの客がにわかに立ち上り、中の一人の男が、大きな声で、「だから、こんなところに連れて来ちゃいけないといったのに」といった。

「さア帰ろう、帰ろう」と男は続けていい、隣にいる女の客の肩を抱いて、椅子を離れた。そばにいる二人の男が、そのあとに続く。ふり返ると、女は、放心したような顔をして、私たちには目もくれずに出て行った。

その女こそ、十月五日に、目黒のバス停のところで、私に赤いカーネーションの花をくれた狂女だった。

私は、狐につままれたような思いで、四人連れの出て行くうしろ姿を見送り、雅楽が口を開くのを待った。

雅楽は私と一杯の水割りをのみ終るとすぐ、「三原橋にでも行きましょう。ここで飲むことはない」といって、店の主人に、「どうもありがとう」と声をかけると、ここでも伝票をとりあげて、払ってくれた。そして、出しなに、「今出て行った人たちは、しじゅう来るの？」と訊いた。

「はい、毎日のように。いつも御ひいきになっています」と主人は答えた。雅楽が著名な歌舞伎俳優とは、知らないような感じだった。

「竹野さんは少々ノイローゼ気味だったようですが、もう大丈夫ですよ。来週の火曜日には、狂女はバス停にあらわれませんよ」

三原橋の行きつけのすし屋の付け台の前にすわって、おしぼりで手を拭くと、雅楽はキッパリいった。

「早く、わけを聞かせて下さい」私は、たまりかねて、催促した。「じつは何にもわかっていないんです」

「竹野さん、あなたは三人の狂女がいたといいましたね」老優は話しはじめた。

「ええ」

「じつは二人だったのです。今週のひとと、先週のひとは、同じ女性でした。最初の五日のは、あきらかに別人でしたが」

「どうして、そう、いえるのです」

「つまり、先週は、そのひとが、狂女の扮装をしていたのです。髪をくしけずらず、顔を青く塗り、目の下に黒い隈をつけて、いたわけです。今週、紙きれを渡すためにあらわれた時は、素顔だったのですよ」

「そういえば、どこか先週の狂女と、似ているなと思いましたよ」

「似ているはずです。同一人ですもの」

雅楽は、うまそうに、自分で酌をして、ゆっくり杯を乾《ほ》している。

「二人は何者なのですか、一体」

「竹野さんは、紙きれの文字を、はじめの日に会った紳士の話から、とんでもない読み方をしてしまった。組織暴力の犠牲になって死ぬのを予想したという解釈は、むろん、筋の通ったことではあるが、少し大げさだ。私は、今週の火曜日に、あなたが家に来て、あの紙きれを見せてくれた時に、松井須磨子《まついすまこ》の舞台をすぐ思い出したんです」

「松井須磨子ですって」

思いがけない名前が飛び出したので、私は思わず、頓狂《とんきょう》な声をあげた。

「オフェリアですよ」

「オフェリア？　あの、ハムレットの恋人ですか」

「そうです。須磨子が明治四十四年に初めて演じて出世役になった、オフェリアです。私は、あなたの話で、目黒に三人の狂人がいたことについて、まず考えた。しかし、ちがう狂女が同じ場所で、毎週火曜日に竹野さんだけに何か仕掛けるというのは、作為が見えて、それこそこれは狂女らしくないと思った。作為というのは、いいかえれば、お芝居です。これはきっと、狂女の役の稽古をしている女優だと、思い当った」

「女優なんですか」

「三人目、じつは二人目だが、今週の狂女が紙きれに、川に落ちて死にますと書いた。これは私はオフェリアだと、竹野さんに教えるつもりだったのです。先月、太地喜和子《たいちきわこ》がしたばかりで、私も西武で見たから、ピンと来たんです」

「なるほど、オフェリアは水死しますね」私は紙片の文字の暗示に気がつかなかったのが、雅楽に対して、きまりが悪かった。

「私は近いうちに『ハムレット』を上演する劇団がないかと、番頭に調べさせると、十一月の末に冬至社という小さな劇団が池袋のホールで、この芝居をするのがわかった。くわしく聞くと、主宰している女優は加茂井織江《かもいおりえ》といって、オフェリアをすることになっていました」

「ははア」

「この女優は、やはり舞台に立っている姪の恒子《つねこ》というのと二人で、目黒の行人坂の松野学院の近くに、住んでいることがわかりました」

「目黒にいるんですか」

「これ以下は私の想像ですが、その姪が多分、織江の万一の時の代役をすることになっていたんでしょう。織江は芸熱心で、狂女のふりをして街に出て、人に話しかけたりして、相手が本当の狂女かと思ってくれたら本望だと思った。それは、芸のこやしにもなることなので、花を一本持って、火曜日の日にさまよい出たわけです」

「滝沢修が、武者小路さんの『三笑』の野中をした時に、背中をまるくして、街頭に出て行ったという話がありますね」と私は、偶然松野学院の講演の第一日に、そういう話をして聞かせたのを思い出して、苦笑をしないわけにはゆかなかった。

「そうです。滝沢の故智《こち》に学んだわけだ」

「しかし、私を、どうして」

「あなたの講演のポスターが学院の門の所に出ているんじゃありませんか」

「ええ、出ています」

「加茂井織江は、それを見ているんです。この女優のマンションは、多分、あの喜多能楽堂の近所にあって、松野さんのドレメの門の見える所に、部屋があるんですよ。あなたの講演のおわる時間をあらかじめ知っていて、あなたの出てゆくのを待っていた。そして、あなたのあとをつけて、行ったのです。芝居にくわしい竹野さんを、まんまとだませば、それが一番、織江にとって自信のつくことですからね」

「おやおや」私はつい、こんな相槌を打ってしまった。

「竹野さんに近づいて、花を渡し、狂女の役の性根《しょうね》をじゅうぶんつかんだ。さて来週は、恒子さん、あんた行って、試してごらんなさいといったわけです」

「なるほど」

「しかし、二週目も成功したが、向うとしては竹野さんに相すまぬという心持があったから、この十九日の日は、同じ時刻に、恒子のほうが行き、私たちはオフェリアの稽古でこんなことをしているんですという意味の紙きれを渡したんだ。私は、こう思います」

「わかりました。そして、きょうのあの虎ノ門ですが」大体見当はついていたが、私はもっと、雅楽に、しゃべらせたかったので、あとをうながした。

「私は冬至社の劇団事務所と稽古場《けいこば》が、琴平町十二番地にあるのを知りました。番頭に今日劇団の稽古があるかどうか、劇団の人のたまり場はどこかを聞いてもらうと、今夜は七時半ごろに稽古がとれる、終るとみんなが、やはり劇団にいる役者の兄さんが開いている旅情というスナックに行って、一時間ぐらいいて帰るということがわかった。だから私はそこにゆくと、オフェリアの加茂井織江が行っていると、十中八九信じて、竹野さんを案内したのです」

「私を見て、あわてて、帰ったというわけですね」

「じつは私ははじめ、さっき、奥のテーブルから立ち上って、竹野さんの所に来て、詫びるのじゃないかと思いました。しかし、それでは、洒落《しゃれ》にならない。紙きれに片仮名で、川に落ちて死にますと書いて渡すという趣向の立てられる女優なら、きっと別なことをするだろうと思い直した。そうしたら、あの女優は、みごとに別の逃げ方をした」

「そばにいた男、あれも多分役者で、もしかすると、ハムレットか王様をする人かも知れないが、あの人に、わざとこっちに聞こえるように、〝だから、こんなところに連れて来ちゃいけないといったのに〟といわせた。竹野さんがあのスナックに行くとは、ゆめにも考えていなかった加茂井織江が、咄嗟《とっさ》に思いついて、目黒とはちがう場所で、また狂女のふりをしたんです」

「そうでしたね。私のうしろを通って出てゆく時に、目がトロンとしているような顔をしてました」

「私は、紙きれで、オフェリアを思いつき、二番目と三番目の女が同一人だと思い当った時、これは女優で、本役と代役の二人だと、大体見当をつけたんです。それに伯母さんとじつの姪だとしたら、顔もある程度、似ていたわけです」


十月二十六日の日に、松野ドレスメーカー学院に着くと、姪の幸子が、「おじ様、花が届いているわ」といった。

「名刺がついているかい」

「それがおかしいの。オフェリアとだけカードに書いてあって、カーネーションが白と赤と、五十本ずつ」

私は、それを学院の教務室にそのままあげて帰ることにしたが、心憎い演出であった。その日の私の講演は、先週、先々週にくらべて、よほど、うまく行ったような気がする。

私は、少々くやしいが、冬至社の「ハムレット」は、ぜひ見に行くつもりだ。多分、雅楽も、一緒に行ってくれるだろう。

学院長に挨拶して帰ろうとした。院長が「沢山花をいただいたそうで」と礼をのべた。私は、くすぐったかった。

その直後、思いついて私は、院長にいった。

「白いカーネーションと、赤いカーネーションを、一本ずつ、貰って帰ります」

楽屋の蟹

一

あれは、たしか東京のオリンピックのあった翌年の正月である。

大阪から久しぶりに市川高蔵《いちかわたかぞう》が来て、歌舞伎座に、出演した。

この役者は、戦前までは東京にいて、成田屋《なりたや》系の一座の副将的な立場で、かなり人気もあったが、病後の静養に妻女の実家のある京都で半年ほど過すうちに、関西がすっかり好きになり、たまたま道頓堀の劇場に出ていた大幹部がつぎつぎに世を去ったため、何となく中座《なかざ》や千日前《せんにちまえ》の歌舞伎座の舞台を踏み、向うの代表的な立役《たちやく》になってしまった人である。

年配は中村雅楽《なかむらがらく》より五つほど若いが、むかしは雅楽とわざを競ったライバルである。四十年も前だが、雅楽とおなじ月に、ぶつけて「夏祭」の団七《だんしち》を演じ、劇評家がその優劣を論じて争った記事が「演芸画報」にも残っているほどだ。

私は例年のように四日の招待日に、春芝居の歌舞伎座を見る予定にしていた。そしてその日、何年も会わない高蔵の楽屋を訪ねて、いろいろ上京の感想を聞くつもりであった。

この月、高蔵は「鎌倉三代記《かまくらさんだいき》」の佐々木《ささき》と、「封印切《ふういんきり》」の治右衛門《じえもん》と、二役を演じることになっている。

京都の南座の顔見世の直前に、東京から演劇製作室の北上十郎《きたがみじゆうろう》が行って、高蔵の演目を交渉したが、その時、「ほかにどんなものが出るんですか」と高蔵が尋ねた。

女形《おんながた》の浜木綿《はまゆう》が、岡本綺堂《おかもときどう》の「平家蟹《へいけがに》」を出すと聞いて、高蔵が顔色を変え、「北上さん、ほかのことは何でも会社のいう通りにするから、この芝居だけは、おくら（取り止め）にして下さい」とさけんだという話を、私は耳にした。

北上は若いプロデューサーだから、高蔵にこんな難題を持ち出されて、ポカンとしていたらしい。

「なぜ、この芝居がいけないんでしょう」

「北上さんはご存じないかも知れませんが、私はカニが大嫌いなんですよ。カニという字を見ただけで、ぞっとするんです」

「はア」

「もちろん、カニのあの姿を思い出しただけで、総身に鳥肌が立つ。ここの所、大阪で歌舞伎座には出ても、中座のほうは出ないようにしているのは、小屋のまん前に、大きなカニ料理の店があって、その正面に、仕掛で手足を動かすカニがいるのがいやだからです」

「しかし、この『平家蟹』に、出ていただくわけではないのですが」

「でも、私の出演する興行のポスターや筋書に、カニという字が、私の出し物と並んで印刷されると思うと、かないません」

「そんなものでしょうか」と北上は、すこし呆れた。

「いつか文楽を見に行ってました。『千本桜《せんぼんざくら》』の大物浦《だいもつのうら》が出ていましてね、私は近いうちに知盛《とももり》をしたいと思っていたので、出かけて行ったんですが、最後に知盛がいかりをかついで海に飛びこむと、大道具の岩が何となく、形を変えて行ったと思うと、最後にカニの形になったじゃ、ありませんか」

「へえ」と北上は目を見はった。「そんな演出があるんですか」

「平家だから、岩をカニにしたというんですが、悪い趣味です。私は、それを見て、ひや汗が出て、座席から引っくり返りそうになったんですよ」

「わかりました。とにかく、これは浜木綿さんがぜひしたいといっている作品なので、東京に帰って、相談してみます」

北上は、何となく、ほうほうの体《てい》といった感じで、高蔵の部屋から出て来たという話である。

結局、十年ぶりに上京する先輩が、顔色を変えていやがる芝居を、無理に同じ月に出すにも及ぶまいということになり、浜木綿は、古典の「神崎揚屋《かんざきあげや》」の梅ケ枝《うめえ》を、藤間宗《そう》家《け》の演出で、演じることになった。

私は、北上プロデューサーから聞いたという狂言搗《つ》き替えのてんまつを、新聞記者仲間の忘年会で、同業の誰かから聞かされて、人間には、いろいろな性癖があるものだと思った。

高蔵に会った時、おもしろくてもカニの話を持ち出して、不快を与えてはいけないと思ったから、これは禁句にしておこうときめた。

しかし、上京の感想を漠然と求めても、(雅楽はべつだが) 役者はおしなべて口が重いから、何か話題を用意しようと考えた。

こういう時には、戦争前に出版された『歌舞伎俳優鑑』という本が重宝で、その年五十歳以上の役者については、これを見ると、くわしいデータがわかるのだ。

市川高蔵は、この本を編集した山木書店のアンケートに答えて、酒量や愛用の煙草をあげ、趣味というところに、短歌、熱帯魚、スケートと返事している。

読書、旅行、マージャンと答えている者の多い中に、高蔵のは、三つとも、まったく違う分野の趣味で、三題噺の題のようである。いささか、変人のような気がしないでもない。

高蔵が若いころ発展家だったという話は、私も知っていた。花柳界で遊んだ役者のベストスリーに数えられたと、これは、一緒にしじゅう飲み歩いていた、劇作家の高梨昇から聞いている。

私の親しい老優雅楽も、四十代まではかなり遊んだ人らしいが、高蔵と飲んだという話は、聞いていない。雅楽と高蔵は、家系も、所属した一座もちがうので、そういう機会は、ほとんど、なかったのであろう。

そんなことを思った時に、私は、それなら、高蔵と雅楽が、過去にどんな芝居で共演したのかを知りたくなった。

手近な書棚に合本した「演芸画報」があるのを引っ張り出して、私は丹念に、毎号毎号の口絵を見て行った。調べごととはいえ同時に、こうして古い雑誌の写真を、順を追って眺めるのは、たのしい作業でもあった。

ところが、昭和初年から、ずっと見て行って、二人が同じ狂言に出たことが、一度もないという、ふしぎな事実に気がついたのである。

歌舞伎座や大正座の同じ興行に、二人が参加している回数は、すくなくない。

昭和八年、昭和十年には、年間、それぞれ六回も、同じ月同じ劇場に出演しているのに、一度も共演はしていないのだ。

高蔵と雅楽が、それぞれ女形やわき役をまわりに置いて、主役を演じている。或る女形の場合、雅楽の『俊寛《しゅんかん》』の千鳥《ちどり》に出て、その次の「帯屋《おびや》」で、高蔵の長右衛門《ちょうえもん》の女房をつとめたりしている。しかし、高蔵と雅楽が、「寺子屋《てらこや》」の松王《まつおう》と源蔵《げんぞう》で顔を合わせるといったケースは、ついに、数十年、なかったわけである。

私は、これは、雅楽のせいではない、高蔵が共演を避けたのだと解釈した。

懇意にしてもらっている私の身びいきかも知れないが、雅楽には、人の好き嫌いが、ほとんどない。後輩で新しい役を演じる時に、「小父さん、教えて下さい」といって、千駄ケ谷の家の戸をたたく者には、その相手が、どういう家筋の役者、どんな身分の役者であっても、すこしの分けへだてもなく、すべて知っていることを聞かせる老優である。

そういう雅楽のほうから、「高蔵と一緒に出たくはない」といった我儘を通したとは思われない。

『俳優鑑』を見ても、短歌をたしなんだり、熱帯魚に凝《こ》ったり、そうかと思うと氷の上をすべったりする多様な趣味の高蔵は、くせのある人物らしいから、雅楽をけむったく思う気持が、何らかの理由であるに相違ないと、私は判断した。

さて、一人の役者が、べつの役者との共演を拒否する場合、共演の行われなかった場合、その原因として、何があるだろう。

まず、東京と大阪とわかれていて、共演の機会がまったくないというのならともかく、同じ劇場に同時に出ているのだから、これはあきらかに、共演すまいという意志が働いていると、見るほかない。

共演すると相手に芸の上でひけ目を感じるのをおそれて、ことわるということは、ないとはいえない。しかし、高蔵は、うまい役者である。雅楽を好敵手ござんなれと迎え撃つことはあっても、尻尾を巻いて逃げ出すはずがない。

こうなると、可能性として残るのは、たったひとつである。以前、何らかのもつれがあって、雅楽を恨んでいる、にくんでいるという事情が、ひそんでいたのではあるまいか。そこに介在するのは、金銭の問題、名跡《みょうせき》にからんだ問題、あるいは女性の問題という想像もできないことはない。

この中では、最後の仮定が、どうも、当っているように見えて来た。

私の知っている役者の中に、べつの役者と別れた女を妻にしている人がいるが、どうもそれだけの理由で、もう一人とは、しっくり行かないと明言していた。

この二人は共演しているが、稽古場《けいこば》と舞台以外は、口を利かないのだ。

高蔵が、それと似た状況で、雅楽を嫌うわけがあるのではないかと私は臆測した。

たとえば、高蔵の好きだった女が、雅楽の妻女になったというようなことなんかも、自然に考えられる。私は、しじゅう会っている雅楽の老夫人の若き日のおもかげを、ぼんやり思い浮かべたりした。

二

一月四日の昼の「三代記」がおわって、次のおどりの雪月花三題を、月の「玉兎《たまうさぎ》」まで見て、私は楽屋に高蔵を訪ねた。

あらかじめ、電話で都合を聞いておいたので、高蔵は火鉢のわきに座布団を置いて、私を待っていてくれた。

「佐々木は、東京ではあまりしない型で、やってみたんですが、どうです。竹野《たけの》先生も、はじめてではありませんか」

高蔵は心もち上方《かみがた》なまりの、しずかな調子で、私に尋ねた。

「おもしろいですね、仁王《におう》だすきで井戸から出て来る佐々木は、おっしゃる通り、はじめてです」

私は向うから話題のキッカケを作って貰ったのを喜び、東京と上方の演出のちがいというようなことから、聞き出して行った。

大阪の「盛綱陣屋《もりつなじんや》」には先代の成駒屋《なりこまや》の型が残っているので、首実検のところで舞台をまわして、奥の座敷になるという話が出たので、私はつい、十一月のこの劇場で出たその「陣屋」の雅楽の微妙《みみよう》がよかったという話をした。

「そうですか、そうでしょうね。高松屋《たかまつや》も、このごろは、白髪のおばアさんもするんですね」

高蔵がごくすなおに、うなずいてくれたので、私はホッとした。雅楽に対して、こだわりを持っている気配は全く感じられないのだ。

私は新聞記者であるためか、それとも生来の性向か、好奇心が人一倍旺盛だ。雅楽についてロ走った時、高蔵がこれという目立った反応を見せなかったので、この際、たしかめておきたい衝動に駆られた。

そこで、京都の四季の話、食べ物の話、関西の住み心地といった話を聞き書きにしたあと、私は思い切って、質問を切り出した。

「じつは、雅楽さんと高蔵さんとが、昔からよきライバルだといわれていたのに、一度も同じ芝居で共演していらっしゃらないことに気がついたんですが」

「そうです。共演をしたことは、一度もありません」と、高蔵は、ためらわずに即答した。「共演の話は、それでも、何回か、あったんですよ」

「ほう、そうですか」と私は、膝を乗り出した。

「戦争前には同じ劇場に出たことが、十何遍もあります。そのころは、お互いに、気負ってもいました。相手を意識もしました。だから、そういう二人をぶつけて、火花の散るような芝居をさせようと、劇場のほうで考えたんでしょう。自慢話のようで、恐縮ですが」と、高蔵は、あいかわらず、すこし上方ふうの口調はまじりはするが、テキパキと語った。口の重い人だと思っていたのは、私の思いちがいだったらしい。

「それが、どうして、実現しなかったんですか」

「よくわからないんです」と高蔵は腕を組んだ。「私の記憶では、『ひらがな盛衰記《せいすいき》』の勘当場《かんどうば》で、私が源太《げんた》、高松屋が平次《へいじ》という話を持って来られたことがあったと思います。平次という役は、高松屋の無類の当り役ですから、私も喜んで、ご一緒しようといったんですが、その月もうひとつ自分の出し物にしている役が大役なので、それに集中したいから勘弁してくれと、高松屋さんに、逃げられたのだと思います」

「ほう、それは、きっと、おもしろい芝居になったでしょうね、見たかったな」と、私はしみじみといった。

「もう一度、共演の話がありましたよ」

「はア」

「『忠臣蔵』の時、七段目の由良助《ゆらのすけ》を高松屋、私が平右衛門《へいえもん》というのでしたが、その時は、私は若狭助《わかさのすけ》と石堂《いしどう》と定九郎《さだくろう》をべつにすることになっていたので、私のほうが、ことわったんです」

「はア」

「これで、おあいこです。何だか、そんなことが二度あって、会社のほうも、もう共演の話をしなくなりました」

そこへ、高蔵を訪ねて二人の女性が来た。愛想よく迎えて、高蔵は笑顔をふりまきながら、応対している。

私は、「これでおあいこです」という高蔵の言葉を反芻した。結局高蔵は「忠臣蔵」の平右衛門を、ほかに三つ役があるから助けてくれという理由をあげて、ことわったわけだが、普通、役者は、若狭助と石堂と定九郎のほかに、平右衛門を持って来られて、ことわる者はいないはずである。

石堂と定九郎は、そんなにくたびれる役ではないし、若狭助と石堂という時代物の役のあとで、定九郎という盗賊と平右衛門という足軽の役を演じて、ちょうどバランスがうまくとれるのだ。

高蔵は、前に、雅楽から、ほかの役が大役でそれに没頭したいからといって、共演をことわられたのを覚えていて、こっちもことわってやろうと考えたのだ。おそらく、そうだろう。「これでおあいこ」という表現に、いかにも役者らしい、意地のつよさがうかがわれて、ほほえましかった。

そういわせた雅楽が、前に共演をこばんだ役は、平次という憎まれ役で、目をつけている腰元の千鳥にふられる男だが、兄の源太に千鳥がのぼせあがっているのをからかったり、腹いせに宇治川の先陣争いで負けて帰宅した源太をののしったり、仕どころが多く、技巧をタップリ見せる儲け役でもある。

私が新聞の仕事をするようになってからでも、雅楽はこの梶原平次景高《かじわらへいじかげたか》を三度もしていて、いつも光りかがやくような舞台だった。おっとりとした味をもつ高蔵の源太と、その平次が「勘当場」の共演をしなかったのが、かえすがえすも、残念でならない。

そんなことを考えていると、婦人の客は、次の芝居がはじまるので、帰って行った。

私は何げなく時計を見ると、三時半だった。これから新作の一幕ものがあって、昼の部は終るわけだ。

楽屋のれんの外から「御免ください」という声がした。ふり返ると、劇場の制服を着た女性で、私には顔なじみのクローク係である。

私にも目礼したあと、「これをお届けにまいりました。高松屋さんからです」といって、風呂敷に包んだものを、そっと出入りをする戸口の端のほうに置いた。

「え、高松屋さんから？　そりゃ、どうも」と高蔵は口もとをほころばせて、会釈《えしやく》した。

「失礼します」キッパリと歯切れのいい挨拶を残して、その女性は出て行った。

それから、高蔵は、趣味の話をした。私が昔の俳優鑑を見て来たというと、「何と出ていましたっけ」と訊いた。

「短歌と熱帯魚とスケートと出ていました」と私がいうと、苦笑しながら手をふって、

「それは全部いいかげんです。たしか出版した本屋が私の返事がおくれるので、電話で

矢の催促をするのがうるさかったので、無責任に、何か三つ並べて答えてやったのです」といった。

私は、いかにも無頓着な高蔵の話し方に微笑した。

すると、高蔵は急にまじめな顔になって、「いま、ここにあの品物を持って来たのは、この歌舞伎座で働いている子ですか」と訊いた。

「ええ、クロークにいるひとです。高松屋が、可愛がっているひとです」

「ほう」

「私たちの間でも、人気者ですよ。よく気がつく子でしてね」

「名前は何というんですか」と高蔵が畳みかけて尋ねる。大分、関心があるようだ。

私が高松屋が可愛がっているといったので、特別に興味を持ったのかと思ったが、それ以上に、気にしているような感じがしないでもない。

「名前は知りませんが、檜垣《ひがき》という名札を胸につけています」

「檜垣ねえ」と首をかしげたが、「めずらしい苗字ですね」といった。それから、しばらくだまっていた。

私はプレイボーイだったという高蔵には、いい年になっても、二十前後の女性を見ると、血が騒ぐことがあるのだと思いながら、色つやのいいその額を見ていた。

男衆《おとこしゅ》が新しい茶を入れて出す。

「高松屋から届いたものをあけて御覧、お茶うけになるものかも知れない」

男衆が、わざわざ高蔵の前まで、風呂敷包みを持って来て、結び目をほどいてひろげた。

黒地に白い文字を染めぬいた掛け紙がかけてあった。竹の籠に盛った品物である。掛け紙を男衆がはずすと、高蔵は真っ青になった。

「ああッ」と飛びのく。紙の下に、大きなカニが一匹入れてあったのだ。

男衆は危険な爆発物でも処理するような及び腰で、その籠をとりあげると、楽屋を飛び出して行った。主人が大のカニ嫌いだというのを知っているからである。

高蔵は蒼白になり、額から汗の玉が噴き出ていた。

「どういうことだ、これは」と荒い呼吸をしながら、ぞんざいな口調になって、私の目の前の役者が、うなるような声を出した。

私は、意想外の出来事に直面して、言葉も出ずに、そういう高蔵の醜くうろたえた姿を眺めていた。

三

カニを高蔵の所に届けて来たのが、雅楽だというのは、もちろん、出たら目だろうと私は思った。

楽屋うちは噂がすぐ伝わるもので、だから高蔵が大のカニ嫌いであることは、何十年も前から、雅楽は知っているにちがいない。そして、人の嫌っている物をわざと贈り届けるような、いやなことをする雅楽では、絶対になかった。

だから、これはべつの誰かの陰湿な計画ということになるわけだが、単に高蔵をいやがらせる目的なら、雅楽の名前を使うまでのことはないはずである。

ここで雅楽が出て来たのは、同時に、雅楽に対しても悪意を働かせていると見ていい。私は、高蔵の部屋から出て、表のロビーの長椅子に腰をおろして、しばらく思案した。その長椅子から見えるところに、クロークがある。今は硬貨を入れて観客が自分で外套や手荷物を格納するコイン・ロッカーになってしまったが、人手の足りていた十数年前には、クロークが歌舞伎座の西の階段のわきにあって、愛嬌のいい女性がいつも詰めていたものである。

檜垣という名札をつけたのは、二十二三の娘で、目がパッチリとして、口もとが可愛らしいので、記者仲間にも人気があった。

雅楽がこの檜垣という娘が大層ひいきで、舞台に自分が出ていない時、監事室で芝居を見る日に、着て来たもじりや鳥打帽や町で買って来た本などを、かならずクロークにあずけに行くのだった。

監事室の中にも、ロッカーやハンガーが用意してあるのに、クロークに行くのは、檜垣という娘の顔を見、声をかけたいからだと、これは大まじめで雅楽が私に語ったことである。

「結構なことです」私はその時、ごく自然にいった。「若い人を可愛いと思う気持がなくなっては、おしまいです」

「竹野さんは、理解がある」と雅楽は笑った。「うちの楽三《らくぞう》なんか、あんな若い娘のどこがいいんですと、口をとんがらかすんですよ」

そんな話をしてから、しばらく経った時、監事室で偶然雅楽に会うと、わざわざ袂《たもと》からクロークの黄色い合札《あいふだ》を出して見せた。

「何です？」

「十八番なんですよ。きょうの番号が」

「なるほど」

「檜垣さんは、私がこの合札を見て、十八番はうれしいねというと、さも楽しそうに、私の顔を見ながら、声を立てて笑いましたよ」と目を細める。いささか、当てられた感じがした。

ところで、その雅楽が目をかけている檜垣というクローク係が、「高松屋さんからです」といって、高蔵の楽屋にカニを持って行ったのだから、まことに奇妙な話である。

これは雅楽の耳に、一刻も早く入れなければならないと思った。

廊下の赤電話に向って行こうとすると、檜垣が「さきほどは」と明るい声で、私に呼びかけた。

誰にたのまれたのかとよっぽど尋ねようと思ったが、私はそれよりもまず、千駄ケ谷に電話をしたほうがいいと思い直し、ヤアと手だけあげて、歩いて行った。

かいつまんで話すと、雅楽は「おどろいたね、おどろいたね」と続けていった。こんなふうな表現を、この老優がするのを、はじめて知った。つまり、ショックを雅楽は受けているのだ。

そして、クロークにいる好きな娘が、この出来事で、ひと役つとめさせられていることも、老優の懸念するところだったのだろうと、私は推測した。

「時に、どうしましょう」と私は、ひと呼吸《いき》ついてから、訊いた。

「ほかのこととはちがう。高蔵にも挨拶しなければならない。これからすぐ、そっちに行きます」といった。

三十分ほどして、タクシーを降りた雅楽が、劇場の正面玄関を足早にはいって来た。私は夜の部の入れこみ直後の廊下の人波をかきわけて、雅楽を別館の喫茶室に誘った。

「高蔵にカニを届けるなんて、飛んでもないことをするやつがいたものです。あの男は、蟹十郎《かにじゅうろう》とは、一度も同じ芝居に出なかった位ですよ」

新しい高蔵のデータを、不意に雅楽は聞かせてくれた。昔から、高蔵のカニ嫌いは、有名だったと見える。

夜の部の開演まで雑談をしていたが、クロークが一段落したころを見はからって、私は娘を呼びに行った。

「まア高松屋さん、いらしてたんですか」と檜垣が微笑した。口もとに、小さなえくぼが出来る。

「まアおすわり」

遠慮している娘にコーヒーをすすめ、雅楽がさりげなくいった。

「さっき高蔵の部屋に、私からといって、品物を届けてくれたそうだね」

「はい」檜垣はさすがに不安そうな顔をして、質問にこたえた。

「じつは、その品物について、私は何も知らないのだよ」

「まア」と目を見はって、娘は私の顔を、救いを求めるように見た。

「どうして、届けることになったのか、高松屋さんに話しておあげなさい」と私は、うながした。

「二時ごろでしたか、第二休憩の時クロークに立っていますと、電話が私にかかりました。出ますと、夜の部の終演は何時ですかというだけのことなんです」

「ほう」雅楽は慎重に耳を傾けている。

「終演の時間なら、交換台でもわかるのに、クロークの檜垣とわざわざ名指しをしてそんなことを訊く人がいるのはおかしいと思いましたが、お客様の中には、ここにいらっしゃるたびに、檜垣ちゃん元気かいと声をかけて下さる方もいますので、そういう方かなと思いながら、九時四十分でございますと答えて、クロークに帰りました」

「なるほど」

「すると私と一緒にクロークに立っている和田さんが、いま高松屋さんの家の方といって、風呂敷包みをあずけて行ったわといいました」

「ふむ、ふむ」

「高松屋さんの家の方だといったので、いつもの合札を渡しておいたわよと、和田さんがいいました」

「いつもの合札って」と私が脇から尋ねた。

「いえ、それは、高松屋さんの時には、十八番をお渡しすることにしているんです。いつか、偶然十八番がその日の合札になった時、高松屋さんがとてもお喜びになったので、それから、この番号をべつにしておいて、高松屋さんの時だけ、これを使うことにしているんです」と説明する。

「そうなんだ、うれしい話でしょう?」と雅楽が大きく、うなずいて見せた。「ところで、あとを聞こう」

「三時半ごろでしたか、私が控え室に行っていますと、電話よといわれて、私が出ました。すると、高松屋さんにたのまれた品物がクロークにあるはずだ、さっき高松屋の代りにあずけに行き、あとでそれを高蔵さんの楽屋に届けるつもりだったが、急用で劇場を出て今大分遠い所にいる。じつは風呂敷に包んだのは生《なま》ものなので悪くなるといけないから、あなたが高蔵さんの所にすぐ届けておいて下さいという男の声でした」

「ほう」

「合札はあとで届けますといって、電話が切れました。私ははじめ、それをあずけたのが、楽三さんか男衆の小池さんでもあるかと思っていたのですが、その電話の声は、今まで一度も聞いたことのないような、しゃがれた声でした」

「それで」と雅楽があとをうながした。

「私は何となく腑におちなかったんですけれど、とにかく、生ものだといわれたので、すぐクロークに行き、その包みを高蔵さんの所に届けたわけです」

「三時半をまわったばかりでしたよ」と、私が付け加えた。檜垣という娘に応援したい気持が、私にはあったのだ。

「どうも、ありがとう。よくわかった。このことは、誰にもいわないで下さい」と老優がじっと娘を見つめて、念を押した。

「承知しました」

「何も心配することはないんだよ。何かの間ちがいだろうからね」

背中を向けて去ろうとする檜垣に、雅楽はやさしくいった。

クルリと振り返った娘の目に、涙が宿っていた。命ぜられた通りのことをしたというだけだが、何となく自分を可愛がってくれる雅楽に迷惑をかけたのではないかと、胸を痛めていたのであろう。

雅楽はひとりで、高蔵の部屋に行った。私は二人の会話を傍聴したかったが、のこのこついて行くのはいかにも突飛なので、喫茶室で待っていた。

「一応、私の名の出たことだから、わびに行ったのだが、高蔵は苦笑いしながら、誰がしたのか、いたずらにも程があります。しかしまさかあなたがこんなものを届けるとは夢にも思っていませんから、お気になさらないで下さいと、キチンとした挨拶だった」

「はア、それは、ようございました」思わず私は、こんなことを口走ってしまった。

「竹野さんが、さぞびっくりなさったでしょう。醜態を見せてしまってとも云っていましたよ」

「それはどうも」

「届けて来たのは、クロークの檜垣という娘でしたと、高蔵がいっていた。どうして名前を知っているんだろう」

私は老優が気にするといけないと思ったので、すぐ答えた。「名前を尋ねたので私が教えたんです」

「何だ、そうか」雅楽が安心したという顔をしたのが、おかしかった。

雅楽は笑いながらいった。

「関心がありそうだったから、私は帰りがけに、気になるなら、クロークに行って、一度ゆっくり檜垣さんを見ておくといいといっておきましたよ」

四

「さて」と雅楽が改めて私の隣にすわって、二杯目のコーヒーをすすりながら、話をはじめた。「これはやはり、何かの動機で、誰かが計画した一種の犯罪です。私は私の名誉のためにも、事件の真相を究明しなければならないと思います」

「それは、もちろんです」

「これが私をわなにかけようとしたのか、それとも檜垣さんを困らせようとしたのか、竹野さんは、どっちだと思いますか」

「さア、わかりません」私はこういう時には、いつもわからないと返事をすることにしている。雅楽も、それを喜ぶのだ。

「すくなくとも犯人は、高蔵がカニ嫌いだと知っている人間だということだけは確実ですがね」と雅楽はつぶやいた。

「電話で終演の時間を訊いたのは、もちろん、あのクロークから、檜垣さんを離れさせるためでしょうね」と私がいった。

「むろん、その通りです。檜垣さんにはお客様の中にも、大分ひいきにする人がいるらしくて、そういう人から、わざと名指しをされたのだろうと、呑気なことをいっていたが、じつは檜垣さんの足を引っ張ろうとした人間がいたんです」

「はア」

「私は、これは、檜垣さんと私とのあいだを裂こうとする謀略だと思います」雅楽がこんなことをいいだしたので、私はびっくりした。

「だって、高松屋さんと、あのひととは、プラトニックな仲なんでしょう」と私は思わず、真剣な表情で訊いた。考えれば滑稽だ。

「それはそうですよ」プッと吹き出しそうにしながら、雅楽は答えた。「私はただ、あの子がひいきなんですよ。可愛いし、気が利くし、ちょっと近来、あれだけの子はいません」

「それなら、はたから、やいのやいのいわれる理由は、ないじゃァありませんか」

「だが、現実には、私が檜垣さんを以後ひいきにしないように、させようとはからった者がいるんだ。動機は何でしょうね。まさか、ただの岡焼きとは思われまい」

「はア」

「竹野さんは、カニを見てるんですね」話題が急に変わった。「どんなカニでしたか」

「急に大さわぎになったので、ろくに確かめもできませんでしたが、北陸のカニのようでしたよ」

「北海道のとはちがいますね」

「ええ、いつか一緒に金沢に行った時、食べたカニに似てました」

「そうですか」雅楽はしばらく腕組みをして、目をつぶっていた。やがて目を開くと、ひとり言のようにいった。

「やはり、私が檜垣さんをひいきにしているのを、おもしろくなく思う人間がいたんだと思います。そして当然のことですが、それは私のほうではなく、檜垣さんに惚れている男ではないかと思う。ことによると、檜垣さんに求婚するつもりでいる男かも知れない」

「はア」

「ところで、高蔵のカニ嫌いは昔の楽屋ではかなり有名だが、いま、この劇場につとめている人の中にそれを知っている者は、ほとんど、いないと思うんですよ。そこが、私のちょっと突き当っている壁なんだが」と雅楽が溜め息をついた。

「では、高松屋さんは、この春芝居の狂言が、高蔵さんの注文で、『平家蟹』から『神崎揚屋』に変わったゆくたてを、御存じなかったんですか」と前置きして、私は北上という若いプロデューサーが、高蔵に会った時の話を、伝聞ではあるが、聞かせた。

「それだ、それだ」と雅楽は、うれしそうに、両手をもみ合わせた。

スッと立ち上って、雅楽は私と一緒に、支配人の部屋に行った。そして、いきなり質問した。

「ことしも初日と二日目あたり、案内のお嬢さんたちは和服を着ていたんだろうね」

「ええ、ほとんど」支配人は唐突に訊かれて面くらってはいたが、雅楽のこういう質問には馴れているらしく、なぜそんなことを尋ねるのかと反問もせずに答えた。

「劇場の案内嬢の中に、くれに帰郷していた人がいないか、調べてくれませんか。多分そういう人は、初日にも洋服で出勤していると思うが」

「はア?」

「いや、多分そういう人は目いっぱい郷里にいるはずだから、駅からここに直行したかも知れないと思って」と老優が注釈した。

十五分のちに解答が出た。じつは二日の初日と三日を休んで、今日から出勤した案内嬢の中に、くにに帰っていた娘がいた。

「北陸のほうだとおもしろいのだが」

「ええ、おっしゃる通りで、石川県の羽咋《はくい》に帰っていたそうです」

「その人に会わせて下さい」

まもなく、案内嬢が現われた。当然、不審そうなおももちであった。

雅楽が訊いた。「石川県に帰っていたそうだが、あなた、カニを買って来たんじゃないかな」

「はい」

「誰かにたのまれた」

「ええ、本社の坂田さんに」

「いつそれを渡したの？」

「第二休憩のすこし前です」

「ちょっと尋ねるけどね」と雅楽は前に立っている案内嬢を、かけている椅子から見上げながら訊いた。『坂田というのは多分青年だと思うが、その人には、誰か好きな女の子がいるんじゃないかな」

「ええ」とうつむいて、その娘がいった。「私でないことはたしかですけど」

そばで聞きながら、その案内嬢が坂田青年を愛しているのではないかと私は想像した。雅楽といると、つい推理力が刺激されるらしい。

案内嬢が行ってしまうと、雅楽は、暗い顔でいった。

「坂田が仕組んだことだ。坂田という男は、演劇製作室のプロデューサー補佐だから、

『平家蟹』おくら入りのてんまつを知っている。高蔵がカニ嫌いなのを知って、その楽屋に私からだといって檜垣さんにカニを届けさせ、私が迷惑なことをしてくれたといって、檜垣さんをうとんじるようになればいいと思ったのだ。まア私の関知しないことで、檜垣さんが仮に私の名前でとんだまねをする結果になったからといって、私があの子を嫌いになるはずもないけれどね。恋は盲目というから、理詰めに頭は働かないのだろう」

「ああ、そうでしたか」私は、坂田という青年が、クロークの檜垣という娘を思いつめて、こんなことをしたという事情が、はじめて、首尾一貫して理解された。

雅楽は、坂田を詰問するのはよそうといった。「ただ、電話で檜垣さんを呼び出し、そのすきに、頼んでおいた男にカニをクロークにあずけさせ、その男に外から電話をさせて、高蔵の部屋に檜垣さんに行かせたりする小細工は、将来ある若者のすることではありません」

「ほんとに、そうです」と私も、うなずいた。

「坂田君は、推理小説の読みすぎですよ」

雅楽が地下室から一階に上って行くと、クロークの前に、檜垣という娘が立って、悲しそうな顔で迎えた。

「合札は戻って来た?」と私が訊くと、「ハイ」と見せた。さっきから、手に持っていたらしい。

「このカウンターに、置いてあったんです」

「檜垣さん」と老優が声をかけた。「毎日ここに立っていると、いろんな人から、いろいろいわれるだろうね」

「はい」

「本社の社員の中にも、檜垣さんが好きだという青年がいるだろう」

「はい、います」娘はすぐに答えた。「でも、その人、私、いやなんです。神経質で、こまかな所に気がついて。ああいう人、きらいです」

二人は劇場を出て、タクシーを拾った。私を社に落して、雅楽は自宅に帰るのである。

車が走り出した時、私はつい訊いてしまった。「なぜ、あの檜垣さんがそんなにいいんですか」

「そうね」と微笑しながら、雅楽が答えた。「竹野さん、あの子は、高蔵の娘ですよ」

「えッ」私は目を大きく開いた。

「高蔵は何にも知らないんです。昔、高蔵がつきあっていた、あの子の母親を、私もよく知っています。柳橋に出ていた女です」

「ほう」

「檜垣さんは、そのお母さん、そっくりなんだ」

「高松屋さん」と私がいった。「あの子のお母さんを、お好きだったんでしょう」

老優の顔に、めずらしく紅がさした。

元天才少女

一

中村雅楽《なかむらがらく》の場合、若い時からの弟子の数を数えたら、おもな人だけでも、二十人はくだらないであろう。

ずっとそばについていた楽三《らくぞう》が私の知っている中では最古参だが、その楽三に聞くところによると、楽二郎《らくじろう》、楽四郎《らくしろう》、楽五郎《らくごろう》、楽六《らくろく》、楽七《らくしち》、楽八《らくはち》と、雅楽の楽をもらって、数字を下につけた門弟が、昭和十年代には、ズラリと揃っていたそうである。

そういう中に、戦死したのもいる。まったく違う仕事に転身したのもいる。その中で、楽七という男が変り種だと、私は、楽三から教えられた。

この楽七は、ドスの利く声を持っていて、弁もよく立つ。旅をまわる時には、「河内《こうち》山《やま》」の通しで、北村大膳《きたむらだいぜん》と丑松《うしまつ》をしたり、「忠臣蔵」で六段目のぜげん（一文字屋お才と同行して来る判人源六）をさせてもらったりすると、びっくりするようにうまかったという話である。

戦争がはじまって、兵隊にとられて帰って来たあと、芝居をやめて、まったくちがう世界にはいった。はじめは雅楽をひいきにしている弁護士の秘書になっていたが、浅草の区会議員に立候補して、二期当選した。そのうちに下町にチェーン店を手広く持っている企業家の顧問という名刺を見せて歩くようになった。

とりとめもない世渡りに見えるが、いつも、ふところには、かなりの金を入れていて、楽屋に訪ねて来ると、むかしの弟子仲間をつれて、豪遊したりする。

気の弱い連中の多い役者たちは、「服部《はっとり》（本名）には、かなわない」と苦笑しながらも、喜んで御馳走になっていたが、楽三だけは、決して誘われても、ついて行かなかった。年も楽三がずっと上だから、ホクホク楽七に笑顔を見せたりする気に、なれないのだ。

ある時、雅楽の部屋に来ていて、「楽三兄さん、たまには、私と一緒につきあって下さいよ」と、その楽七が声をかけた時、楽三が黙って横を向いた。

「師匠、これですよ。どういうわけか、楽三さんは、私とどこにも行こうとしない。あんなに、酒が好きなのに」と楽七はいった。

雅楽がふり返って、楽三に話しかけた。

「たまには、服部と飲んでやったら、どうだい」

「いえ、結構です。渇《かつ》しても盗泉《とうせん》の水を飲まぬのが、義者のいましめ」大まじめで、楽三が答えた。
「おやおや、盗泉の水になってしまったか。冗談じゃない、とんだ不破数右衛門《ふわかずえもん》だ」と
それでも楽七は上きげんで哄笑した。
「よく、六段目のセリフを、おぼえていたね」雅楽が笑った。
「ひどいなア、これでも、以前は、役者です」
「ほんとに、風上《かざかみ》に置けないやつだ」噛んで吐き出すように、楽三が独り言をいったと、
この時のやりとりを、ずっとのちに私は雅楽から聞かされている。
そんなふうに、一徹者《いってつもの》で、芝居ひとすじ、師匠大事の楽三と、派手な世渡りをしてい
るように見える楽七は、どこまで行っても、反りが合わないらしい。
この夏、国立小劇場で、若い役者のコンクールがあり、私は雅楽の弟子たちの出る勉
強芝居を見に行った。出し物は「先代萩《せんだいはぎ》」の通しに、「野崎村《のざきむら》」である。
昼夜、おなじ演目を二回くり返すことになっていたので、私は、ひるの「野崎村」か
ら夜の「先代萩」まで見ることに、させてもらった。昼すぎに、行かなければならない
告別式があったからだ。
実際には、予定より早く国立に行けたので、「先代萩」の対決から見た。刃傷《にんじょう》がおわ
って廊下に出ると、予期したように監事室から雅楽が出て来た。
私は、真砂蔵《まさぞう》という大和屋《やまとや》の弟子が演じた勝元《かつもと》がよかったのをほめて、雅楽に、「あ

れは誰の型ですか」と尋ねた。テッキリ、この老優が指導したと思っていたからである。

すると、雅楽が大きく手を振った。「竹野《たけの》さん、勝元は、私は教えません。私ももちろんこの役は何度もしていますが、どうも、舞台に出ていて、もうひとつ自分の役になったという気がしないんでね、一度も自信のあったためしは、ないんです」

「ほう、なぜでしょう」私は、本心から疑問を持って質問した。

「仁木弾正《につきだんじよう》に、上のほうから、どうじゃどうじゃ、恐れ入ったかと、高飛車《たかびしや》におさえつけるのが、私の性分《しようぶん》と合わないんでしょうね」と雅楽がいった。「私は、どうも、小言をいうのが、へたな役者で」

それはよくわかった。雅楽は、劇界の周辺に起った事件の謎をといたことがずいぶんあるが、犯人を追及するのは他人にまかせて、スーッといつも消えてしまうのである。

「あの男がしたにちがいない」と思った時でも、刑事に直接はいわずに、何となくそう察してもらうような云い方をするのが、雅楽の癖であった。

そんな会話をしたあと、「野崎村」を見るために客席に着くと、楽三が私の席に来て、「昼夜の入れかえに、楽屋にいますから、ぜひいらして下さいと、師匠が申しております」という口上であった。

私もそのつもりでいたので、喪章のついた黒い上衣を右手で抱えて、楽屋を訪問した。いちばん大きな部屋に、雅楽がいた。

隅の拡声器をオンにしていると見えて、舞台を片づけている大道具の騒音が、人声と一緒に聞こえている。戦後、どの劇場にも、舞台と楽屋とをつなぐ、こういう仕掛があり、それを聞いて、役者は扮装し、舞台に行くタイミングを確認することになっている。私が書いた「車引殺人事件」も、このマイクと拡声器とによる伝声装置が犯罪のヒントになっているのだ。

私は、拡声器から聞こえて来るノイズを、耳にしながら、一種の感慨を味わっていた。ろくに雅楽と話もしないでいる時に、楽屋の外で、大きな笑い声を立てる男がいた。楽三が、私に出そうとする茶の盆を持ったまま、「服部が来たようです」と顔をしかめながら、雅楽を見た。

ぬうッと顔を出したのが楽七であった。私は、ほとんど初対面といってもいい。以前遠くで顔を見て、それが楽七だと教えられてはいたが、口を利いたことはなかった。「どうも、師匠、御無沙汰をしまして」と恰幅のいい男が、ズボンの膝をキチンと折って、ていねいに頭をさげた。赤ら顔で、いかにも選挙演説でもさせたら似合いそうな人物である。

雅楽が私を紹介すると、「お名前は、いつも伺っています」といんぎんに名刺を出した。

服部礼吉《れいきち》と刷った大きな名刺の肩書に「大日本心理研究所」とある。

「心理研究所って、どういう仕事ですか」と私が訊くと、「いや、ハッタリですよ。昔からハットリのハッタリといいましてね、大げさに物をいうので、師匠には叱られてばかりいましたが、こういう名刺を持っていると、何となく誰でも、会って下さるのです、はい」といった。

「はい」と付け加える口調が、往年鞍馬《くらま》天狗《てんぐ》で鳴らした時代劇映画のスターに似ているので、おかしかった。

「竹野さんには、一度お目にかかりたいと思っていました。私は方々の新聞社に友達がいましてね、いろんな情報を貰っているんですが、みんな政治部や経済部の連中ばかりで、文化の方面には、知っている人がいないんです」

私には雅楽が、「ハッタリ」と自認しているこのむかしの門弟の、いささか傍若無人《ぼうじゃくぶじん》の話し方を寛容しているらしいのが、ふしぎに思われたが、じつは雅楽という老優は、誰に対しても窓を開くのである。もっとも、それだからこそ、江川《えがわ》刑事も、私も、千駄ケ谷の家を木戸御免にしてもらえたのだろう。

「きょうは、芝居を見てやってくれるのかい」と雅楽が尋ねた。

「見ますとも、九州の旅から急いで帰って、駆けつけたんです」

「それはありがとう」楽三は、おうむ返しにこういったが、何となく、よそよそしい話し方だった。

「それは、どうも、ありがとう」と雅楽が楽三の言葉にかぶせて、楽七を立てた挨拶をした。

夜は「先代萩」の床下《ゆかした》まで見て私は劇場を出ることにしたが、監事室をのぞくと、雅楽と楽七がならんでいて、楽七が「竹野さん、今夜は、おひまですか」と訊いた。「私につきあってくれませんか」

私はこういうタイプの男は苦手なので、ことわろうと思っていると、「いやね、いま師匠を誘ったんです。すると、師匠が、竹野さんが来るなら、私もお前につきあうよといわれるんです」

私は雅楽の顔をじっと見た。老優は、ニッコリして、大きくうなずいた。

それで私は、今日はじめて会った、大日本心理研究所という名刺を持っている、えたいの知れない男と、その夜、飲むことになった。

そして、思いもかけない事態のそもそもの発端《ほったん》に、立ち会う結果になったのである。

二

私も職業柄ずいぶんいろいろなタイプの人物に会って来たが、過去に中村楽七といった、この服部のような男を、はじめて見た。会って調子がいいという点だけあげれば、芸能人には、決して珍しくない。

頭の廻転がいいとでもいうのか、悪くいえば気が散るのか、次から次へと話題が飛ぶ。それから好奇心が旺盛で、子供のように何でも卒直に訊きたがるのだ。

監事室にいる時でも、舞台からセリフが聞こえて来る装置をおもしろがって、私がいる時に、ボリュームを上下させたり、スイッチを切ったり入れたりしてみていた。

「さっきの楽屋でも、舞台の音が聞こえていましたね。昔はあんなものはなかった」と首をかしげて感心している。

「文明の利器もいいがね」と雅楽が軽くいなすように答えた。「あれがあるんで、かえっていけない。出をトチったり（タイミングを誤ったり）する」

「だって、あれは、出をトチらないためにあるんでしょう」と私が脇から口をはさんだ。じつは、誰かの失敗談を引き出そうという魂胆《こんたん》がないわけではなかった。

「そりゃァそうですよ」と雅楽がいった。

「いま舞台でどんなところをしているのか、進行状態がマイクを通して、手にとるようにわかる、そうした便利があるというので、戦後はどの小屋にも、この仕掛をすることになったんです。拡声器から聞こえて来るセリフがどこまで来たら立ちあがって、揚幕《あげまく》にゆけばいいのか、大体見当がつくわけだ。しかし戦争がおわって間もないころ、これで私が大失敗をしたんですよ」

　おやおや、雅楽自身の話だったのかと思って、私は楽しくなった。

「『弁天小僧《べんてんこぞう》』で、浜松屋《はままつや》の幸兵衛《こうべえ》をしていた時です。毎日こしらえをすませて一服し、番頭が小僧に襟を持って来いようッと命じるセリフで立ち上って、ゆっくり歩いて行くと、やがて南郷力丸《なんごうりきまる》があるじを呼べというセリフになる。その時に、あるじ幸兵衛只今それにまいりますといって戸をあけるという寸法が、毎日きまっていました」

「私も高松屋《たかまつや》さんの幸兵衛はおぼえています。あとで弁天小僧に意見するところが、よかった」と私はいった。

「いや、あの小言のところは、少々物々しすぎたと、どこかの劇評で叱られました」

「それで、師匠、その出をトチった日があったんですか」と楽七が訊いた。

「ある日、いつもの番頭のセリフで立ち上って、舞台まで行こうとすると、進駐軍のMPが来てDDTを撒いているんだ。戦後は、発疹《はっしん》チフスとかいうはやり病があって、それを予防するために、白い粉を強制的に撒いて歩いたんですよ。私はそんなものを頭からかけられたら大変なので、急いで道を変えて、張物《はりもの》の裏をまわって行ったんだが、戸のところまで行く前に、南郷のあるじを呼べという声が聞こえた。五秒おくれました。しかし、五秒という穴は大きい。私は平あやまりにあやまりましたっけ」

「そんなことがあったんですか」と私は、はじめて聞いた老優の失敗談を、帰ったらノートに書いておこうと思った。

「もう、それからは、マイクから聞こえる声をあてにしないことにしました。昔、そんな機械のなかったころと同じように、早目に行って待つんです。それなら決してまちがいはない」

私は雅楽の話術に魅せられてつい腰をおろしてしまった椅子から立ち上るのを忘れていたが、間もなく、「先代萩」の対決がはじまる廻りの柝《き》がはいったので、後刻を約して、監事室を出た。

私は社に帰って短い原稿を書いた。国立小劇場の夜の芝居がおわったところで、雅楽をのせた楽七のハイヤーが社に寄って、私を連れて行ってくれるという打ち合わせになっていた。私は今夜が当直の若い映画記者と最近見たSF映画の話をしながら、時間をつぶしていた。予定した時刻に、車が社の前に着いた。

楽七でなく、服部と書いたほうがいいのだが、行きがかり上、昔の芸名にして、書いて行く。楽七が案内したのは、西銀座のビルの六階にあるいかにも高級と思われるクラブであった。

照明が暗く、広いフロアにスペースをタップリとって、ぜいたくなソファが散在している。美しい女性が大きなピアノで、ショパンの小夜曲を弾いていた。

あずけてあるボトルをとり寄せて、自分で楽七が雅楽と私に、水割りを作ってくれた。席にはべるホステスも、すばらしい服を着ていた。

りしている。
「君、この服は、何というの」などと、楽七は馴れ馴れしく、肩に手をふれて、尋ねた

目が馴れて来ると、そのへんにいて、低い声で話しながら飲んでいる客の姿が見えて来たが、雅楽が隣のボックスにいる女客に軽く手をあげて会釈《えしゃく》しているのに気がついた。

痩せた四十前後の女で、厚化粧である。髪は大正時代にさかんに行われた耳隠しのようで、一見現代人とどこかちがった、何者とも知れぬ感じである。まず、私の観察では、花柳界ではあり得ないし、女優でもなさそうだ。

内心、老優が挨拶を交わした女について、関心を抱いている私の心理を見ぬいたらしく、小声で雅楽が説明した。

「竹野さんは知りませんか？　あのひとはね、昔よく楽屋に来ていた娘です。天才少女といわれた。占いがよく当るんで、皆がいろんな相談をしたものです。芙蓉《ふよう》のかみさんの遠縁だというので、芝居を見に来た帰りに、私の部屋にも、時々顔を出しました。浦《うら》姫《ひめ》という名前で、去年あたりテレビに出たりしていましたがね。今でも、この近所に占いの店を張っているんじゃありませんか」

「浦姫という名前は知ってます。そういえばテレビのモーニング・ショウに出て、千里眼みたいなことを、実験して見せましたよ」と私は、すぐ思い出した。たしか、見てもらいに来た客の顔を穴のあくほど見つめたあとで、スラスラ答えるという評判も、耳に

していた。

たしか、答える時に、「あなたはこの十月になると、運が向いて来るんですって」というのが口癖だったと思う。「ですって」というのが、いかにも耳もとで神様が教えているようで、うまいセリフを考えたものだと思った記憶が、私にはあった。

そんなことを思い出していると、当の浦姫が自分の席を立って、雅楽に改めて挨拶に来た。歩き方がすこし酔っているらしくもあった。雅楽が私たちを紹介し、浦姫はすすめられて、楽七の隣にすわった。雅楽が訊いた。

「あい変らず、御繁盛なんだろうね」

「それがね、おじさん」とカン高い声で、浦姫が訴えるようにいった。「さっぱり駄目なの」

「どうして」

「だって、当らないという評判が立ってしまったんですもの。占いってものはね、おじさん、当らなければ、おしまいですよ」

「当るも八卦《はっけ》、当らぬも八卦というじゃないか」と雅楽がいった。「それに、当ったか当らないかって、そんなにすぐわかるものじゃないだろう」

「私のところはね、いきなり相手の顔を見て、年を当てたり、生れ故郷を当てたり、病気を当てたりするのが、営業の目玉だったのよ。よそ様では、生年月日を訊いたり、墨で一という字を書かせたり、ソロバンを使ったり、筮竹《ぜいちく》を使ったりして、もっともらしいことをいうわけでしょう。でも、私は子供のころから、なぜかカンが働いて、何も訊かなくても、相手が何に悩んでいるのか、何を考えているのか、わかったんです」

「それは知っている。だから、天才少女といわれた」

「こわいように、わかったものよ。小学五年の時、夏休みがおわって、受持の先生が教室にはいって来たのを見て、お母さんが病気で心配しているんだということが、何となく、わかったんです」

「ほう」

「それで、授業がおわった時、その女の先生のそばに行って、先生のお母さんお悪いんでしょうといったら、びっくりして、どうしてわかったのと目を丸くしたわ」

「何て、いったんだね」

「先生の顔を見たら、何だかそんな気がしたといった時、先生がおそろしそうな顔をして、私をにらみつけたのを、今でも、おぼえています」

「それで、占い師になったんだね」

「女学校に行ってからでも、何でもわかってしまうの。家にいた母の妹が近所にいる大学の先生と関係があることがわかったり、父親の会社が倒産しかかっているのがわかったり、可愛がっていた犬が二三日のちに自動車にはねられることがわかったり」

「すごい霊感なんですね」私は思わず嘆声を発した。

「女学校は卒業させてもらったんですけれど、父の会社の状態が悪くて困っていたので、私は私のそういうふしぎな力をお金にしようと思って、占いをはじめたんです」

「楽屋によく来たのは、そのころだったね」

「ええ、豊島屋《てしまや》のおじさんが、みんなに紹介して下さったんで、いろいろな役者衆の運勢を見てあげました。大てい、当ったんです」

「大したものだったよ。ほら、誰かの部屋にあった小さな彫刻が盗まれた時に、みんなが劇場内部の者のしわざといった時、あなたが、そうじゃないと断言した。そして、持って行ったのが、電気工事に来た若い男で、品物はその男のアパートの押入にかくしてあるというところまで、当てたんだから」

「でも今はだめ。何をやっても、だめなの」

愚痴をこぼしているうちに、酔いがまわったのか、厚化粧の浦姫は、しどけない格好で頭をソファの縁《ふち》にのせて、大きな溜め息をついた。

三

「たとえば、どんなふうに当らないんですか」今まで黙って、雅楽と浦姫の問答に耳を傾けていた楽七が質問した。

「つまりね、私のところは、黙ってすわれば、いつもピタリと当てたのよ。私、よその占い師のところに勉強がてら行ったことがあるんだけれど、まず何の御相談ですかって訊くものよ」

「そう、そう」楽七がうなずいている。

「身の上相談とか、お金のこととか、健康のこととか、お客がいうのを聞いてから、次の質問に移るんだわ」

「なるほど」

「生年月日を訊いたり、住んでいる所を訊いたり、そんなことをしているうちに、相手の顔色を見て、雑談の中から材料を拾って、適当な助言を与えるわけ」

「浦姫さんは、ちがうんですか」と私が訊いた。話がうまいので、私も思わず、引きこまれていたのである。

「私のところは、何の御相談ですかなんて愚問は発しないことになっているんです。だって、目の前にいる人の顔を見ると、どういうことを訊きたくて来たのか、すぐわかったんですもの。頭の調子が冴えている日なんか、いきなりその人を見て、この人、東大を出てから役所にはいって三年前にやめて、いまは自分の家に事務所を開いているなんてことまで、わかったりしたんですよ」

「失礼ですが」と楽七がやさしい目をして、浦姫にいった。「あなたが占いに自信がなくなったのは、いつごろからですか」

「この五月ごろです。お客が来て、目の前にすわった時、何にもひらめかないんです。いつもなら、誰かがささやくように、この人は息子のことで困っているのだと教えてくれたりするのに、ある日、そういう声が、まるっきり聞こえなくなってしまったんだわ」

「浦姫さんの占いは、段々よくなるんですってとか、来月の半ば過ぎると危険はなくなるんですってとか、いう話し方をしたんでしょう。いつかテレビで、あなたがそういう話し方をして、密封された品物を当てるところを見せてもらいましたよ」と私がいった。

「夢のようですわ。あんな時でも、耳のところで、この中にあるのはビールの栓ぬきとか植木ばさみとか、教えてくれる声がしたんです」

「失礼ですが」とまた楽七が訊いた。「あなたの占いをしている場所は、どこですか」

「銀座の二丁目にある興産ビルの三階にあるんです」

「三階には、ほかの事務所もあるんですか」

「はい、私の隣に歯医者さんがいて、あとは大藤建設という会社です」

「その会社の人で、あなたと会った時、挨拶をする社員がいますか」楽七が奇妙な質問をした。

「さア」と浦姫はすこし考えていたが、「一人だけいます」と答えた。

「あなたより、すこし、若い人でしょう」

「ええ、四つ下です」といったあと、浦姫が反問した。「でも、なぜ、そんなことをお尋ねになるんです」

「浦姫さん、あなたの占いがだめになったわけがわかりましたよ」と楽七が、じっと相手の目を見つめながら、いった。

「はア？」

「あなたは、恋をしているんです。多分、相手は、その建設会社の、あなたより四つ若い社員だと私は思う」

「まア」浦姫が真っ赤になった。白粉《おしろい》を厚く塗っている顔が赤面すると、火が燃えたように見えるのだということを、私は、はじめて知った。しかし、初対面の時とちがって、楽七に図星をさされて狼狽《ろうばい》している浦姫は色っぽく見えたし、異様に美しくもあった。

「いつの間にか、あなたは、その社員を好きになってしまった。おそらく、あなたの所にも若い男の人か女の人がいるはずだ。時々エレベーターの中で会ったりして、何となく口を利いたりしているうちに、忘れられなくなったその人のことを、あなたのところの人に命じてさぐらせてみた。すると、その情報は、あなたにとって、おもしろいものではなかった」

「まア」目を大きくあけて、唖然《あぜん》としながら浦姫は、滝が堂々と落ちてでもいるような楽七の言葉を聞いていた。

「その社員には、年相応の愛人がいた。婚約していたかも知れない。とにかく、やきもきしてもどうにもならないということがわかって、あなたは失望した。それが五月ごろじゃないんですか」

「その通りですわ」肩で息をしながら、浦姫がうなずいている。

「自分が失恋したと知った時、占いは、てきめんに当らなくなった。というよりも、早くいえば、あなたは他人の身の上について診断をくだしたりする興味を失ったというほうが正しい。こっちが身の上相談をしたい時に、他人のことなんか、かまっていられるかというわけだ」

「すごい、すばらしい」うっとりとした浦姫がとり乱して、手をのばして、私の前の水割りのグラスをとりあげて、グイッと飲んだのには、おどろいた。

「服部は、占い師になれるね」はじめ皮肉な表情で、むかしの門弟の弁舌を聞いていた雅楽も、さすがに感に堪えたように、いった。

「ほんとよ。私以上よ。服部さんて、すごい方」ますます浦姫はとり乱した。

私は、楽七が小鼻を動かして得意そうになっているのを見て、ひと言いいたくなった。

「浦姫さん、じつは服部さんの推理能力は、師匠ゆずりなんですよ」

「およしなさい」と雅楽が苦笑しながら、私に目くばせした。しかし、私は、浦姫に教えてやりたかった。あんまり、この女が服部にのぼせているので、焼き餅を焼いたという感じも、ないわけではなかった。

「高松屋はね」と私がいった。「ある日、午後訪ねて行った時、日比谷の音楽堂の前のベンチは、塗りかえて、きれいになっているだろうねなんて、いきなりいうんですよ」

「だまって、だまって」と雅楽は、あいかわらず照れている。

「私は、しじゅう、そんな風に、いきなりいわれて、面くらうんです。だって、私は、たしかに、その日、社の近くの日比谷公園の音楽堂のあたりを散歩しているんですから」

「どうしてわかるのかしら。やはり誰かが、ささやくんですか」浦姫が、ぽうっと目もとを赤くした顔を老優のほうに向けて、だるそうな声で訊いた。

「種はあとですぐわかるんですよ。高松屋の前で私が煙草を吸った時に、松本楼の新しいマッチを使ったわけです。松本楼で食事をしたのなら、当然音楽堂の付近を散歩するだろう。音楽堂の前のベンチを塗りかえたらしい、その証拠に私の上衣の袖のところに、かすかにペンキがついている。そういう風に推理して行くんです」

「おどろいたわ」と浦姫は、自分の前にいる二人に、自分とはちがう透視能力があるのに、さも呆れたような顔をして、こんどは楽七の前にある、いまホステスが注ぎ直したばかりのグラスを飲み干した。

　そのあと、浦姫は酔っ払ってしまった。浦姫とはじめ飲んでいた男はいつの間にか立ち去っていたので、浦姫はそのまま、私たちの席に居すわった。

「そろそろ失礼しましょうか」と雅楽がいった。「服部は、もうすこし、ここにいなさい。私は竹野さんと先に帰る」

　二人を残して、私は老優と外に出てタクシーを拾い、千駄ケ谷をまわって、帰宅した。

　次の月、木挽町《こびきちょう》の劇場で、「天一坊《てんいちぼう》」の通しが出た。

　私は招待日に見に行った。網代問答《あじろもんどう》と俗称される場面がおわったので、廊下に出ていると、監事室から雅楽が出て来た。思いがけない出会いだった。

「山内伊賀亮《やまのうちいがのすけ》がうまいですね」と私はいった。病気で久しく休んでいた獅子丸《ししまる》が演じている役である。

　天一坊が徳川吉宗《とくがわよしむね》の落胤《らくいん》だと称して江戸に乗りこんで来る前から、参謀として黒幕になっている、したたかな男で、大岡越前守《おおおかえちぜんのかみ》が最後に一味の計画を見破って仮面をはぐまで、天一坊をあやつる人物だ。

　南町奉行所に呼び出され、越前守から故実についてどんな質問をされても、弁さわやかに答え、相手をけむに巻いてしまう。しゃべり方のまずい役者では、どうにもならない。

獅子丸のセリフを聞きながら、私は先月、国立劇場の楽屋で会い、銀座のクラブに案内してくれた楽七を何となく思い出していた。

あの能弁なら、山内伊賀亮もさぞうまいだろうと、ふっと考えたりもしたのだ。

獅子丸をほめると、雅楽は、内緒ばなしをする時のくすぐったそうな顔で、私に小声でいった。「竹野さん、びっくりするような話があるんですよ」

「何ですか」

「服部のやつ、二三日前にうちにやって来て、あの時出会った浦姫のところで、しばらく采配をふることになったというんです」

「ほほう」私は驚嘆せずにはいられなかった。「じゃア浦姫とは、もう」

「見ていると、あの晩の浦姫は、服部にすっかり度肝をぬかれていたようです。つまり、女がまず惚れて、女のほうから持ちかけたんでしょう。服部は服部で、何とかを食わぬは男の恥というやつで、すっかりいい気持で、浦姫の本拠にのりこんだわけです」

「おどろいたな、早わざですな」

「男女の仲なんて、そんなもんですよ。竹野さん、服部はね、私がついているから大丈夫、浦姫の占いは、もう百発百中ですなんて気焔《きえん》をあげて、帰ってゆきましたっけ」雅楽は、おかしそうに笑った。

「えらいもんだなア、それで大日本心理研究所というわけですか」

「そう、いい替えれば女天一坊のかげについている山内伊賀亮ですよ」

二人は顔を見合わせて笑った。意地わるく、開幕を知らせる劇場のベルが鳴った。

四

間もなく知ったのだが、浦姫という女占い者のいわゆる「易断本部」は、楽七の指図で八丁堀のほうに移転したという。

ある弁護士の事務所だった建物を、楽七が顔を利かせて借り入れたわけである。

なぜ、今までいた銀座のビルからそこに越したのかという理由は、だいぶ経って判明するのだが、とにかく、浦姫は目の前にあらわれたたのもしい男に魅入られていて、すべてその言葉に従ったのだ。

今までは、「浦姫人生相談所」という看板をかけていたのを、こんどは前の二倍ほどある大きな看板に、「黙座軒浦姫人生指南本部」と書いた。

指南というのは、大正時代までよく町で見かけた文字で、琴三味線あるいは碁将棋の手ほどきをする意味だった。浦姫が相談相手になるばかりでなく、人生の手ほどきをするというのだから、大げさだ。

楽七がこんどは浦姫をつれて、わざわざ雅楽の家をたずね、名刺を置いて行ったという。雅楽が「黙座軒というのは、目をつぶってじっと瞑想《めいそう》にふけるとでもいう意味かね」と訊いたら、楽七が「いいえ、だまってすわればピタリと当てるの上半分を漢字にしただけです」といった。何となく、ふざけていると思うが、そういう時の楽七は大まじめなのだ。

風のたよりに聞くところによると、浦姫の占いは、以前にもまして、評判が高くなったようである。よく当ってもいるらしい。

もっとも、宣伝にも、楽七が金をかけた。新聞販売店にたのんで、朝刊に広告を折りこんでもらったり、浦姫の顔を写真で入れたポスターを電柱に貼ったり、あげ句の果てに、テレビのコマーシャル・スポットにまで、浦姫を売りこんだ。

中村雅楽先生御推奨という字を広告に入れていいでしょうかと虫のいいことをいって来た時だけは、老優も承知しなかったそうである。

しかし、いくら名前が広まっても、肝心の占いが当らなければ、話にならない。

私はもともと、占いだの方位だの手相だのというものを信じないたちなので、野次馬根性で、名誉を挽回した女易者の様子を見たくはあったが、そのままにして、半月ほど経った。

ところが、思いもうけぬ機会が、私を八丁堀の「指南本部」に行かせることになったのだ。

十月のお会式《えしき》の翌日、雅楽から電話がかかった。

浜木綿《はまゆう》という女形《おんながた》の妻女が来て、このごろ夫がソワソワしているが、いくら尋ねても答えてくれない、そうなってからハッキリ舞台の上でもいい仕事がない、何で悩んでいるのか当ててもらいたいのだが、いい易者を知らないかと、雅楽にいった。

そんな時に、ふだんなら、雅楽が浜木綿を呼んで、一時間も話していると、事は解決してしまう。黙っている人間に口を利かせたりするのに、この老優は絶妙な技術を持っているのだ。しかし、雅楽はこういった。

「八丁堀にある浦姫という易者のところにいらっしゃい。浜木綿も知っているかも知れない、少女のころに楽屋に来ていた女で、芙蓉の親戚です。いま、ふしぎな縁で、楽七というあなたも多分顔を見れば思い出す、私の昔の弟子が、内縁の亭主になっています」

「当るんでしょうか」と心もとなさそうにいう妻女に、キッパリ雅楽は断言した。

「絶対に当ります。私が太鼓判《たいこばん》を押します」

そういって妻女を帰宅させたあと、私のところに電話をかけて、「まことに御手数ですが、浜木綿のかみさんを八丁堀まで案内してやってくれませんか」とたのんで来たのだ。

思うのに、雅楽は、弟子だった楽七が道具立てをこしらえて浦姫が占いをしている場所を見物させて、私から報告が聞きたかったにちがいない。ほんとうなら、自分で足をはこびたいという、年に似合わぬ好奇心もあるのだろうが、そこまではできないので、私をレポーターにしたわけであろう。

私はよろこんで応じた。

浜木綿夫人なら、この女形の血縁が開いている店が三原橋にあってよく行っているので、そこで何べんもあっている。

まず社に来てもらって、私は妻女とタクシーで八丁堀に出かけた。

ビルの一室ではなく、二階建のかなり古めかしい洋館で、その一階が、浦姫の「本部」であった。二階が住居なのだろう。

前もって連絡しておいたので、楽七が受付に立っていて、私たちを丁重に出迎えた。

「いま三人ほど先約の方があるので、私のプライベート・ルームで、お茶でもあがって、お待ち下さい」と英語まじりでいう。

右手の奥に浦姫の部屋があるらしい。楽七の和室は玄関をはいって左手にある小部屋だった。

白い布をかけたテーブルの中央に、ベコニヤの大きな鉢がおいてあった。

「奥さん御自身のことですか」と楽七が訊いた。

「いいえ、主人が何となく落ちつかなくて、あんなに機嫌のいい人が、家に帰っても、ふさぎこんでばかりいるんです」

「それは御心配で。奥さんは、浜木綿さんとは、いくつ年がちがうんですか」

「私が四つ年下です」

「浜木綿さんは、お酒はあがるんでしたね」

「好きでございます。日本酒よりも洋酒が。でも、身体が大切ですから、あまり飲ませないようにしています」

「七月に舞台を拝見しました。浜木綿さんの尾上《おのえ》。お初《はつ》がうまかった、金四郎《きんしろう》、若いけど達者ですね」

「ほんとに」といって、妻女が肩で大きな呼吸をした。「尾上って大変な役なんですってね、揚幕にはいってから、じっとうつ向いたままいて、次の幕に出るんだという話ですね」

「あの時の尾上は結構でした」と私がいった。

「お初もよかったが、尾上がいいから、お初もよくなるんですよ」

「そういって下さるのは竹野さんだけよ」と妻女が私をふり向いた。「七月の新聞の劇評は金四郎さんのお初しか、ほめなかったんです」目に涙がたまっている。

二十分ほど待たされた。ほかの部屋にいた先約の三人のための占いがすんだと見えて、若い娘が呼びに来た。

私も付き添って、浦姫の前に出た。

いきなり、妻女を見ると、浦姫がいった。

「御心配なことというのは、御主人のことですね」

「はい」

「御主人に悩み事がありそうだと、おっしゃるんでしょう」

「はい」

「ちょっと待って下さい」と目をとじて、口の中で何かつぶやいていた浦姫がカッと目を見はって、「七月のはじめ、そんなころからじゃありませんか」

「はい、その通りです」と、浜木綿の妻女は驚嘆しながら答えている。

いつか銀座のクラブで見た時とは、すっかりイメージ・チェンジが行われている。化粧をせずに、髪も短く切っていた。服も地味なワンピースである。紅やおしろいを使っていない顔は、端整な鼻すじが見えて、初対面の時よりも、魅力があった。

男っぽい口調で、浦姫がいった。

「奥さんの御心配になっていることを申しましょうか」

「はい」

「女のことかお金のことじゃないかと。そうでしょう?」

「はい」

「この両方とも、関係はないんですって」

「そうですか、でも、どうして、浮かない顔をしているんでしょう」

「芝居のことです、芸のことですって」

「はア」

「浜木綿さんは、自分よりずっと若くて、人気のある女形のことが、気になっているんですって」

「まア」

「劇評がその若い女形のことばかりほめるので、やきもきしているんですって」

「はア」

「でも心配しなくてもいいんですって。十一月には、劇評でほめられるんですって。だから、もうすこし待つといいんですって」

「はい」

「いまのところ、ほかにして上げることもないでしょう。好きなように、させてあげるといいと思います。お楽しみになっているウィスキーの量を制限なんか、しないほうがいいのじゃないかしら」

嫣然《えんぜん》とほほえみながら、浦姫がいった。

私は、ほんとうに、おどろいた。浦姫は、何から何まで当てた。浜木綿の好む酒まで当てた。この女の魔力につられて、私は十一月の劇評で、どうしても浜木綿を絶讃することになるのではないかと考えた。

見料《けんりよう》五千円を支払い、二人は楽七に見送られて車に乗った。

「こわいように当りましたね」と私がいうと、妻女は肩をすくめて、「あの人、ほんとうの天才なのね、でも安心したわ。十一月に舞台でいい仕事が出来るわけですね。竹野さん、よろしくお願いします」と頭をさげる。

タクシーの中で、私は大きな下駄をあずけられた。

五

噂の伝わり方の早さにはおどろいた。

みんなが少女の時から知っている浦姫が、いまは大先生になって、だまってすわれば何から何まで当てるという評判が立つと、役者の妻女がわれもわれもと、八丁堀に出かけて行ったらしい。

誰にも不安や人知れぬ悩みがある。そして何かを頼りたくなっている。以前なら神仏にすがったのだが、現代人はむしろ占いに賭けようとする。おもしろい傾向だ。

いつ誰が行っても、別室でしばらく待たされる。それほど、はやっているらしかった。

とにかく、浦姫の前にすわると、心配事が何かを向うから切り出したり、現住所や年齢をいい当てたりする。それがもう相手を呑んでかかった結果になり、あとの助言が効果的になりもするのだろう。心理研究所の楽七が説得のし方に演出をつけてもいるようであった。

狂言作者の竹柴杉助《たけしばすぎすけ》が、株で損をしてどうしようと相談に行った時、浦姫は「何か持っている大切なものを手ばなしたらいいんですって」といった。それで、親ゆずりで家宝のようにしている九代目團十郎《だんじゅうろう》の押隈《おしぐま》と明治初期の錦絵二百五十枚を持って行って、誰に売ったらいいか、占ってもらった。

楽七が待たせている部屋でそれを見て、「いいものを持っていますね」とよだれを垂らさんばかりに感嘆の声をあげたそうだが、「こういうものを高く買ってくれる人に見せます。しばらく預らせて下さい」といったという。

浦姫は「きっと高く売れるんですって」と教えたそうだが、二ヵ月経っても三ヵ月経っても音沙汰がなく、催促したら、見せた先方が考えさせてくれといっているという返事で、杉助は困り果てて、雅楽に訴えた。

雅楽は私をつれて、その日、八丁堀に行った。そして、自分の運勢を占ってくれといった。楽七もすこし迷惑そうだったが、きょうは待たされずに浦姫の前に案内された。

「私のところにきょう泣きこんで来た男がいる。誰だか当てて下さい」と、雅楽がいきなりいった。

「待って下さい」浦姫は目をとじていたが、青い顔になって、「わかりません」と頭を垂れた。

「服部が品物を預って返さずにいる男だよ。誰だろう」雅楽が畳みかけた。

「さア」と首をかしげていたが、浦姫は「ちょっとお待ち下さい」といって出て行った。

雅楽は浦姫が腰かけていた腕木のついた廻転椅子にかけ、腕木の右側の先端にある黒いボタンのようなものを押した。

すると、部屋の隅の小机の上に載っている卓上ランプのあたりから、ノイズがはいって来た。浦姫の声がきこえる。

「あなた、杉助さんから預ったものを、そのままにしてるんですか」

「あれが欲しくてね、でも相当まとまった金を渡さなければだめだ。そんな金はないから、ほうってあるんだ」と楽七が答えている。

「悪いじゃありませんか」

「あの錦絵を見たら、どうしても欲しくなった。この執着ばかりは他人にはわかって貰えない。気の毒だが、あずけておいた家が火事になったとか、盗難にあったとかいって、あやまって、私の物にするつもりだ」

「どこにおいてあるの？」

「二階の戸棚の奥においてある。杉助さんがこの間から電話を何度もかけて来たが、まだ先方から返事が来ないといって胡麻化《ごまか》しているんだ」

「劇場の仕掛で思いついたんだ」雅楽がスイッチを切って、私にいった。「別室に待たせてさりげなく楽七が雑談する。その会話が筒ぬけに、ここに聞こえるというわけです。ここにはいって来る者が何の相談に来たか、現住所でも何でも、チラリと耳にはいった話の切れっぱしを浦姫がおぼえておいて、いきなり当てて見せる。それが暗示になって、当てずっぽをあとのほうでいっても、全部的中したように、思いこむ。さすがは心理研究所の先生が考えた、手のこんだ仕組みですよ」

「呆れたものですね」

「いつか国立劇場の監事室で、スイッチを動かしたりして、装置をしきりに感心していたが、服部は全く頭がいい。銀座からここに越して来たのも、別の部屋が必要だったからですよ」

「なるほど」

「いつも先客がいると称して待たせるのは、マイクを仕掛けた部屋にまず通して、服部がおしゃべりをするためです。竹野さんが浜木綿のかみさんと来た時だって、特別に待遇したわけじゃなかったんですよ」と雅楽は笑った。

そこに、浦姫と楽七が、はいって来た。雅楽が自分がいつも腰かけて、客と応対する椅子にすわっているのを見て、二人は息をのんで、立ちすくんだ。

「浦姫さん、まア、そこにおかけなさい」と雅楽が、さっき自分のかけた椅子を指す。

浦姫は蒼白になって、おずおずと腰をおろした。

「私がこんどは、見てあげよう」と老優が浦姫を見すえた。

「あなたが、いや、あなたと服部と二人といってもいいが、何か人に恨まれていることがあるのではないかな」

「そんなことはありません」と楽七が、ためらった口調でいった。

「服部は、だまっていなさい。私は浦姫さんと話しているのだ」と雅楽が制して、もう一度尋ねた。「覚えはないかな」

「さア、わかりません」

「当ててみよう。芝居に関係した男が浮かんで来た。角刈りにした、六十五六の男だ。株か何かに手を出して失敗して、金に困っている。手放したいものがあって相談に来たら、服部が品物を預って、そのまま、返事をしない。猫ばばをきめるつもりだ」

「師匠」と楽七が叫んだ。「私が説明します。それなら作者の杉助さんです。成田屋《なりたや》の隈と明治の錦絵をたしかに預りました。それを買ってくれそうな人に見てもらっているんですが、いつまで経っても、返してくれないんです」

「ほう、そうだったのか」とぼけた顔で、雅楽が楽七を見あげ、「しかし、それなら、この建物の二階の戸棚にしまってある、かさ高な品物は、あれは何なのだね」

「師匠、どうしてそれを」楽七は悲鳴に似た声をあげた。

「私の耳もとで、二階の戸棚に、杉助の家宝がしまってあるという声がしたんだ。わるいことはいわないから返しておやり。その押隈と錦絵は、私がいい人を知っている。その人に相当な値段で、買ってもらうことにしよう」

浦姫と楽七は、うなだれたまま、沈黙していた。


その日、雅楽と私は千駄ケ谷に帰り、杉助に電話をかけた。

「明日、服部に電話をかけてごらん。きょうあたり品物が返って来るといっていた。しかし、それは引きあげて、私のほうに持って来なさい。悪いようにはしないから」

電話を切ってから、雅楽は私に、悲しそうな声でいった。

「きょうはとうとう、『先代萩』の勝元みたいなことをしてしまった。どうじゃどうじゃ、恐れ入ったかをやってしまいましたよ。ああいう、きめつけ方は、どうも苦手です」

「しかし、なぜあの家の仕掛がわかったんですか」

「服部が誘導訊問をすると聞いた時、それが浦姫のところに聞こえるようになっているのじゃないかと思ったんですよ」

「いつか通された部屋に、ベコニヤの鉢がありました。その鉢がマイクをどこかに隠しているんですね」

「多分、その鉢が曲者《くせもの》でしょう。だから、浦姫のいるところに、スイッチらしいものはないかと、部屋にはいるなり、私は物色した。すると、あの廻転椅子の腕木の一方にだけ、ボタンのようなものがあったし、椅子の足からコードが隅の小机に延びていた。ははア、これだと思ったんです」


その後、浦姫と楽七が、どうしているか、私は知らない。べつに興味もない。

ただつけ加えておきたいと思うことが、ひとつだけある。

十一月の顔見世興行に、浜木綿が「ひらがな盛衰記《せいすいき》」の神崎揚屋《かんざきあげや》の梅《うめ》ケ枝《え》に扮した。

これは過去に七回も演じて、いつも好評だった当り芸である。

このところ若い女形金四郎のブームで、出し物のなかった浜木綿のひとり芝居が実現、当然劇評は、どの新聞も最大級の讃辞を呈していた。私も「演劇界」でほめた。

マイクを通して聞き、浜木綿が金四郎を気にして悩んでいるといい当てたのは、浦姫の金星だし、十一月にはほめられるといった占いも、この場合たしかに的中した。

私がそれを雅楽に話すと、老優は顔を赤らめていった。

「梅ケ枝を浜木綿の出し物にさせなさいと、劇場にすすめたのは私ですよ」

コロンボという犬

一

去年、九月のおわりの土曜日の夜、私は久しぶりに三原橋のすし初ののれんをくぐった。

雨が急にはげしく降ってやんだ直後だったので、五時半という半端な時間なのに、店はこんでいた。

雨やどりに飛びこんだ客が多かったのだろうと思うが、隅の小座敷に、中村雅楽《なかむらがらく》がひとりで飲んでいるのを発見して、私はうれしくなった。

すわらせてもらって、雑談をしながら、おかみさんが黙っていても用意してくれる小鉢の肴で、老優のついでくれる酒を二杯のんだ時に、ガラリと戸があいて、はいって来たのが、劇団新星座の長老で、新劇界ではもう大先輩の溝尾修三《みぞおしゅうぞう》だった。

うしろから濡れそぼった傘をたたんで、続いてはいって来たのは、二十三四の女性である。

二人は店の中を見まわし、あいたばかりの付け台の前にならんで腰かけようとした。

私は溝尾とはそんなに親しくはないのだが、もう七十歳になったはずのこの俳優が、推理小説のファンであることを知っていたので、雅楽を紹介したいと思った。

「溝尾さん」と、立って行って声をかけると、向うもびっくりした。

「珍しいですね」

「いやね、じつは来月、そこの劇場に出ることになって、きょうは本読みだったのです」

「ほう、新派に出るのですか」

「ええ、大佛《おさらぎ》先生の『楊貴妃』に、李白の役で買われましてね」溝尾は、昔からの癖で口をおちょぼにして笑った。

私は「楊貴妃」を長谷《はせ》好江《よしえ》が親ゆずりで演じることは知っていたが、溝尾の出演については初耳だったのを、内心恥じた。

現役の記者とちがって、週に一度社に顔を出すだけのこのごろの生活だと、情報がつい粗雑になるのだ。

「もう一人、新劇から大江《おおえ》友夫《ともお》君が出ますよ。高力士《こうりきし》という、このほうは大役で」と溝尾がいった。

そういえば、好江の母親が楊貴妃を演じた時は、二度とも、玄宗皇帝の宮廷に幅をきかした側近のこの役は、新劇の俳優が出ていたのを私は思い出した。

雅楽が向うにいるのを教えると、溝尾はホクホクしながら、「一度ゆっくりお目にかかりたかったんです。ぜひ、ひきあわせて下さい」といった。

耳打ちすると、雅楽も喜んで、二人で向い合っていた卓の脇に、自分で座蒲団を隅からはこんで、小招きする。四人で真四角の卓をかこんで、飲むことになった。

溝尾の連れている女性は、「うちの娘です」とだけしか説明しなかったので、ハッキリしないのだが、溝尾にこんな若い子供がいるとも思えないので、付き人にしている劇団の研究生を「娘」と表現しているのではないかと思った。

しかし、こういう場合、根掘り葉掘り尋ねたりするものではないというマナーが、特に芸能界にはある。

京都あたりに行って、歩いて来た俳優が仮に顔見知りでも、先方が女連れで目をそらしたら、こちらもそ知らぬ顔ですれちがう。それが礼儀なのである。

雅楽も私も、目礼しただけで、溝尾のためにこまかく気を配り、ひかえ目に箸を動かしている女性については、それ以上追究をしなかったし、あまりしげしげ、見ないようにしていた。

四人になって三十分ほど経ったころ、外から帰ったすし初の娘が、新しい銚子を持って来て、その女性を見ると、「おや美樹子ちゃん、いらしてたの」といった。

「ええ、こんど、新派に出るものですから。きょうは本読みで」と答えている。

「まアそう、それは、おたのしみね」と、すし初の娘はウィンクして、行ってしまった。

私は二人が親しく口を利いたばかりでなく、「それはおたのしみね」といった意味がわからず、それに拘泥《こうでい》して、しばらく黙っていた。

溝尾も敏感に何かをかぎとったらしく、同じように押し黙って、盃を重ねている。

今し方まで、雅楽の解決した事件について、記憶力のよさを示しながら、明るい顔で飲んでいた俳優が、まちがいなく、不きげんになっていた。

すし初の娘が、この店自慢の鯛のあらだきを持って来た。そして、美樹子と呼ばれた女性に、「コロちゃん、元気?」と訊く。

溝尾の肩がピクリと動いた。

「コロちゃんて、何ですか」と、雅楽が、溝尾に質問した。老優は溝尾がにわかに無口になっているのがわかっていたので、間髪を容れず、わざと話しかけたのである。

「いや、コロンボのことでしょう。うちの犬ですよ」と、溝尾が苦笑いしながら答えた。

「美樹子、お前は前にこの店に来ているのか」と、そのあと、溝尾が尋ねた。

「ええ」とうなずく。「二度ばかり」

「コロンボのことまで話したのか」

「丁度、ペットの話が出たものだから」と、もじもじしながら、美樹子がいった。肩をすくめているような感じだった。だが言葉は、わりにぞんざいなのが耳立った。

「コロンボとは、ふしぎな名前ですな。例のテレビの『刑事コロンボ』から、つけたんですか」と、雅楽はたたみかけて、溝尾に問いかける。

　溝尾も当然、応対しなければならない。

「うちの犬が、あの刑事の飼っている犬と同じようなやつなんで、コロンボにしたんですよ」

「ほう、あのテレビに出て来る、胴体が長くて耳が垂れて、あんまり敏捷でもなさそうな」と私が訊く。

「ええ、そっくりなんです、あれと」と美樹子が私に答えた。

「あの犬が登場したのが三四本ありましたかな。たしか、犬を抱いて、コロンボが獣医の診察室でテレビを見ながら、事件の謎をとくのがあったと思いましたが」

「ええ、映写技師がフィルムをとり変えるタイミングを利用した犯罪で、女性が殺人犯で」と、溝尾がスラスラいった。

「コロンボ、くわしいんですなア」と雅楽も目を見はっている。

「いや私は、あのシリーズが好きでしてね、最初にあの番組が放映された時から、病みつきで、リストを作って、見そこなったものは再放送の時には、なるたけ見ようと努力して、まもなく全部見ました。もっとも近ごろはビデオ・カセットにとることができるので、今ではうちに、ほとんど洩《も》れなく、コロンボは揃っているんです」

溝尾は得意そうに話し、一時眉間に寄せていた縦じわも消えたようだった。

「高松屋《たかまつや》さんも、コロンボは」

「ええ、私も」と雅楽がいった。「私も好きで、よほどのことがない限り、忘れずに見るようにしています」

「そういえば溝尾さん」と私が気がついていった。「高力士に出る大江君が、コロンボの声を入れてる俳優でしたね」

「そうなんですよ」

盃を癖のおちょぼ口で、おいしそうに受けながら、溝尾は大きくうなずいた。

まるでキッカケを待ってでもいたかのように、戸があいて、好江とその弟の忠次《ちゅうじ》と、今し方噂をしていた大江友夫がはいって来た。古ぼけたレーンコートを着ている。

女優があらわれると、何となく、あたりが華やかになる。来月は楊貴妃と「婦系図《おんなけいず》」のお蔦《つた》を演じるスターだから、無理もない話ではあるが、それにもともと愛想がよくて人をそらさない気質の好江は、一座を賑かにするふんい気を、自然に持ってもいるのだ。

さすがに三人を、ここへどうぞと招じ入れるわけにもゆかない。小座敷がせまいからだ。

好江姉弟はむろん、雅楽とはよく知っているので、丁重に「お久しぶりです」という挨拶をした。

大江も、雅楽に敬意を表し、溝尾と美樹子には軽く頭をさげただけで、付け台のほうに歩み去る。

忠次も続いて向うに行った。好江だけが残って、雅楽にいった。

「来月の楊貴妃、お母さんの当り役を初役でするので、おじ様、ぜひ見て下さいね」

「はいはい、なるたけ早く拝見しますよ」

「この溝尾先生、それから大江ちゃんが、李白と高力士に出て下さるので、私はそれがうれしくて、たまらないんです」

「いや、どうも」と溝尾がしきりに照れているのが、何だか、おかしかった。

「弟も喜んでますのよ。美樹子ちゃんが溝尾先生について来て下さるんですもの」と好江がいった。

「おや、忠次君は、美樹子さんと、前から」と私が訊いた。そう訊くのが、この場合、ごく自然だと思ったからである。

「だって、俳優養成所の同期生ですもの」と好江は事もなげにいった。

「そうだったのですか」と溝尾が納得したような表情で、好江の顔を見た。

「まア、あなた、先生にお話ししてなかったの？」と女優が大きな目を見ひらいた。

「だって」と小声で、美樹子はうつむいた。溝尾の目が光った。

私は、好江の弟で来月は「婦系図」のすりの万吉《まんきち》を演じる忠次という若い俳優が、この美樹子と親しくつきあっており、このすし初にも二人で来たことがあるのに相違ないと直感した。

それから、「楊貴妃」の李白という役には、きわめて適役の俳優が一座にいるのを承知の上で、好江が溝尾に出てもらおうとしたのが、もしかしたら、弟のためではないかということまで考えた。

その次の月の新派の公演中に、ちょっとしたことで、中村雅楽がひと役買うことになるのである。

二

新聞社に行って、新劇担当の記者に尋ねたら、美樹子というのは、溝尾修三の妻の遠縁の娘だが、付き人のようにしているうちに、段々可愛くなって来たので、養女として去年入籍したのだという話だった。

「はじめ、おじ様と呼んでいたのを、劇団や劇場に連れて歩くようになってから、先生といわせていたようです。いまは溝尾美樹子になったのだから、お父さんでもいいのでしょうが、そう呼んではいないようです」

「しずかな娘だね」

「そうですか」と記者は私をじっと見た。

「いや一度会っただけだが、溝尾修三のお気に入り、内心自慢している子だというような感じだね」

「ほう」

「恋人はいないのかね」

「さアそこまでは」

「調べておいてくれよ」と私はわざと記者の肩を叩いて笑った。

新派の初日をあすにひかえた舞台稽古の日、私は取材する別の記者にたのまれて、劇場に同行した。

その記者は文化部でいつも文芸のほうの仕事をしているのだが、芸能面を担当する若手が休んでいるので、ピンチヒッターとして、「楊貴妃」異色のキャストといった特報部の記事を夕刊に書くことになったのである。

好江も溝尾も大江も面識がないので、紹介してくれといわれたのだから、三人の楽屋を当然私もまわる結果になった。

溝尾の部屋は、二階の廊下の突き当りで、雅楽が出演する月には、はいる部屋である。ところが中にはいって驚いたのは、感じがまるで変わっているのだ。

床の間のところに、大きな本棚が置かれ、その脇のちがい棚の上には、インドサラサを敷物にして、アール・ヌーボーの意匠の花瓶の隣に小さな額が立っていた。

額に近寄ってみると、三角の切手で、真っ赤な火焔樹《かえんじゅ》の絵があざやかな色を見せている。

「何ですか、これは」と溝尾に尋ねると、「ジャマイカの切手ですが、日本には何枚もない、貴重なものなんですよ」と、口をおちょぼにして、得意そうにいった。

「ほう、溝尾さんは切手を集めておいでなんですか」

「ええ、コレクションを始めてから四十年以上になりますよ。去年は切手を買いにパリまで行き、これを手に入れたんです」と説明する。

「高いんでしょうね、市《いち》に出ると」

「そうですね、日本の切手商だと、いいかげんの宝石より高いかな」と溝尾が答えた。

部屋を出ていた美樹子が帰って来た。

「どこへ行っていたんだ。お客様が二人も見えているのに。早くお茶でも出しなさい」と、さっそく叱られている。

しかし、溝尾には予告して訪問したわけでもないのだから、この小言は少々美樹子に気の毒だったが、「はい」と素直にうなずいていた。

雑談しているうちに、溝尾がおもしろいことをいった。

「私は妙なくせがありましてね、どの劇場に出ても、楽屋が私ひとりで占領できる時は、そこをいつもいる自分の家の居間とおんなじにするんです。この本棚もわざわざ持って来たんです」

「なるほど、それでわかりました」と、私がうなずくと、溝尾が妙な顔をした。

「と、おっしゃると」

「いえ、ここはいつも高松屋がこの小屋に出る時にはいる部屋なんです。だから、私としては見馴れている部屋の具合が、いつもと変わりすぎているので、さっきから、なぜだろうと考えていたものですから」

「じつは、明日から、次の間にコロンボを連れて来ます。おとなしい犬ですから、迷惑はかけないと思いますが、何しろ淋しがり屋で、私か美樹子がいないと、ものも食べないんです。あいにく、家内が犬が嫌いで、コロンボのほうも、それがわかると見えて、決して、なつかないんです」

　私は笑いながら聞いていたが、楽屋にペットの犬を連れこむのは、すこし無茶ではないかと思った。

　観客の残した弁当殻《がら》をねらう鼠がいるので、楽屋の頭取が猫を飼うことはよくあるが、キャンキャン吠えたてる犬を、楽屋に連れて来る役者は、どんな大幹部にだっていないだろう。

しかし、余計な口出しをする必要はないから、私は黙っていた。

連れていった記者が取材するあいだ、私は溝尾の部屋にいて、舞台稽古の時間が来てから、客席にまわり、「楊貴妃」の序幕だけ見て、外に出た。

好江の楊貴妃がグラマラスで、妖艶に見えたのがよく、溝尾の李白も、大江の高力士も、予想以上に演じられていた。

私がもう一度新派を通して見たのは、四日目であるが、記者の取材が、「新派に新風、新劇との提携」という見開きの記事になり、東都新聞の夕刊にのったのは、その二日前、つまり興行の二日目だった。

特別に俳優に会ってもらい、談話をとったり写真をとったりした時は、担当した記者が掲載紙の早版のいわゆる刷り出しを届けるのがしきたりである。

その記者が劇場から帰って来た時間、たまたま私は社に行っていた。

一応記事を読み、芸能馴れのしない青年にありがちなミスが二つあったので、その注意をしたあとで、私は記者に訊いた。

「コロンボという溝尾さんの犬がいただろう？　おとなしくしていたかい」

「いや、いませんでしたよ」

「おかしいな、初日から楽屋に連れて来るといっていたのだが」

「いませんでした」

私は何となく、腑に落ちないものがあった。

「それから、一昨日、楽屋でコーヒーを出してくれた溝尾さんのところの若いひと、美樹子といったかな、あの女性もいませんでした」

「丁度用事で部屋を離れていたんじゃないの？」

「いえ、溝尾さんがわざわざ私にいったんです。美樹子は、うちのほうに、コロンボと留守番をさせることにしましたって」

「へえ」と私は益々腑に落ちなかった。「しかし、溝尾さんが、なぜ、君にそんなことを、ことわったんだろう」

「ぼくが質問したからですよ」と記者は赤い顔をしていった。「あのお嬢さんはおいでにならないのですかって」

「何だ、そうか」と私は思わず破顔した。つまり、記者は、溝尾美樹子に、かなりの関心を寄せていたのである。

しかし私は念のために、記者に話しておくことにした。

「あの溝尾さんとこの女性には、かなり親しいボーイフレンドがいるはずだよ」

「ほう」興ざめのした表情で、記者が私を見返した。「竹野《たけの》さんは、なぜ、そんなことを御存じなんですか」

「そりゃア君、記者ってものは、そこまで知ってなきゃ」と私は笑いながら、冗談めかしていったのだが、相手が大まじめに、私を見つめているので、ちょっと手持無沙汰であった。

「楊貴妃」の四日目の昼の部を見おわって、ロビーに出ると、劇場の副支配人の村島がいて、「竹野さん、何となく、困っているんです」と、おかしなことをいった。

「何かあったの？」

「いえ、正式には何も聞いてないんですが、溝尾さんの楽屋に置いてあった外国の切手が盗まれたとか、紛失したとかという噂が耳にはいったものですから」

「ああ、その切手なら、先日ぼくも見た。日本には、ほとんどない切手で、ずいぶん高い値のつく品だとか、溝尾さんは嬉しそうに話していた」

「ですから、それがなくなったということになると、一応劇場のほうも、知らん顔もできないんで、支配人も胸を痛めてるんです」

「そりゃアそうだ」

「ただ、溝尾さんのほうから、こういうことがあったという話を聞いていないので、こちらから、何かあったんじゃありませんかとも尋ねずにいるんですが」と副支配人は、手の甲を別の手でこすりながらいった。

昔、楽屋で役者が大切にしていた仏像が紛失した事件があって、雅楽がその謎をといている。「三角切手紛失事件」というのは、小説の題名としては悪くないと、不謹慎なことを思いついた私は、一応これは老優に話してみたほうがいいと、内心考えていた。

三

偶然、三越の浮世絵の展覧会で、私は雅楽と会ったので、さっそく、溝尾の切手の紛失についての風説を報告した。

雅楽が私の話は、はじめから、まるで予告を聞いた上で待ちかまえてでもいたかのように、楽しそうに、ニコニコしながら耳を傾けているのに気がついた。

長年つきあっているからわかるのだが、私の話を、こうした表情で聞く時は、二つの場合しかない。

ひとつは、ほんとは自分もとっくに聞いて事実を知ってはいるのだが、その話を私がどういう順序でどんなふうに話すかということに、興味を持っている場合である。

もうひとつは、初めて聞くには聞くのだけれども、そんなことが多分あるだろうと、かなり確度の高い予想を、雅楽がしていた場合である。

きょうは、そのあとのほうだと、私は判断した。つまり、溝尾の身辺に何かが起りそうな気がしていたというわけだ。

「竹野さん」と聞き終ったあとで、雅楽がしずかにいった。「私には、その三角の切手が誰に持ち去られたか、そして今高い切手が、どこにあるかが、大体わかっていますよ」

　これには、しかし、私も驚いた。

「竹野さん」と重ねて、老優が同じような口調で続けた。

「これから先のこともあるから、溝尾さんのほうでは黙っているにしても、事務所のほうから、ちょっと気になる噂を聞いたので、念のために伺いますがとか何とか前置きをして、溝尾さんを見舞わせたほうがいいと思う。これから先のことがありますからね」

と、同じことを、雅楽は二度いった。

「しかし、溝尾さんが何も頭取や支配人にいわないのも変ですね。出入りする者をチェックできる頭取には、特に一言いっておいたほうがいいと思うんだが」

　私がひとり言のようにつぶやくのを待って、雅楽がいった。

「いまのところ、好江と、あの弟の忠次だけは、このことを知っているはずです」

「なぜだろう」私には、雅楽の言葉の意味がわからなかった。また仮に、それが当っているとしても、それなら、好江姉弟が騒ぎ立てずに、黙っているのは、なぜだろう。

　雅楽が笑みをふくみながら、しきりに私を促すので、私は三越のかえりに、劇場に行き、支配人に、老優の助言を伝えた。

　私はその足で、楽屋をのぞいてみたが、私も粗忽《そこつ》だった。好江も、溝尾も、大江も、いまは舞台に出ている時間なのだった。

では、忠次に会ってゆこうかと思って、好江の部屋の前で、床を掃いている女弟子に訊いたら、「いま、まだ来ていらっしゃらないんです。もう三十分もしたら、着くと思うんですが」といった。

私は時計を見て訊いた。「でも、忠次君は、次の湯島に出るんだろう?」

「ええ。でも、忠次さんは、毎日ギリギリの時間に楽屋入りなんです。きょうもいつものように寄り道して来られるんじゃ、ないかしら」

「歯医者にでも、かよっているの?」

「まアいやだ」と笑いかけて女弟子は急に神妙な顔つきをこしらえていった。「御用事があるんです。ここのところ毎日」

私もつぎ穂がないので、そのまま楽屋を出て、奈落《ならく》(地下室)から表のほうに歩いて行った。すると玄関のところで、受付の相馬さんと雅楽が立ち話をしているので、おどろいた。

「おや」と目を見はると、老優はいささか照れて、こういった。

「あなたと別れたあと、まっすぐ千駄ケ谷に帰るつもりで地下鉄に乗ったんだが、フラフラッと銀座で降りてしまった。やはり、早いほうがいい、早くこの事件は解決させて、スッキリしたほうがいいと思う」

結局、支配人が「楊貴妃」のおわった時に、溝尾の部屋に行き、雅楽にいわれた通りの口上をのべた。

溝尾は、「そんなこと、あまり表沙汰にしたくなかったものだから」と、しきりに云い訳をしていたという。

その支配人と溝尾と、雅楽と私と四人で、午後四時に、すし初で会うことにした。何となく、大げさだが、雅楽がしきりに主張するのだから、席を設営しないわけにはゆかない。

三時半ごろまで監事室で、私は「婦系図」の一幕を雅楽とならんで見ていた。丁度万吉が出て来るころに、高力士の化粧をおとした大江友夫が同じ監事室にはいって来たが、開演中なので、目礼しただけで、そのままいた。

湯島の境内が幕切れになったら、雅楽が大江を招いて、小声で何かいっている。

「いや、しかし、ぼくは、どうも、弱ったな」などと、それでも笑いながら受け答えしている声が、私の耳にはいった。

私はこれから行くすし初に、雅楽が大江を誘ったのだと聞いて、さらにおどろいた。老優の考えていることが、今度に限って、わかりそうでわからない、もどかしさがある。

午後四時に、すし初の小座敷に、いささか物々しく、五人が卓をかこんで、すわった。ビールをすこしのんだだけで、まず雅楽が口を切った。

「楽屋で事件が起るということは、しばらくありません。幸いに殺傷事件も、全くない。むろん盗難はよくあります。じつは溝尾さんが大切にしている切手がなくなったという話を、竹野さんから聞いたので、私は誰にたのまれたわけでもないがこれは私がひと役買わせてもらおうと思って、あえてこの席を設けたのです」

溝尾はキョトンとしていたが、それを受けて、こういった。

「なに、私が悪いんです。私があんなものを楽屋に持ちこんで来たのが悪いんです。結局はいろんな人の自由に出入りできる場所に、切手の額なんか立てるから、いけないんです」

「溝尾さん」と急に顔をあげて、大江がいった。「切手のある場所を、私は知っています」

「えッ？」と溝尾ばかりでなく、支配人も私も、ギョッとして、大江を見た。

「それはねえ」とにわかに大江がセリフをいうような声で続けた。「ほんとうのジャマイカの切手は、銀行の貸し金庫にあるんじゃありませんか。それから初日の日まで楽屋に立ててあった額は、切手の精巧な複製を入れたまま、溝尾さんの楽屋の本棚のかげになった所にある、床柱の隠し穴にでも、はいっているのではありませんか」

私は大江が、テレビの刑事コロンボの声でしゃべっているのに気がついた。

コロンボの詰問する口調に追いつめられ、観念したと見えて、溝尾はたちまち、落城した。

「どうして大江さんに、そんなことが」と支配人が訊く。大江が頭をかきながら、「セリフの書きぬきは、この高松屋さんに貰ったんです。ぶっつけ本番なので、うまくいえなかったが」

まだ納得しない顔をしている私を慰めるように、老優が話してくれた。

「まず、溝尾さんが物を隠すとしたら、楽屋にはいる者以外には、劇場で教えてくれない床柱の隠し穴だと見当をつけたんです。私がたまたま同じ部屋を使っているから知っているんだが、うまく柱をくりぬいて、木目にあわせて作ってあるから、誰にもわからない場所なんですよ」

「おどろきましたよ、高松屋さん」悪びれもせずに、溝尾がいった。

「私はこう考えたんです。溝尾さんは舞台稽古から初日にかけて、この小屋に来ていると、美樹子さんと忠次君が、今度の興行中に、もっと親しくなる危険があるのに気がついた。それで美樹子さんを家においたほうがいいので、二つの手段を考えた。まず、切手の額を自分で隠し、大切なものが紛失したのは部屋を守る者の責任だといって叱り、美樹子さんには劇場に来るなと命じようと思った。しかし、それにもうひとつ綾《あや》をつけて、初日にコロンボという愛犬を連れて来たが、楽屋におけばまわりに迷惑をかける、やはり家におくことにする、それにはコロンボがよくなついている美樹子さんに、家にいてもらうと、こんなふうに二重の理由を用意したんです」

「そうです、その通りです」と溝尾は、すなおにうなずく。

「しかし、ほんとうの切手が銀行にあるというのは」支配人が聞いた。

「こういう蒐集家《しゅうしゅうか》は、ほんものを手に入れてから、こんどは安心してその複製を書斎や居間に飾るのです。ほんものがなくて模造だけ持っていても、それは悲しいことでコレクションをする者にとってはむしろ悲劇ですが、ほんものを持っていれば、複製をそばに置いて満足できるんです。そうでしたね、切手狂の話が、『刑事コロンボ』にもあったような気がするが」

　私は雅楽が蒐集家のそんな心理にまで、通暁しているのに、舌をまいた。

　恥じ入ったようにビールのコップをあけている溝尾に、雅楽がやさしくいった。

「しかし、あなたにも誤算があった。新派の出し物がいろいろあって、『楊貴妃』の李白に溝尾さんが出ている時間、忠次君はまだ劇場に来なくてもいい。むしろ溝尾さんのこわい目ににらまれずに、美樹子さんは忠次君と毎朝会えるわけです」

「ええ」肩をすぼめて、溝尾修三がうなずいた。「きのう、それに気がつきました」

「……」

「美樹子さんには、若い者相応の人生を許しておあげなさい」

「それにあなたには、コロンボがいるじゃありませんか。その愛犬、あなたの気持も、美樹子さんの気持も、何もかも、よくわかっているはずですよ」といったあと、雅楽が一言つけ加えた。

「何しろ、コロンボだから」

芸養子

「芸養子」という言葉が、近ごろ、歌舞伎ファンの間でも使われるようになった。

役者には実子のない場合、養子をする習慣がある。徳川時代には、名門の名優が自分の名跡《みょうせき》をつがせる者を予定しておく必要があり、実子があれば問題はないが、男の子のない時には、目をつけたいい若手を娘と結婚させたり、兄弟の息子を貰ったりしたし、また全くちがう家から、養子をとる例もすくなくなかった。そういう場合は大体赤ん坊を、俗にいう藁の上から貰うことが多いが、養子をとったあとで、正妻以外の女に実子ができたりして、名跡の継承の際に、ややこしい問題のおこる例もなくはない。

これは別にお家騒動になったわけではないから、実名で書くと、明治の五代目菊五郎《きくごろう》は、まず二人男の養子をもった。年長のが菊之助《きくのすけ》といって「残菊物語」のロマンスで知られた美青年だが、病気で早世した。そのあとに、栄三郎《えいざぶろう》がいたが、やがて菊五郎の別宅で、二人の男の子が生まれ、その長男が六代目菊五郎になり、同じ時に栄三郎は養父の俳号を芸名にして、六代目梅幸《ばいこう》になった。なお、実子の弟のほうが六代目彦三郎《ひこさぶろう》で、いまの羽左衛門《うざえもん》の父親である。

いまいったのと少しちがうのが芸養子で、これは門弟の中から有望な若者に注目した師匠が、ある時からとり立てて、身分を自分の養子に近く昇格するのである。そういう形で出世をしたいい役者が、現在もいく人かいる。

去年、芸術院賞を貰った女形《おんながた》の祝賀会の時、ホテルの壁に沿って並べられた椅子にかけて、私は老優中村雅楽《なかむらがらく》と、すこし離れたところにいて今人気の絶頂といわれる若い二枚目を見ながら、彼が先月演じた与三郎《よさぶろう》の話をしていた。この役者は、芸養子という待遇を与えられ、その翌月から貰うことになったいい役を次々に苦もなく演じて、この三年ほどの間に、あれよあれよと周囲が呆気にとられるような進歩を見せ、急速に伸びた若者であった。

「芸養子というのは、しかし竹野《たけの》さん、大変な賭でしてね、うまくゆかないこともあります。まアよくなかったほうの話はあまりしたくないが、戦後までいて、三十いくつかで死んだ左莚《さえん》という女形が、芸養子だったんです。その左莚が瀬川《せがわ》の家にはいるについては、おもしろい話がありましたよ」と雅楽がいった。

二三日して、千駄ケ谷の家に行って聞いた話を、私はここで読者に紹介しようと思う。わざと、小説のスタイルで、書かせてもらうことにした。

一

瀬川路莚《ろえん》という女形の妻女は、以前女役者であった。神田の三崎座《みさきざ》に出て、妹と二人大学生に騒がれた。ちょうど女義太夫《ぎだゆう》の昇菊・昇之助と同じである。美貌な点では姉も妹も優劣はなかったが、芸の質はちがった。

路莚と間に立つ有力者の口利きがあって結ばれたお袖《そで》（芸名にすると混乱するので実名で書く）のほうは、役の性根《しょうね》をトコトンまで追究し、深く考えて舞台をこしらえるタイプだし、妹のお種《たね》のほうは、ひたすら華やかに芸をもりあげるのがうまかった。

お袖は明治の女團十郎《だんじゅうろう》といわれた市川九女八《くめはち》の晩年に可愛がられ、女役者としてのさまざまな技術を伝授されていた。男優と同じように、娘時代には娘役、そして段々片はずしの役（武家の妻の役）や町の女房を演じるようになったが、出来の悪い役はほとんどない。しいていえば、ライバルと目された歌扇《かせん》の向うを張って一度だけ扮した弁天小僧《べんてんこぞう》だけは失敗だったが、若い時からの役を順にあげると、お七《しち》、お里《さと》、時姫《ときひめ》、「毛谷村《けやむら》」のおその、「弁慶上使《べんけいじょうし》」のおわさ、「阿波《あわ》の鳴門《なると》」のお弓《ゆみ》、重《しげ》の井《い》、玉手御前《たまてごぜん》、「吃又《どもまた》」のおとくと、小芝居や女役者のファンのために売り出されていた「花形」の古い号を見てゆけば、たちまち当り役がこんなに数えられるのである。

路莚は、歌舞伎界で特級の名門というほどではなかったが、同じ名跡だった先代の実父も路莚も、中堅としていつも安定した立場にいて、演技も過不足のない手がたさで、立役《たちやく》（男役）にたのもしがられる女形であった。

お袖とは仲人がいて、見合いをわざわざしたのだが、それ以前に、互いの舞台を見て、気に入っている相手だったから、近づく機会を持つとたちまち燃えるような愛情が湧き、親しく口を利いて二ヵ月目に、もう世帯を持った。

ただ、それから蜜のように甘い新婚の生活があり、妻女は惜しまれながらキッパリと舞台を引退して、ひたすら家事に尽すようになっていて、文句のつけようのない夫婦といわれながら、たった一つ物足りないのは、子宝にめぐまれないことだった。

「一人でいいからはしいな」と夫がいうと、「私もそう、あなたの子供が生みたい」と、鸚鵡《おうむ》がえしに妻がいった。

「弁天様に願でもかけるか」

「だめよ、弁天様はお門ちがいですよ。二人揃っておまいりしてもいけないというじゃありませんか」

「そうだったかな、では観音様だ」

そんなことをいい、じじつ、浅草に行くと、「施無畏《せむい》」という額のかかった観音堂で護摩をたいて、子供が授かりますようにと願うのだったが、験《げん》がない。

雅楽は路莚とうまがあい、よく共演していたので、そのへんの事情はよく知っている。

路莚にいわれて、お袖がこれだけは何かおっくうがっていた医者の門を、とうとうくぐったことも聞いていた。

夫婦になってから、二十年経っていた昭和初年の酉《とり》年の春である。路莚が、雅楽をわざわざ訪ねて、こんなことをいった。

「高松屋《たかまつや》の兄さん、養子を貰うことにしたいと思うが、どうだろう」

「そりゃアいいだろう。将来名前をつぐ者がいたほうがいい。何といっても役者のいえの芸は、名跡と一緒に手渡すのが、ほんとうだからね」

「しかし、高松屋は、養子をとらないね」

「私は芸を誰にでも、万遍なく教えることにしている。いろんな形で、いろんな役者が私の修業した歌舞伎の役柄のこしらえ方を、げんに身につけてくれている。それでいいのだ」

「そうかねえ」

「君の所は、やはり、路莚になる、適当な若いのを見つけて、仕込むほうがいい。それには平の弟子ではなく、養子として家にいれるのがほんとうさ」

そういう問答をした年、路莚は正月の大正座からくれの京都南座の顔見世まで、九ヵ月働いているが、それがいい役ばかりつとめた。

特に四月の「毛谷村」のおそのが評判で、六助《ろくすけ》は雅楽だったが、舞台に出ていて、目を見はるような、みごとな仕あがりであった。

　おそのが、六助をいいなずけの相手と知って急にはにかみ、それまで手につけていた赤い手甲《てっこう》の紐を口でほどきながら、メリヤスの三味線で、二重を降りる所など、うしろ姿を上から眺めている六助に、客席のほうからしか見えない、女の羞恥に赤らむ魅力的な表情が見えるようで、毎日そこに来ると、わくわくした。

「手甲を口でとく型を、はじめて見たね」と雅楽がいうと、路莚がしばらく黙っていたあと、口ごもりながら、「じつは、お袖に教わったんだ」と打ち明けた。

「それじゃ、今までにも、お袖さんから聞いた役があるのか」というと、「ずい分あるんだ。女役者の型を貰ったというときまりが悪いのでいわなかったが、何しろお袖は九女八さん直伝の役が二十いくつもあるのだからね、筋の悪いものはほとんどない」と、やや得意そうだった。

「そういえば、一度訊いておこうと思っていたのだが、お袖さんと君は、たしか見合いだったね」

「ああ」

「なぜ、そういう縁談を持ちこまれたんだろう」

「わからない、お袖に尋ねたこともないが、あれから二十年にもなるがあの見合いをする席を設けてくれたのは、市会議長をしていた若奈《わかな》さんで、その若奈さんは、お袖と妹のお種の親がわりになって面倒を見てくれた人だった」

　そういう話をした直後に、路莚は、お袖にいわれて、二人の新しい弟子を一門に加えた。もちろん、養子という話を前提としたわけではないが、何となくしばらく作らずにいた弟子を作ろうという気持になったのである。

　一人は浅草の紙屋の息子で、一人は小石川の料理屋の息子ということであった。二人とも、藤間流のおどりを習っていて、芸の筋がいいという師匠の推薦があり、役者になりたいという切実な希望を持っている点でも共通していたし、色が白く、目鼻立ちがハッキリした美青年である点でも、負けず劣らずだった。

　浅草の子は莚次《えんじ》、小石川の子は莚五《えんご》という芸名を貰った。もちろん、ただの門弟の名前である。

　お袖はどちらかというと、莚次に目をかけていた。莚五は、どことなく気に入らない点があるのか、よそよそしくされた。

　といっても、お袖は意地の悪い女ではないし、若者のほうも素直な人柄だったから、別にこれという、不愉快な摩擦がおこるはずもなかった。

　莚次も莚五も、腰元の役や、通行人の役を貰って舞台に出たが、しっかりおどれるので、入門三ヵ月目の「勢獅子《きおいじし》」には、手古舞《てこまい》の芸者の役で、先輩の名題《なだい》にまじって、群舞の短い個所を早くもおどったりした。

雅楽は、路莚にいわれて、若い二人を注意して見たが、末しじゅうこの二人のうちのどちらかが、路莚の名前をつぐ軌道に乗ればいいと、気の早い自問自答を早くもしていた。

二

その年の秋も路莚の演じた役は、大ものばかりだった。

十月の歌舞伎座では「吃又」の女房おとく、十一月同じ劇場で、「合邦《がっぽう》」の玉手御前、十二月京都南座でも玉手を演じた。

夏に芝居の休みの時、路莚夫婦は、大磯の貸別荘にはいって三週間ほどのんびりしたが、前半の十日を莚次、後半の十日を莚五が付き人になった。もちろん、昔からいる番頭が泊りこむわけではないが、いろんな用があるので、毎日のように湘南線でかよって来る。

莚次も莚五も、師匠と別棟の小さな家に泊り、食事はほとんど一緒にした。夫婦の身のまわりの雑用を、若者が交代でたすのだが、これは歌舞伎の世界での一種の教育法でもあり、芸の修業につながる共同生活といえる。

食事の時に芸談をきくのも為になるが、箸のあげおろしまで、マナーをきびしく、しつけられもする。路莚は古風で頑固な気質だから、稽古場《けいこば》ではいつも和服に着かえて、本読みも立ち稽古もする。ふだんは至ってハイカラな服を着ているのだが、着がえは必ず用意してゆくのだ。

大磯でも、食事の時は、若い弟子に、わざわざ浴衣《ゆかた》に着かえさせた。何かの話のついでに、役の型を教え、一度やってみるように命じた時、シャツにズボンでは第一サマにならないし、話が身にしみないからである。

大磯に二人を呼んで、十日ずつくらしたのは、もうひとつ、それぞれの人柄をじっくり観察しようと思ったからでもある。

九月のはじめに、雅楽と路莚が清元の家元の聟《むこ》とりの披露に呼ばれ、帝国ホテルで会った時、大磯の話を路莚はして、問わずがたりに、「二人のうちの一人を、芸養子にしてもいいと思うんだが」といった。

「お袖さんは何といってるのだね」

「まだハッキリ話してはいない。だが、見ていると、お袖は莚次のほうが、気に入っているようだ。莚五には、どこか、つめたい所がある」といった。

「よく見てるんだね」

「だって」と路莚はちょっと赤い顔をして、口ごもった。

「ああ、そうか、妻君が若い弟子をどう見ているかが、やはり気になるんだな、お前さんも」と雅楽は、そのころ愛用していたエアシップを、うまそうに吸った。

「それはそうさ、人阪の李鶴《りかく》の家のようなことがあったら困るもの」と、路莚が素直に答えた。その前年、上方役者の嵐《あらし》李鶴の妻女が弟子の女形と深い仲になり、離婚一歩前まで行ったさわぎは、面白ずくに誇張されて東京にも伝わっていたのだ。

「莚次も莚五も、おどりは習っていたが、素人さんだったたね、実家はたしか」

「ああ」と路莚がいった。「莚次のほうはふた親が揃っているが、莚五は生みの母親というのがわからない。いまの実家の母親というのは後妻なんだろう。それとも、わきに生まれた子供とも考えられる。深い詮索はしなかったが、どちらにしても、養子にするなら、一応くわしく、もう一度氏素性《うじすじよう》をたしかめなくてはね」

路莚はいつも、氏素性だの、身状《みじよう》が悪いだのと、芝居のセリフに出て来るような口を利くのが癖だ。その点、雅楽は、新しい流行語や、かなり複雑な外国語を会話にまじえるところがあった。路莚が馬琴や春水の活版本を読むのに対し、雅楽はルパンやシャーロック・ホームズを読む。そんなちがいが、会話の用語にも、反映していた。

ホテルで会ってから二週間ほど経ち、十月の芝居の顔寄せの日、雅楽は路莚から小声で、「どうも見ていると、莚次のほうが人間がシッカリしているので、私としては、そっちにきめたいのだが、こういう話は案外切り出しにくいのと、誰かが聞いていてくれたほうが後日のためにいいので、一度うちに来て、お袖と会ってくれないか。高松屋に来てもらった日に、高松屋の前でお袖に話したいと思うのだ」といった。

「そうか、ちょうどいい、来月、お前さんのおとくで、又平をするし、もうひとつの私の出し物の俎《まないた》の長兵衛にも、女房で出てもらう。役の打ち合わせという名目で、君を訪ねよう」と、雅楽は快諾した。

九月は二人とも休演で、翌月の稽古以外にタップリ時間がある。根岸の路莚の家で、食事をしようという電話を貰い、雅楽は広島から届いたばかりの蔵出しの酒をみやげに持って出かけた。

食事のあとで、路莚がいった。

「高松屋、こんどのおとくは、お袖からも九女八さんの型を聞いたのだがね、それでいいかどうかと思って」

「私は沢瀉屋《おもだかや》（三代段四郎）の時に、雅楽之助《うたのすけ》で出ているから、やはりその型で行くつもりさ。あの時のおとくは、前の秀調《しゆうちよう》さんだった」

「秀調さんなら、坂東のしほという女役者の縁続きですから、女役者の型もはいっているはずですよ」と、お袖が口をはさんだ。

頃合がよかったので、路莚がすわり直して、「時に高松屋、うちに芸養子という形で、若いのを一人とり立てようと思うのだがどうだろうね」と訊いた。

とっくに内示はしてあっても、こういう段どりをつけるのが役者の心意気で、口上をのべる前に、扇子を一本前において、結界《けっかい》を作るのと同じである。

「ほう、それで誰を」と雅楽は反問した。この答もわかっているが、そう質問するのが定石である。セリフを書きぬきで拾って、やりとりするようなものであった。

「莚次はどうかと思って」といった途端に、お袖がいった。

「ちょっと待ってください、あなた。莚次といったたって、ついこの間、弟子にとったばかりじゃありませんか。まだ三年も経ってませんわ。そういう養子なんて話は、じっくり人を見て、そう、短くても五年ぐらいしてから、きめるのがほんとうです。あなたは、方々の家の息子が子役から育って来てきのうきょう権八《ごんぱち》だの弥助《やすけ》だのをするのを見て、羨ましくなったんでしょうが、家に来たての弟子に、いくら路莚の芸養子だといっても、小紫《こむらさき》やお里の役が来るわけじゃなし、養子にすれば名前も変えなければならないのだけれど、そうしたあとで、ろくな役がつかなければ余計みじめですよ。私はこの夏大磯で二人の若いのを見てましたが、まアそんなにいやな所はないにしても、小紫やお里はまだまだできる器量じゃありません。当人は何というか知らないが、そのまんまでいたほうがいいのじゃないでしょうかね」

　まるで、立板に水というたとえの通りの饒舌で、お袖はしゃべった。雅楽はお袖とはかなり長く知っているが、そんなに弁が立つとは思わなかった。それに、異様に昂奮しているのが、いささか不気味だった。

「よくしゃべるな、お前も」と、少しどもりながら、路莚がつぶやいた。いささか辟易している感じだった。

おとくになる女形が、どもるのはおかしいと内心思いながら、雅楽がしずかに訊いた。

「莚次が気に入らないのかね」

「そんなわけじゃありません」

「莚五ならいいとでも」と重ねて、雅楽が尋ねてみた。

「同じことですわ、私は芸養子に二人のうちのどれかを入れることに反対なんです」

「しかしね」と路莚は何かいいかけたが、あきらめたように、口をとじてしまった。

そして、その夜は、話題を別に切りかえてしまい、ラジオで松永和風《まつながわふう》の「新曲浦島」を聞いた所で、雅楽は千駄ケ谷に帰って来た。

お袖がまくしたてた訳が、その後しばらく経ってわかるのだが、この日、雅楽は、毛頭その理由に気がつかなかった。

気がついておいたほうがよかったと、あとで思うのである。

三

「吃又」は好評であった。雅楽の又平は段切れの大頭《だいがしら》の舞がじつにみごとで、おとくの打つ鼓に合わせて、白足袋を交互に出して舞うあたり、気品に溢《あふ》れ、近ごろになくいいものだと、毒舌をもって鳴らした朝日の劇評家が絶讃した。

おとくも、よかった。雅楽と路莚は私生活でも親友だったが、舞台の上で、合性のいい女夫《めおと》役者になっていたのだ。

十一月は、「合邦」で、路莚の玉手御前に、父親の合邦は雅楽である。「吃又」が評判だったので、二人ともはり切って、この大物を、いつもより念入りに稽古して、初日を待っていた。

ところで、十月の半ばに、路莚が「二人だけで話したい」といって、雅楽を新橋の待合の玉竜にさそった。

「また、養子の話かい」すわるなり、雅楽が尋ねると、路莚はだまって首をふった。いかにも屈託ありげな様子である。

二人で一本ずつ飲み了《お》えるころ、やっと路莚が口をひらいた。

「家内の様子が変なのだ」

「お袖さんがかい」と訊いた。いつになく、赤の他人にいうように、この女形が家内という言葉を使っているのが、まず雅楽には、気になった。

「身体の工合《ぐあい》が悪いのか」

「そうじゃない」

「というと」とたたみかけて訊くと、苦笑しながら、路莚が話しはじめた。

「家内が若い者に惚れたらしいのだ」

「まさか」と雅楽は手をふった。「お袖さんに、そんなことがあるものか」

「まア聞いてくれ、高松屋」と、又しても几帳面な女形は、膝を正して、説明した。その話をかいつまんでいうと、こうである。

路莚は二人の新しい弟子が来てから、ほんのすこし年上の莚次に対しては、お袖がごく気楽に口も利き、何でもたのみ、たのしそうに話すのに対して、莚五に対しては、切り口上で話す傾向があるのに気がついていた。ごく微妙なちがいではあっても、はたで見ていると、格段にちがう。

普通、役者の妻女と弟子の関係としては、莚次には目をかけており、莚五には冷淡と見ていいのである。

そのちがいを、路莚ははじめ、それぞれの実家とお袖とのつきあい方から来ているのだと、漠然ではあるが、考えていた。

具体的にいうと、小石川の鶴の家という割烹旅館が、お袖の実家と古くからゆききがあり、お袖お種の姉妹が舞台に立っているころ、ひいきにしてもらったといった過去があるとしたら、一旦弟子にすれば別だという理屈はあっても、ポンと肩を叩いたり、ズケズケ小言を浴びせたりはしにくいものだということが、路莚自身の経験からも、いえるからである。

しかし、お袖が年がいもなく、この数週間、鏡に向って、いつもより濃く、唇に紅をさしたりするばかりか、髪結から帰って合せ鏡をする時なぞ、自分の顔をとっくり眺め、流し目のような目つきをしているのにふと気がついた路莚が、「何だい、しなを作ったりして」といったら、「西洋ではあなた、五十を越してから、赤い服を着たりするそうですよ。日本ではそんなことをすると、すぐ色気ちがいみたいだなんて悪口をいいますけどね、あなたが舞台で若い役をなさるのに、私が地味な着物で化粧もしないでいたら、あなたの芸のためにもなりませんわ」といった。

しかし、夫婦になってもうかなりの年月が経つのに、こんなに濃く、目立った化粧や身づくろいをするお袖を見ていないので、路莚は不安になった。若い恋人でもいるのではないかと、はじめは口に出して冗談めかしていおうと思っていたのだが、それをいう前に、想像がどうやら的中したようであった。

それも相手は、莚五らしいのである。莚五を見るお袖の目つきは、異常に光を帯びていた。莚次に対しては前とちがわないのだが、莚五にものをいいかける時、猫撫で声のような、気の悪いもののいい方をする。

路莚は玉手御前の役を、こんども「吃又」の時と同じように雅楽の合邦と二人でほめてもらいたいと思い、古靭《こうつぼ》大夫のレコードを聞いたりして工夫しているのだが、折角型を思いついても、お袖を呼んで実演して見せ、その批評を聞く気になれないのだ。

思い余って、こういった。

「お袖、俺は玉手の舞台を思案するために、大磯へでも行って来るよ」

「だってあなた、芝居があるのに」

「なアに、昼間向うにいて、夕方東京に出て来ればいいのだから」

「だって、往復が大変でしょう、それは大磯なら静かでいいけれど。私も行きましょうか」と、お袖がいった。

お袖の目つきや態度が気になって、役づくりの妨げになるので家を離れたいのだから、ついて来られたら何もならない。

「四谷の福田家にでも行ったら」

「東京だと駄目だ、東京だと、うちが根岸にあるのに無駄なことをすると思ってしまう。大磯まで行くということなら、話はべつだ」といった。

お袖を莚五と置いて行くのはいやだから、莚五をつれて行くつもりだった。そんな小細工がわれながらいやだったが、留守に大阪の李鶴の家で起ったような間ちがいがあってては大変だと思ったのである。

お袖が莚五と親しそうに話している現場を路莚はたまたま見た。夫が帰って来たのに気がつかず、茶の間で話しこんでいた。

ふり返って、あわてて離れたが、その直前まで寄り添っていたような、接近したすわり方をしていた。

路莚は何もいわずに、だまって着替えをしに別の部屋に行ったが、あわてては いって来たお袖の上気したような、汗ばんだ肌のにおいを感じて、いつになく情欲を感じた。

「お早かったんですね」

「ああ」

「きょうはどこへいらしたんでしたっけ」

「亭主の行く先ぐらい、おぼえておけ。高松屋の従兄の絵の展覧会だよ」

「そうでしたわね。いい絵でしたの」

「とってつけたようなことを尋ねるな」癇癪で苦り切って路莚はいったが、女形が妻女に手をあげるのも、たしなみがなさすぎると思って、歯をくいしばった。

「いま、莚五に、おっ母さんのことを訊いていたんです」問われもしないのに、お袖はこんな弁解をした。

「それを聞いて、どうする」

「莚次からも聞いておくつもりですが、きょう、莚五がいてくれたので、尋ねてみたんです。あの子、生みの母親の名前も顔も知らないんですって」

「ふん」気の乗らない返事をわざとした。

「だから、母親らしい年ごろの女の人にやさしくされると、甘えたくなるんですって」

「で、お前に、甘えてるのか」わざと憎々しい云いまわしで訊くと、「そうです」とハッキリいって、まじめな顔になる。

路莚としては、何だか、むしゃくしゃしてたまらない。

ここまで聞いて、雅楽がいった。「今までの話だと、しかし、色恋じゃなさそうじゃないか。莚五がお袖さんに甘えたい気持をもつ。よそよそしく扱っていたが、そんなふうにされると、女は誰でも母親になったような気持をもつ。しかし、別に男が若くて、二枚目だと、お袖さんのように舞台でいろんな役を演じて来た女としては、反射的に、母親という感情のほかに、女としてのたかまりがつい生じても仕方があるまい」

「それはまア、そうだが」とうなずきながらも「お袖は、莚五の実家の鶴の家に一度行ってみたいといっている。熱心なことだ、まア莚五の生みの母親のことなぞ、先方もしゃべる気はないだろうが、弟子にする前にたしかめなかったそういう生まれや育ちについて知っておくことは、無駄ではないから、これは私も賛成した。それに第一」といいかけて口をつぐむ。

「それに？」と訊くと、路莚がやや当惑した表情でいった。「この際、お袖が莚五の父親と話し合って来ると、自分と莚五の年のちがいについて、改めて思い知るから、あいつの邪念に水をかけることになって、いいのじゃないかと思うのだ」

そこまで想いつめているとは考えなかったので、雅楽はおどろいた。

それから「合邦」の稽古がはじまり、十一月の芝居が初日をあけると、共演している路莚の玉手御前が、何ともいえない、絶品であった。

その女主人公は、高安家の腰元で、合邦という道心の娘なのだが、奥方の死後、身分をとり立てられて殿様の後妻になる。家には腹ちがいの兄弟がいて、父の跡目をねらう悪い息子が、もう一人の美しい息子を邪魔者に扱っている。それを知った玉手御前（奥方としての敬称）は、美しい俊徳丸《しゅんとくまる》の危い生命を救うために、家を出奔させようと考え、毒をのませて病気で顔をみにくく変え、その若者のあとを追って自分も家を出るのだが、そうなる前に、わざと義理の息子にぞっこん惚れてしまったふりをする。

そうして合邦の内にたまたま、いいなずけの浅香《あさか》姫《ひめ》と保護されている俊徳丸をさがし当てた玉手御前は、父親の見ている前で、俊徳丸にしなだれかかったりして、とうとう短気な合邦に腹を刺されて死ぬのだが、この女の肝の臓の生き血をのんで、俊徳丸の病気は全快するという、古怪な筋なのである。

路莚の玉手は、俊徳丸をつかまえて、かきくどくところが、何ともいえない色気があってよかった。今まで夫婦の役を何度もした時、その都度、充分女の情愛をみごとに描写する路莚の芸は高く買っていたが、こんどの玉手では、合邦をしているのをつい忘れて、「こんな女を抱いてみたい」と舞台で思ったりするのである。

それほど円熟した女形の完成度を示した玉手御前であった。

「おとくについで、玉手御前が大当り、このあと京都に行って、『阿波の鳴門』のお弓がまたいいだろうな」と雅楽がしみじみいうと、満更でもない顔で、路莚もうなずいた。

「こんなに気持よく、芝居ができるのは、珍しい。これなら死んだ親父にも見てもらえる玉手だと、じつは思っている」

「親父さん以上さ。ねたましくなるような、出来だよ」手放しでほめる。共演者で敬愛している親友にこうほめられれば、路莚も悪い気持はしない。喜んで、お袖についての愚痴もいわなくなった。

しかし、十二月の南座の出し物は、「阿波の鳴門」でなく、狂言を搗《つ》き替えて、東京から持ち越しの「合邦」になった。雅楽は南座は休ませてもらうつもりでいたのだが、そういう風な事情になったので、合邦ひと役で、京都にゆくことになった。

「なぜ、お弓をしないのだ」というと、路莚がいった。「お袖が猛烈に反対したのだ。お願いだからこの役はやめて下さいといって聞かないのだ」

雅楽は、そういう女形の顔を、じっと見つめていた。

「それは妙だな、どういう訳か、お袖さんは、説明したのか」

「お弓はいけない、師匠の九女八さんも好きな役じゃなかった、あんな気色の悪い役はないというのだ」

「ほう」

「ところが、たまたま妹のお種が来ていて、お弓なら私が九女八さんから教わっています、姉さんは忘れているかも知れないが、私は師匠の型をよく覚えているから、何なら教えてあげましょうかといってくれたんだよ」

「へえ」お袖のいない時は、めっぽう能弁になる路莚がおもしろくて、雅楽は相手の顔を、なおも見つめている。

「じつは、京都で順礼のお鶴に、大阪の成駒屋《なりこまや》の孫が出てくれることになっていたんだ。それで、『阿波の鳴門』がおくら（中止）になると、子役の出る幕がなくなるといわれたので、それでは重の井をしようかと、一度は別の案を出してもみたわけだったが」

「重の井は見たかったな、ずいぶん、していないだろう」と雅楽が年月を数えるように、指を折りながら、いった。

「十四五年前にしたきりだからね。あの時、馬方の三吉《さんきち》をした子供が、もう嫁を貰っているんだ」と路莚が感慨深そうな声を出したあと、「ところで、重の井はどうだろうというと、これもまた、お袖が反対した」

「ほほう、お弓も重の井も、お袖さんが反対したのか、ふしぎだな、これは」と、雅楽が腕組みをして考えていた。

あんまり長い間、黙考しているので、路莚は手持無沙汰になり、ぐあいの悪いライターを分解して、中の仕掛を点検してみたりしている。

「浜村屋《はまむらや》」と雅楽が急に改まって尋ねた。「お袖さんは、近ごろ、何か考えこんでいる様子は、なかったかね」

「じつは、そうなんだ。まア、お袖は年に一度ぐらい、ひどく気の重そうな、大儀そうな心持を見せる女だから、またいつもの低気圧かと思っていたんだが」

「お袖さんがどこかに行って、誰かと会った様子はないか」と雅楽が訊いた。

「そうさな。一々どこに出かけたかと尋ねもしないから、くわしくは知らないが、この半月ほどのあいだでいえば、古い遊び仲間と成田におまいりに行ったのと、私のかわりに、藤間の先代の家元の法事で、押上の寺に行っている」

「おまいりに、法事か。いろんな人に会う機会があったわけだ」独り言のように、雅楽がいった。

路莚は、そうしたつぶやきの意味が理解できずに、ぼんやりしている。

四

雅楽が突然、路莚の家に、朝早く訪ねて行った。相手の都合もたしかめずに、午前九時に押しかけて行ったのは異例で、待てしばしのゆとりがないほど、緊急に会いたかったという、真剣な表情であった。

「まア高松屋さん」とお袖がおろおろして出迎える。路莚は、あわてて、湯殿で、ひげを剃《そ》ってから、座敷に顔を出した。女房役者のたしなみである。

「こんなに早く何事です」

「御上使がのりこんで来たようで、おかしいんだが、思い立ったら、矢も楯もたまらなくなってね」と、雅楽は煙草の火をつけながら、夫婦の顔を、七分三分に見た。「きょうは相談があって来た」

「京都の芝居のことで何かあるのか、急に行けなくなったなんて、いわれると、私は困るよ」眉をひそめて、路莚がいった。そういう顔に、評判のよかった玉手御前の顔が二重写しになる。

「そんな話じゃない。浜村屋、養子のことさ。私にちょっとした考えがあって、とっくり二人に話してみたいと思って」と、雅楽は、襟もとを正すように、もう一度すわり直していった。

「はてね」例によって、路莚のこういう応対の言葉は、ついセリフじみる。「誰か、いい若い者がいるのか」

「莚五だよ、君んとこの弟子のあの莚五がいいと思って」

お袖の顔が、ぽうっと赤くなり、次に血色が褪せて、青ざめた。そして、おそるおそるとでもいうような口調で、女形の妻女は、雅楽に反問した。「どうしてそんなことを」

「ざっくばらんにいおう」と雅楽は、路莚に向って話しはじめた。

「ゆうべ、床の中で、『合邦』のことを考えていた。歌舞伎座と南座は、舞台の寸法がちがうから、私の役と玉手との居どころを多少は変えなければと思い、あれこれ思案しているうちに、ふいに目のウロコがとれたような気がした」

「ほう」

「お袖さんがなぜ、お弓と重の井をやめてくれといったかという意味がわかったのだ」

「というと」女形は不安そうに訊く。

「こんどの玉手は大変に評判がいい。それには、お袖さんのかげの働きがあるのを忘れてはいけないことに私は気がついたのだ。浜村屋、君が私と玉手の稽古をはじめたころ、お袖さんは莚五と何となく親しくしていただろう。あれは、玉手御前のつもりになって、俊徳丸のつもりで莚五に色っぽい目つきをして見せたりしていたのだ」

「まア、そんなこと、私」とお袖が、大げさに手をふった。

「私は思い出したんですよ。お袖さん」とはじめて妻女のほうを見て、雅楽はいった。

「九月にあなた方に会った時御主人が一言いう間に、あなたはべらべらと、おしゃべりをしましたね。あれは又平の女房のおとくになっていたのです。長年のあいだ、浜村屋が次の月に演じる女の役を、あなたは稽古がはじまると、何となく自分の性根にする習慣ができていたのだと思う。九月は、だから又平のおしゃべりの女房になり、十月は義理の息子に恋いこがれる玉手御前になってしまっていた。莚五が、俊徳丸にさせられていたのさ」

お袖はうつむいて、じっと耳を傾けていた。真剣な目つきで時折見返すのだが、その目がうるんでいる。

「お袖さん」と雅楽がいった。「最近、あなたは、あの莚五の母親が誰かということを、教えられたんじゃありませんか」

「はい」とゆっくり妻女は答えた。「藤間の法事の時に、はじめて知ったのです。莚五のおどりの師匠から聞かされました」

「誰なのだ」と路莚がお袖に尋ねたが、それにはかまわず、雅楽が続けた。

「それを聞いたお袖さんとしては、十二月の京都の芝居に御主人がお弓をすることになれば、いやでも、お弓らしい姿を見せなければならない。それがつらいので、反対したのさ」

「でもよく、おわかりに」とお袖が顔をまともに見ていった。

「先日、お袖さんが、お弓の話が流れてから、では重の井はどうだろうということになった時、やはり反対したという話を思い出し、ハッと気がついたんだ。お弓にしても、重の井にしても、自分の生んだ子供を、母だといって抱きしめることの出来ない、悲しい女の役だ。そんなつらい役を、お袖さんにはこの家で、地のままして見せる気がしなかったのさ」

「というと」と路蓮はべそをかくような目もと口もとで、雅楽の顔をふり仰いだ。それは手負いになった玉手御前が、舞台で雅楽の父親を見あげる表情に似ていた。

「蓮五は、このお袖さんが生んだ子供だったのさ」

「申しわけありません。私は男の子を生んで、すぐ里親にあずけたんです。そのことを、あなたにいつ打ち明けようかと思いながら、二十年も経ってしまったんです」泣きながら、お袖がいった。

「……」路蓮はじっと目をつぶって、しずかにうなずいている。

「私は蓮五というあの弟子が、昔私のつきあっていた男と似ているのがいやで、よそよそしくしたんです。ところが、あなたが玉手をすることになったころ、急に可愛くなりました。そして、なぜか、この子は私の子じゃないかという気持がして来たのです。ですから法事の時に心当りの人に、それとなく尋ねてみたら、やっぱり、そうだったんです」

「こうなれば、蓮五をここの家の息子にしたら、めでたしめでたしじゃないか。もちろん、芸養子として、挨拶をするのだ」と雅楽が結論した。

瀬川路莚は、その翌年の春、内弟子の莚五を芸養子として浜村屋の家に入れ、左莚《さえん》の芸名で披露もした。

路莚ゆずりの役を次々に手がけて、順調に育った女形は、終戦後三年、病没した。惜しまれて散った、花のような、いい役者であった。

弁当の照焼

一

大分前のことだが、中村雅楽《なかむらがらく》と私が三原橋のすし初で飲んでいる時、カウンターにいる客が、京都から買って来た片手桶《かたておけ》を、大切そうに鞄からとり出して、おかみさんに見せているのが目にはいった。

戦争前までは、どこの荒物屋にも売っていたような日用品が、材質も製法もすっかり変わった別なものになった現代、むかしのような桶だの、ざるだの、壺だのが、稀少価値を持ち、当然値段も高く、貴重品あつかいにされているのである。

それをこっちの話題に貰っているうち、私は、いまの劇場の弁当が、子供のころ食べたのにくらべて、何となく物足りないという話をした。

「私の舌が幼稚だったのかも知れませんが、二重弁当の玉子焼にしても、照焼《てりやき》にしても、いまより何だか、おいしかったような気がします」というと、雅楽もうなずいた。

「竹野《たけの》さん、それはそうですよ。以前と同じような弁当を仮りにいま売ると、かなり高くとらなければ採算が合わない、ブリの照焼では値が張るので、シャケにするといった、中味の変化が、弁当全体の感じを別のものにしているのです」

「高くてもいいから、昔と同じ弁当が食べたいと思いますね」

「そういえば、ついこのあいだ、三千円の親子どんぶりを食べる会というのを、上野の貸席で催したそうです。鳥も玉子も、三つ葉も最上のものを使うと、どうしても、それだけ費用がかかるというのです」

「おどろきましたね」

よその客の京都みやげを横目で見ながら、弁当論がはじまったが、考えてみると、しゃべっている場所は一応すし屋なのだから、店の人に対しては、いささか無遠慮に過ぎたかも知れない。

そういう話をしてから三年ほど経った去年の夏、大正座の夏芝居に、久しぶりに雅楽が出演することになった。

「夏祭」の釣船《つりぶね》の三婦《さぶ》をつとめる予定だった老優の市川忠七《いちかわただしち》が急病になったので、劇場に懇願されて、七年ぶりに舞台を踏むことになったのである。

楽屋もいちばんいい部屋を用意し、万事至れり尽せりの待遇だったので、雅楽も上機嫌だったが、もうひとつ、この老優を喜ばせたのは、いきのいい働きざかりの役者と共演することだった。

雅楽の隣りの部屋には、坂東門造《ばんどうもんぞう》の父子がいる。四十歳の門造が一寸徳兵衛《いっすんとくべえ》、その子の十九歳の門次《もんじ》が磯之丞《いそのじょう》に出ていた。

門造は妻女を病没させてからずっと独身である。その妻女、つまり門次の母親は、師匠の娘であった。

門造は若い時から親しかった娘がいたのだが、師匠にうちの娘を貰ってくれといわれ、いろいろな事情がからんで、ことわりきれずに、その娘とは別れたという話を、私は以前耳にしていたが、どういう家のどういうひとなのかは聞いていなかった。

雅楽がつとめる役は二番目狂言だが、この老優は、出演する月は、自分の出場の三時間も前に楽屋にはいる。

ひとつには、芝居に出ているという喜びを、全身で味わうといった心境でもあり、もうひとつは、一番目や中幕《なかまく》の芝居をできるだけ見て、気のついたことを助言したいという考えがあるからだ。

その月は、「鎌倉三代記《かまくらさんだいき》」が一番目、中幕が「勢獅子《きおいじし》」という、すっきりした立て方であった。

大正座の近くには、関東大震災にも、空襲にもあわなかった町が残っており、花柳界もあるので、うまいもの屋が何軒も栄えている。そういう中に、桔梗屋《ききょうや》という小料理屋が近年、味覚の雑誌に作家が筆をそろえて紹介したりしたので、評判になっていた。

雅楽は年のわりに健啖家だし、おいしいものならどこへでも出かけてゆく意欲を失っていない。大正座に出演したのをいい機会だとばかり、私をさそって、興行の三日目に、さっそく、その桔梗屋に出かけた。

つきだしの小鉢のあえものからして、なかなかおつな味で、焼き物や煮物もうまいが、ちょっとした箸休めがたまらなくいい。酒も吟味してある。

「気に入った、今月はちょいちょい、お邪魔しますよ」と、雅楽は愛想よく声をかけて、店を出た。月がかがやき、川風のこころよい宵だった。

門造父子は九月に同じ大正座で、「妹背山《いもせやま》」の三段目と四段目、べつに「筆屋幸兵衛《ふでやこうべえ》」という、珍らしい演目の芝居に出ることになっていた。

「妹背山」の三段目は花満開の吉野山が舞台なので季節ちがいということになるが、四段目は菊の咲いている秋である。

門造が大判事と入鹿《いるか》、門次が久我助《こがのすけ》である。門造は一座しているのを幸いに、雅楽から自分たちの役の秘伝をしきりに聞こうとしていた。

雅楽が久我助が切腹してから、幕切れに落ち入るまでの姿勢について教えている時に、たまたま私は行き合わせた。

雅楽の部屋に来て、門造も門次も、神妙に座蒲団をはずしてその講釈を聞いていたが、私も傍聴してたのしかった。

年配の老人が、刀を腹につき立てた若者の姿かたちをして見せると、そこに久我助らしいイメージが完成される。いつものことながら、老練の芸のみごとさに、私は改めて感服した。

久我助を教えてもらった門次が、ていねいに挨拶して廊下に出て行くと、入れかわりに、部屋ののれんをちょっとあげて、ベレー帽の高島音也《たかしまおとや》が「こんにちは」と声をかけた。

高島はすし初の常連で、私も親しい男である。新劇フリーの演出家で、去年の秋は、「マリウス」、ことしの春は「ロミオとジュリエット」の演出をして、ともに好評であった。

近ごろの前衛劇は、飛躍的な演出が多く、むろん、それなりの楽しさはあるのだが、私のようにリアリズムの芝居を見て育った者には、正統派の舞台がなつかしい。まだ三十六歳だというのに、高島の演出はきわめて穏健で、そのぶん若い批評家から「なまぬるい」という見方もされているが、俳優の演技をひき立て、もりあげる力は持っていた。

高島は、この秋の公演に、若い歌舞伎役者を引っ張り出す希望があり、白羽の矢を門次に立てて、くどきに来ていたのである。

その日、午後六時ごろ、大正座の社長から、楽屋のおもだった役者に、弁当が配られた。あらかじめ前ぶれがあって、「近ごろ珍らしくおいしい弁当ができるというので、試食していただきます」というのだった。

劇場側は如才なく、大幹部の部屋には、人数より多く、弁当を届けて来た。たまたま居合わせた私もその相伴《しょうばん》にあずかったわけだが、私は重箱の蓋をとって、夢かとばかり喜んだのである。

それは前々から、もう一度口にしたいと思っていた通りのおかずが並べてある、数十年昔の弁当そのものであった。

津軽塗りの二重で、むろん下は白米の御飯である。上の菜《さい》入れの部分は、三通りに仕切られていて、玉子焼、かまぼこ、ブリの照焼、べつの一角に椎茸、竹の子、ふき、高野豆腐の煮物、もうひとつの一角に、白胡麻であえた春菊と、奈良漬がある。

そのひとつひとつの味が、まったく昔のうまさなのだ。ことに照焼の味は、無類であった。

タレの味といい、焼き方といい、箸で崩して身がはなれてゆく感触といい、近ごろ食べる機会のない珍味だった。

「どこでこしらえているんです、こんな贅沢《ぜいたく》な弁当を」と雅楽が支配人に尋ねていた。

「贅沢というほどのものでも、ないでしょう」と支配人は笑っていたが、老優は大まじめに、「こういうものを今は贅沢というのですよ」と答えていた。

私は雅楽が門造父子に山の段の親子の演じ方を口伝《くでん》している現場にたまたま来合わせたあと、冷くした秋田の地酒で、この弁当をゆっくり食べさせてもらって、何ともきょうは豪華な一日だと思った。

雅楽も私も、照焼の皮を残しただけで、きれいに弁当をたいらげた。老優は割箸を折ったあと箸袋におさめ、箱に入れ、蓋をした。

高島はどうしたかと思って、門造の部屋をのぞくと、「夏祭」の序幕に出る徳兵衛の顔をこしらえている門造が、門次に小言をいっている。

「磯之丞が籠《かご》からおりる時の格好が、どう見ても町人だ。あれは武家の息子なんだよ」

「はい」

「何度いったらわかるんだ」

もうこしらえをすませている門次は、素直に返事をしているが、内心おもしろくないと見えて、いささか、ふくれた顔である。

チラチラと高島を見て、救いを求める視線を投げているのだが、こういう話に介入するわけにゆかないので、演出家はハラハラしているようだった。

私もその空気を感知したので、すぐ出て来たが、入口の近くに弁当の重箱が三つ重ねてあるところを見ると、父子で高島にもすすめ、三人で食べたにちがいない。

こんなにうまいものを食べたあと、門造が門次にきついことをいっているのが、何となく不自然だったが、翌日別の用事で、雅楽を訪ねた私は、前日父親に散々叱られたわけを、息子から聞いた。

二

「きのうは大変、お父さん、おかんむりだったじゃないか」というと、門次はしかめた顔をわざと作り、「よくわからないのですが、弁当を食べてしまって、これはどこからとったのかと支配人の部屋に問い合わせたあと、急に雲行きが変わりましてね」

「どこなの、その店は」

「桔梗屋だったんです。ぼくはあの家の娘の時枝さんと森村で一緒だったので、前から行っていたんですが、父は行ったことがないらしいんです」

「ほう」

「桔梗屋と聞いたので、ぼくはあの家でこんな弁当をこしらえるのかなと独り言のようにいうと、父はお前桔梗屋を知っているのかといいました」

「ほう」

「だから、初日の日から、ちょっと寄ったりしているというと、黙って返事をしないんです。それからぼくは、初日の晩に滝の屋の梅ちゃん（同年の女形《おんながた》）と寄った時、酔っ払った客がいて、おばさんにつまみ出された話をしたんです」

「おかみさんが男の客を追い出したというわけ？」

「威勢よく啖呵《たんか》を切ってましたよ」

「気のつよいひとなんだなア」と私は、先日見かけた、色白の丸顔の女将を思いうかべていた。

「その男が出て行ったあと、妙な電話がありましてね、うちの若い者がお前の店で恥をかかされたという報告があった、おれはいま大阪にいるが帰ったら、七日の日に、さっきの若い者と二人で挨拶にゆくといったそうです」

「つまり、脅迫じゃないか。外道《げどう》の逆恨《さかうら》み」

「おばさんは笑ってました。そんなおどしがこわくて、女手ひとりで、店を開いていられるものですか、いつでもいらっしゃいといって、電話を切りました」

「大したものだ」と私は舌を巻いた。

「父にそんな話をすると、黙って聞いていましたが、七日といえば明日じゃないかと壁のカレンダーを眺めながら、つぶやいてました」

私とそんな話をしたあと、頭取部屋の前のソファから立ち上った門次は、自分の部屋へ帰って行った。

私はすぐ雅楽の部屋に行ったが、雅楽はきのうの夕食がよほどおいしかったと見えて、まだその味をたのしむような口調で、桔梗屋の二重弁当を賞《ほ》めそやしていた。

その時、隣の門造の部屋から弟子の門吉《もんきち》がはいって来て、「高松屋《たかまつや》さん、きのう召しあがった弁当、何ともありませんでしたか」と、心配そうに尋ねた。

「どういうことなんだい」

「うちの親方が、いま急におなかが痛いといい出しましてね、きのうの弁当があたったにちがいないというんです」

「ちょっとお待ち」と雅楽は失笑した。

「ゆうべの夕食に食べた弁当で、今ごろになって、中毒の症状があらわれるなんてことはないはずだよ。もし、あたったとすれば、夜中に腹痛なり何なりがおこるはずだよ」

「私もそう思うんですが、親方は弁当のせいだといって、お聞きになりません」

「変ですね」と私は雅楽の顔を見た。

「私に電話しろとおっしゃるんです、親方は」と門吉がいかにも当惑した表情で、老優を見あげた。

私と雅楽と二人でのぞいてみると、門造が横になって、苦しそうである。私たちを見ると、それでも起き上がって、横腹をおさえながら、「どうも妙なことになって、失礼しますよ」といった。その形が、「妹背山」の久我助が脇差を腹に突き立てている格好になっているのが、おかしかった。

「とにかく、高松屋さん、桔梗屋に電話して、きのうの弁当をいつこしらえたのか、聞かせてみようと思います」

「ほかの何かが原因じゃないのかね」

「いいえ、じつはブリを食べた時に、何となく、へんな匂いがしたのに気がついていたんですが、私も意地が汚いので、つい口に入れてしまって」

「おいしかったじゃないか、むろん私も竹野さんも喜んで食べ、無事息災だよ」と雅楽が微笑しながらいうのに、おっかぶせるような口調で、門造が云い張る。

　雅楽は部屋に帰ると、門次をそっと呼び、小声でいろいろ尋ねていた。ゆうべ帰ってから父親が何を飲み何を食べたか、きょう大正座に来る前に何をしたのか、そんなことを質問しているのだと私は思った。

　門次が去ったあと、雅楽は支配人を呼んでこういった。

「きのうの桔梗屋の弁当、おいしかったことはたしかだが、門造がそれで腹痛をおこしたと云っている、そんなことをいわれると、神経のせいか、私も何となく、おなかの具合がおかしくなっているようです」

「まさかと思いますがね。あの弁当は三十人以上が食べているんですが、門造さんのようなことは、誰ひとり、ありません」

「そこで私が思うのは、とにかく桔梗屋で、あの弁当をこしらえた職人の健康状態だの、調理場の衛生管理だのを一応たしかめたほうがいい、そう考えます」

「今、これからですか」

「早いほうがいい。きょうは休業させたらいいんです。こういう検査は都の保健所から専門家がゆくのだが、そんな立ち入ったことをされたとわかると、店の信用にかかわって気の毒だから、私の心やすい人をあの店にやります」

「はア」

「桔梗屋は今日は臨時休業させましょう」と、キッパリいう。老優のそういう独断的な態度が私には解せなかったが、口をはさむ場合ではないので、黙っていた。

支配人が行ってしまうと、雅楽は私を見て、「すまないが竹野さん、江川《えがわ》さんに連絡してくれませんか」といった。

江川刑事はいろいろな事件で老優とつきあい、いまでも時々同席して小酌をたのしむ雅楽のよき飲み友達である。

しかし、刑事は犯罪を捜査する職責にある警察官で、保健とか衛生とかの分野とは、まったくかかわりがない。つまり、いま江川刑事の出る幕ではないという気がするのだ。だが、とにかく警視庁に勤務している老練の刑事だから、こういう問題に対処してくれると思ったのだろうと私は推察した。

用事で外出している先をやっと突きとめると、江川はさっそく大正座に飛んで来てくれた。

事情を聞いて、「そいつはどうも、私の縄張りではないから」と刑事も苦笑していたが、雅楽は「門造があんなにいうのはよくよくのことだから、江川さんと竹野さんとで、桔梗屋に行き、保健所とそっと相談するから、きょうは店を休むよう、おかみさんにすすめて下さい」といった。「私も芝居がおわったら、桔梗屋に行きます」

「だって休んでいるんですよ。あの店は」

「だから、検査の結果を聞きに行こうというわけです」

何だか狐につままれているような気がしたが、私と刑事は劇場の支配人をさそい、三人で桔梗屋に行った。それが「夏祭」の序幕の切れる頃だったから、夕方の五時すこし前である。

おかみさんはキョトンとしていたが、「うちの弁当で門造さんがおなかをこわしたなんて、とんでもない。あの人、うちの商売にけちをつけるつもりですか」とはげしい見幕でしゃべっていたが、警察官に似合わぬやさしい口調で刑事に説得されると、しずかになり、「ではきょうは休みます。ほとんど正月三ガ日と盆の二日と、そんな時しか休まない店なのにね」とつぶやき、ホロリと泣いている。

私と刑事だけしばらく店に腰かけていた。いつもなら、看板の灯を入れ、客を待つ時間だが、のれんをはずしているのに気づかずに、はいって来る常通がいて、店の中が半明りで、しいんとしているのに驚いて帰って行った。

「おビールでもどうぞ」とおかみさんが運んで来たので、二人で飲んでいた。

「保健所の方はおそいですね」と門口に立った店の者が私に声をかける。

六時半すぎに、いきなり戸をあけて、三人の男がはいって来た。それは保健所の役人ではなく、先夜酔っ払ってあばれ、おかみさんに追い出された男と、男の仲間の者らしかった。

「おかみはいるか」と怒鳴った。

「私ですが」とおかみさんがいうと、いきなり三人の中の一人が胸倉をつかもうとした。

刑事が立ち上って中にはいる。三人は「余計なことをするな」と叫んだが、刑事の手帳を見せられて、にわかにシュンとなった。

「どういういきさつか知らないが、こういう店に来て、おかみさんに暴力をふるったりしてはいけない。何なら私と一緒に警察に行って、くわしい話をしてもらおうか」と刑事はおだやかにいった。

三人は打って変った低姿勢で、すごすご帰って行った。

「夏祭」の三婦の内が終って三十分ほどすると、雅楽が門次をつれて、桔梗屋に来た。

おかみさんと若い役者がいかにも親しそうに話している。やがて時枝という、森村の高校に進学している娘が帰って来て、門次と店の隅で小声でたのしそうにしゃべっていた。

「門造さん、苦しそうだったが、徳兵衛、大丈夫でしたか」と私は気づかいながら、様子を聞いた。

「役者というのはえらいもんだ。あぶら汗を流して、七転八倒していたというのに、舞台に出ていると、その気《け》も見せず、役をキチンと演じるのだから」と雅楽がいった。

「高松屋さん、保健所の方がまだいらっしゃらないんですよ」と、前掛けで手をふきながら、おかみさんがいった。

「もういいんだよ、もういいんだ」と老優はそっと手を振った。

私と刑事は顔を見合わせた。

三

雅楽は私たちのそばに腰をどっかと据えて動こうとしない。

休業させた店で飲んでいるのも異なもので、ほかの客が来たら何と言いわけをするつもりだろうと私は思っていた。そのうちに、老優が私と刑事をさそって、三原橋のすし初にでも行こうといいだすだろうと推測していた思わくとはうらはらに、雅楽は、ゆっくり、そこにあるビールを自分でついで飲んでいる。

三十分ほどしてから、思い出したように、雅楽が向うで店の娘と対話に没頭している門次に声をかけた。

「門次君、まもなく、お父さんと高島さんがここへ来るよ」

その声を聞くと、おかみさんが、顔色を変えた。

「だって門造さんは、具合がわるいんでしょう。お医者様にでも行かなくちゃ」

「大丈夫ですよ、おかみさん」と老優がいった。「鳥居前の立ちまわりを息も切らさずにやってのけたのだから、腹の痛みなんぞ、とっくに忘れてるんです」

「でも」とおずおずした口調で、おかみさんが私たち三人の顔を見くらべるようにしながらいった。「それにしても、今夜、なぜ、あの人、門造さんが」

「桔梗屋へ来るというより、伜《せがれ》のガールフレンドの顔を見に来るつもりじゃないのかな」

「さア大変だ」と思わず口走ったおかみさんは小走りに奥に駈けこみ、娘の時枝も、そわそわして、そのあとを追った。

江川刑事は、何だかよくわからない話の渦中にいきなり連れこまれたような表情だったが、雅楽が丁重にわびた。

「あなたには申し訳ないことをしました。御用繁多の最中に、手間をとらせてしまって」

「いや、それはいいのです。緊急の用向きがあるわけではないんですから。しかし、どうも私には」とさすがに、捜査を職務にしている人だけあって、納得のゆかない事情は、ぜひ説明してもらいたいという顔つきである。

「門造がやがて来るまで、待っていて下さい。万事は、それからお話しします」

「夏祭」は長町裏の義平次《ぎへいじ》殺しでおわる。徳兵衛の役があがった門造が、まもなく、高島と桔梗屋に着いた。

出迎えたおかみさんが、いつになく、薄化粧をし、髪も目立たないが、ちょっと直したらしいのに、私は気がついた。

「しばらくでしたね」と門造がいった。

「ほんとうに、何年ぶりかしら」

「お二人は前から知り合いなんですか」と高島が目を見はった。

「ええ、私のまだ若いころ、存じ上げていたんです」

目のウロコがとれたような気がした。そうだ、門造とこの店のおかみさんは、むかし恋人だったのではないだろうかという感じが電流のように走った。

「高島さん」と雅楽がいった。「あなたが演出した赤毛物は二つとも、私は見ています。偶然だが、ロミオとジュリエット、それからマリウスと、竹野さん、あの娘は何といいましたか、そうそうファニーだ、マリウスとファニーは、両方の親同士が不仲なのに好き合っている。私は門次君とこの店の時枝さんとが仲のいいのを見て、内心芝居というのはよく作られていると思っていました」

「はア」

「門造君が先代の娘と縁組をすることになり、藤川当升《ふじかわとうしょう》という芸名を返上して、師匠のあとをつぐようになってから、おかみさんは二度と門造君と会うまいと決心したらしい」

わきの椅子に腰かけていたおかみさんは、無言でうなずいている。

「桔梗屋というこの店に、門造君はどうも来にくかった。おかみさんの御主人、門造君の妻君、二人とも死んでいる。それだけに、かえって、敷居が高かった」

「その通りです、やもめ同士で、つきあうという気になるためには、たとえ廻り道でも順序が必要です」と、同じようにうなずきながら、門造が答えた。

「ところで、竹野さん、江川さん、二人にはいろいろ迷惑をかけたが、私は門造君の腹のうちが読めたんだ」

「ぜひ高松屋さん、絵ときして下さい」と江川刑事は、いつものように、雅楽にねだった。

「あの弁当が桔梗屋さんのものとわかっただけなら、こういうことにはならなかったかも知れないが、たまたま初日の夜、門次君がいる時に暴れる客を追い出したあと、おかみさんが脅迫されたのを聞いて、門造君は、この店のことが心配になった。だから七日という予告された夜、店を休業させればいいと思った。それで弁当で中毒したような狂言をした」

「いや、どうも」と門造は頭を掻いた。

「本職の芝居はうまいが、この人、狂言はへたでね、見舞に行った私の前で起き上っておなかをおさえた形は、どうしても、舞台で腹を切ったさむらいの形になっている、あんなのんきな、中毒患者があるものか。第一、前の晩の弁当が二十何時間経って、腹痛の原因になるはずがない」

「はい」なぜかおかみさんが、この時、相槌を打った。

「私はおかみさんが、この店の名前を、御主人が亡ってから変えたことを知っていたが、ふと気がついたら、門造君の前の当升時代の替え紋が桔梗だった。門造君が店を案じているのを知ったので、門次君と時枝さんのためにも、双方の親同士が、またつきあいははじめてもいいだろうと考えたわけです」

みんなが、雅楽をじっと見て、整然と続く話を聞いていた。

「来月の妹背山の大判事と定高《さだか》は、双方の息子と娘が死んでから和解するのだが、幸い、いいキッカケができた。それには、今夜、何とかさせたいと思った。予告したようにならず者があらわれる。これはのれんをおろしていたって、暴れこむことはするわけだから、放っておけない、気のつよいおかみさんが手ぐすねひいて待っていて、さア来いと相手になったりして、怪我でもしたら大変だ、そう思ったから、私は門造君のあと押しをして、警察の力を借りようと思った。しかし、この近くの署にたのむと大袈裟《おおげさ》になるので、江川さんに御出馬を願ったというわけです」

老優の話をうれしそうに聞いている店の隅の若い男女が、何となく肩を寄せ合っているけしきが、私の視野のはずれにあった。

「どうもありがとうございました」

「ほんとうに」

門造と、桔梗屋のおかみさんが、同じタイミングで、雅楽に礼をいったのも、おかしかった。高島が目を輝かしていった。

「私は去年マリウスというフランスの芝居の演出をしました。幸いに評判は悪くなかったので、得意になっていたんですが、何だか、きまりが悪い」

「どうして」と私は卒直に訊いた。

「マリウスの父親のセザールと、ファニーの母親のオノリーヌが、マルセイユの港町で、意地を張って突っ張っている。私は若い息子と娘の愛情は一応演出できたと思っていますが、もうひとつ、両方の親の心持がわかっていなかった。セザールとオノリーヌは、あれで何となく、惚れ合っていたのだということが、今わかりました」

「とおっしゃると」と時代がかった調子で、門造が隣の高島をかえりみる。門造が上機嫌なのが、よくわかる笑顔である。

「門造さんと、おかみさんの顔を見ていると、なるほど、こういう感情がマルセイユのあの二人に、あったのかと思ったんですよ」

江川刑事は、事件が解決した時に必ず示す満足しきった表情で、私にいった。

「竹野さん、われわれ二人はひと足先に失礼しようじゃありませんか」

雅楽は「私と高島さんもつれて行って下さいよ」といった。桔梗屋の母と娘を門造父子にあずけるつもりである。

高島がいつの間にか、いつものベレーを脱いでいた。

「おや、ベレーをとるなんて珍らしい」と私がいったら、演出家が笑った。

「脱帽してるんですよ」

一日がわり

一

私の若いころとちがって、歌舞伎のファンの年齢層が、平均して低くなっているそうだ。むろん、歌舞伎に関心のない若者は多いが、いったん見はじめて好きになると、夢中になる女子学生、ＯＬがすくなくない。

そして、その対象は、二十代三十代の役者である。父親の大幹部の「藤娘《ふじむすめ》」よりも、息子の同じおどりのほうが、技術とは別に、いかにも娘らしくていいといった感想を聞かされる。そういう見方を、私たちの世代はしなかった。

劇場も、そうなると、老練の人たちの興行とべつに、若手一座だけの芝居を考えるようになり、かなりの実績をあげる。

いま人気のある若い立役《たちやく》の役者三人は、中村丹四郎《なかむらたんしろう》、坂東好之助《ばんどうこうのすけ》、市村録蔵《いちむらろくぞう》だが、ライバルではあっても、じつに仲がよかった。

三人とも酒が好きで、一応グルメでもある。だから芝居の帰りに、小料理屋の店のカウンターで、ならんで、たのしそうに飲んでいる姿を、いつか偶然見て、気持がよかった。

三人の中で、年がいちばん上なのが丹四郎、そして二つずつちがって好之助、録蔵である。いちばん上の丹四郎は、おっとりして、三兄弟にたとえると、総領の甚六《じんろく》ふうな、やや鈍重型、あとの二人は二枚目に近く、女形《おんながた》としても、当り役があるが、丹四郎は男の役しかない。

三人共演の「車引《くるまびき》」の時は、丹四郎が松王丸《まつおうまる》ときまっていた。「三人吉三《さんにんきちさ》」だと、和尚《お》吉三《しょうきちさ》ということになる。

仲よしの三人が、ちょっと気まずくなって来たという噂を、東都新聞の若い記者が耳にして、私に話した。その時は原因がわからなかったが、三ヵ月ほどのちに、ハッキリ真相が知れた。三人が、同時に、ひとりの美女を恋してしまったのである。二十代後半、独身の三人のうち、いちばん先に誰が結婚するかといった話題も若いファンのあいだでささやかれていた時に、三人が偶然知り合った女性の魅力を、同じような感じで受けとめ、熱をあげたのだ。

ところが、いままでもいく人かのガールフレンドとの艶聞を持っていて、いやな表現だが、手が早いといわれていた録蔵を呆然とさせたのは、録蔵がたまたま銀座を歩いている時に会ったので、「お茶でものみましょうか」といったら、「これから『毛谷村《けやむら》』を見にゆくんです」という返事を聞いたからだ。

この月、歌舞伎座に丹四郎、国立にあとの二人が出ていた。丹四郎は大幹部の演目のあいだに、若い女形の英二郎《ひでじろう》と「毛谷村」を共演し、六助《ろくすけ》が好評であった。

いい忘れたが、この女性は、日本橋の葉茶屋のしにせの二女、照子《てるこ》といって、慶應の国文科を卒業したが、父親と三越の名人会に行っている時、父親がひいきにしている英二郎が「浅妻《あさづま》」をおどるのを見に来ていて、終演後、この女形の楽屋に行っているところに、三人が顔を出し、三人と一度に初対面の挨拶を交わしたのであった。

私がその照子を見たのは、三人がひとりの女性に思慕したという、歌舞伎役者としてはいま時珍しい純情の話を知った直後だったが、劇場の廊下に立っている姿が端正で、やや面長で髪をひっつめにした顔がぬけるように白く、目鼻立ちのととのった、しかも愛嬌のこぼれるような笑顔に、あっとおどろいた。

女子学生だったという感じよりも、大正のおわりごろまでいた美女という印象で、近ごろの女優にもあまりない、におうような美貌というほかない。

三人がみんな、ほかの二人も照子に惹かれているのを知っており、それだけに何となく、綾《あや》とりの紐を引き合っているような形で、もじもじしているうちに、この照子が前から丹四郎の熱心なファンだったというのが、女形の英二郎の口から洩《も》れた。

美しいばかりでなく、聡明な照子は、ひとりの役者を好きだと公言するのも何となくはばかられ、両親や弟にもいわずにいたが、丹四郎の出ている劇場を昼夜見たあと、丹四郎の出し物だけ二回ほど一幕見で見直すということがやがてわかって、母親が英二郎に、つい、しゃべってしまったのである。

たまたま、照子の父親の従兄で、同じ日本橋の鰹節屋の主人が、丹四郎をひいきにしていた。そして軽い口調の茶話に、照子に向って、「丹四郎が好きなら、お嫁に行ったら」といった時、照子が真っ赤になり、しかしうれしそうに笑ったというのがはじまり。縁というのはふしぎなもので、半年後に照子が丹四郎の妻になるという話がトントン拍子でまとまったのである。

丹四郎はもちろん、照子が自分のファンだったのを知って間もなく、こういうことになったので、天にも昇ったような喜びに包まれたが、残る二人は、ショックが大きかった。

ことにプレイボーイで、三人の中でいちばん男前だと自負していた録蔵は口惜《くや》しがるまいことか。ひとりで、劇場街と遠く離れた町のバーで、酔って胸の思いを紛らわしていたらしい。

十月に丹四郎が挙式と聞いたその録蔵が、自分が照子のことで負けたと思いたくないために、丹四郎よりも前に結婚しようと思いついたというのだ。

あんまり話がおもしろすぎるが、劇作家の古寺貢さんと三原橋のすし初で会うと、録蔵が誰にプロポーズしようかと、指を折って数えながら、書きつけたメモに女の名前が、七人あったとさという話し方で、たのしそうに私の顔を見た。

この古寺さんは若いころから落語が好きで、高座の話芸に似た話し方をする人だ。だから、話にも説得性があるが、一説によると、まことしやかでも彼の作ったフィクションの場合が多いともいわれる人だ。

この録蔵の話は、しかし人数の点もふくめて、大体いかにも、ありそうなことだと思って、私はだまって傾聴していた。

好奇心の旺盛な七十三歳の劇作家は、わざわざ情報網をひろげ、録蔵メモの七人の女性のデータまで入手したという。劇作家が、執筆前に取材するのは必須条件だが、この場合はあくまで弥次馬らしい興味に駆られたのであった。

古寺さんは、手帖をふところから出し、「名前と年齢は、半分わかっているが、全部伏せておきます。竹野《たけの》さんはジャーナリストだから、私がしゃべると、若い記者に話したくてたまらなくなるでしょうからね」といった。

気を持たせたいい方だが、「とにかく、お聞きなさいよ」という顔で、自分の徳利の酒をしきりにすすめるので、私も笑いながら聞いていた。

「新橋の芸者、赤坂のバーのホステス、ホテルのコーヒーショップの少女、ＯＬ、早稲田の演劇科の女子学生、ファンレターがキッカケの鎌倉にいるペンフレンド、そして但《たじ》馬流《ま》のおどりの家元の娘の不二子。ヴァラエティも、いいとこですよ。もっとも、七人のジャンルが全部ちがうというのも、役者らしい一種の考え方でね、つまり同じ月はもちろん、三ヵ月ぐらいのあいだは、演じる役も、あまり似たものでは、気が変らず、舞台も一向、栄《は》えなくなるのを警戒するのが、役者の心得のひとつですからね。私はこの七人と会っている時の録蔵が、相手によって話題や、一緒にいる時の態度や、おそらく三人ぐらいとはかなり深い仲になってもいるにちがいないと思うので、そういう色とりどりを寸劇風にして、ヴォードビルを書きたいという気に、ちょっとなっているんです」

「ぜひ、やって下さい」と笑っていたが、まもなく、録蔵の迎える妻が、早稲田の可愛い女子学生とわかって、みんな、びっくりした。

私は、多分新橋の花街のひとというのが自然だと考えていた。

戦前でも、梅幸《ばいこう》のように、普通の家庭のお嬢さんと結婚するケースがあったが、これはむしろ例外で、役者の大部分は、花柳界の女性を妻にした。

歌舞伎の世界では、やはり芸者として客をもてなすのに馴れており、愛嬌やゆき届いた心くばりができる点では、そういうひとたちが、適当なのであろう。

このごろは役者が他の役者の娘と結ばれるということも多くなったが、これも、普通の家庭の娘よりは、育った環境が環境だけに、うまくゆくのである。

浮気な青年俳優として、一応定評のようなものが喧伝《けんでん》されていた録蔵が、ごくアッサリしたつきあい方をしていた正森和歌子《まさもりわかこ》という稲門《とうもん》の女の子をえらんだのは、おもしろい。

劇場に近いすし初で、老優中村雅楽《なかむらがらく》に会ったら、向うからその話をはじめ、上機嫌でこういった。

「昔なら、年貢の納め時なんてからかったものだが、録蔵がこういう人ときめたのは、私は、よかったと思う。あの男の父親は、もう舞台に出ないが、至って地味な芸風だし、母親は柳橋にいた美代鶴という美人だったが、これも内気な、どちらかというと素人くさい芸者だった。だからその和歌子さんの両親がよく承知したと思うのと同時に、きっと嫁に行っても、うまくゆくだろうと思います」

雅楽はこういった。

しかし、丹四郎が照子を貰うと聞いた時の残る二人がショックを受けたのと同じように、録蔵がつきあっていたほかの六人、中でも結局は自分が妻にしてもらえると思いこんでいたいく人かは、目を吊りあげて、やりきれない思いに悩んだらしい。

長々とした前置きになったが、こういうゆくたてのあったことを、先に書いたのは、これからあとの物語の真髄を、読者に理解してもらうためだったので、許していただきたい。

嫉妬に狂った女が酒を浴びるようにのみ、酔った揚句、刃物三昧で、男に切りつけるという芝居があるが、私がこれから書くのは、まさか流血の事件がおこったわけではないが、録蔵が復讐されるという、ちょっとした「事件」で、老優がこれを解決するまでの話である。

二

むかしから「役者子供」という言葉がある。舞台では、大星由良助《おおぼしゆらのすけ》のような知的な役を演じる座がしらでも、日常の生活では、まったく何もわからぬ、頑是《がんぜ》ない子供みたいだということであって、明治の團十郎《だんじゅうろう》より前の四代目芝翫《しかん》という人は、金の価値もわからず何から何までおかみさんにまかせっきりだったというような、突飛な逸話がいろいろ伝わっている。

自分で車を運転したり、外国に遊びに行ったりする近代的な歌舞伎役者でも、まったく同じような気質があり、それはそれで、逆にいえば、だから古典の世界にも、抵抗なく飛びこめるのだと説く人もいる。

丹四郎に張り合って、女子学生と婚約した録蔵がまさにそうだった。

私は、じつは、目を見はり、次におかしくて、吹き出しそうになった経験が、まもなくあった。

日本橋の百貨店から程近いところにあるしにせのそば屋は、私の好きな店なので、名人会にゆく前に寄ったりしているのだが、初夏の日の午後、そこへはいって、いつものように隅の椅子にかけていると、あいかわらず繁盛している客の視線がある個所に集中するのに気がついた。

ふり返って見ると、別の一角の椅子に、若い男女が向い合って、せいろうを食べている。男はたて縞《じま》の単衣《ひとえ》で、頭は角刈に近い。下町には、こういう商家の息子といったタイプがよくあるので珍しくもないが、連れの女性が矢がすりに海老茶《えびちゃ》の袴《はかま》を穿き、しかも履物は靴なのである。頭は心持ひさしの出たお下げに、真赤なリボンをつけている。

女子学生が卒業まぎわに、申し合わせたように、ぜいたくな振袖と帯を窮屈そうに着て謝恩会に出たりする流行が、数年前からあるのは知っているが、若い娘が、こういう服装、しかも袴に靴という姿は、明治から大正のはじめならともかく、もう世の中から消えたと思っていたので、おどろいて、男を見ると、何と録蔵ではないか。

そういえば、きょうは国立が夜だけなので、昼間女性とデートをしていたのである。婚約したのに、またこんなことをしているのかと思って、ふと気がついたら、その女性はどうやら、早大に在学している、こんどの結婚相手らしい。

私はこんな所で見かけても、こちらから声をかけたりはしないようにしているが、この日はつい好奇心をおさえかね、二枚目のそばの来るまでの短い時間、録蔵に近づいて、「やア」というと、「先生、気がついていたんですよ、あとで御挨拶するつもりでした」と、白い歯を見せて、録蔵は笑った。さすがに役者だけあって、いい顔である。

「これがこんどうちに来る正森さんです」といったので、やはりそうかと思った。

女子学生に、録蔵は、「婦系図《おんなけいず》」の酒井《さかい》妙子《たえこ》の姿をさせたのである。そういえば、録蔵が去年の秋、招かれて、明治座の新派の「婦系図」の通しに特別参加、早瀬《はやせ》主税《ちから》に扮したのを思い出した。

その時、中村屋の娘が妙子の役で、序幕の飯田町の家の場で、主税は妙子と舞台に立ってもいる。

泉鏡花《いずみきょうか》のこの芝居では、水谷八重子《みずたにやえこ》がそうだったが、はじめ妙子を演じ、やがてお蔦《つた》、それから小芳と順送りに役を次々に演じてゆくのだ。

和歌子が女の学生というので、ぜひ明治時代に紫式部をもじって「海老茶式部」と呼ばれた娘姿をさせようとしたのだろう。そういえばいつも派手なスーツをうまく着こなしている録蔵のきょうのいでたちは、つまり早瀬主税なのだ。

主税と妙子になって、六月の町を散歩するという趣向は、何とも役者らしく、はた目を一向気にせずにこんなことをするところが、まさしく「役者子供」というほかない。

和歌子は悪びれもせず、「正森でございます」と名のった。頬にえくぼのできる、可憐な娘である。

その日はそれで別れたが、あのあと街を歩いた時もみんなが二人をじろじろ見たにちがいないと思うと、おかしくなった。

じつは、その月のおわりに、また、こんなことがあった。

新橋演舞場で、但馬流のおどりの大会があり、婚約以前から親しくしていた家元の娘の不二子《ふじこ》が、昼の部で「汐汲《しおくみ》」と新作の「額田女王《ぬかたのおおきみ》」、夜の部で「道行《みちゆき》」のおかるをおどるのである。

「額田女王」のほうには、大海人皇子《おおあまのみこ》の役で、好之助が出る、そして、「道行」の勘平《かんぺい》は、録蔵というのである。

但馬流は、若手の役者がみんな世話になっている流派だから、たのまれれば、ことわるわけにはゆかない。

録蔵の場合は、不二子自身が何となくつきあっているうちに、録蔵が好きになっていて、自分が申し込まれれば喜んで承知するつもりだったらしく、こんどの婚約の話を聞いて、がっかりしたらしいのであるが、そういうことになる前からの約束なので、「もう出ていただかなくても結構です」ともいえず、予定通りの勘平ということになったのである。

それに、歌舞伎の人気役者が出ると、ファンが来てくれるという思惑もあるのだ。

録蔵はケロリとして、稽古場《けいこば》にあらわれたが、あとで私が好之助から聞いた話は、こうである。

衣裳あわせで、不二子が、いつもの御所どき模様の振袖を見ていると、録蔵が、「不二子さん、おかるの衣裳、矢がすりではいけませんか」といった。

にこやかに録蔵を迎え、「御婚約おめでとう」と明るく挨拶した不二子が、急に顔色を変え、「うちの流派のおかるは、ずっと御所どきですのよ」といった。

しかし録蔵が「うちの祖父は、当り役の勘平の『道行』では、いつも女形に矢がすりを着てもらいましたよ」といった。

しかし、不二子は頑として、首をたてにふらなかった。それ以上強制もできないので、録蔵も承知したが、敏感な不二子は、明治の女学生の矢がすりを自分に着せ、婚約する娘と色模様を演じようとしたのだという、録蔵の心境を察知したのであった。

私も但馬流の会はいつも行くことにしているし、吉川昇《きつかわのぼる》の書いた「額田女王」がなかなかいい作品だと聞いていたので、たのしみであった。

しかも、丹四郎は別だが、仲のよかった二人が、録蔵の婚約公表後、立ちおくれた点で好之助が録蔵に対しても、つよい意識で腕を競おうとしているらしい気配もあるのだった。

不二子は大熱演で、美しい男女のおどりが、家元のプランで、バレエのような振りがはいっているのも、おもしろかった。

女王が振る袖の領巾《ひれ》が優美であった。

次に録蔵の勘平だが、前半は、おかるのクドキの時、ほとんどじっとうつむいているだけだが、伴内《ばんない》が花四天《はなよてん》と出て来たあと、群集を相手に所作《しよさ》ダテのはじまる前、黒の紋付の肌をぬいで緋のじゅばんで両手をひろげて見得をするところ、さすがに橘屋《たちばなや》直系の役者らしいさわやかな二枚目だった。

歌舞伎の人でないと、なかなか、こうはゆかないのである。

おもしろかったのは、普通のおどりの会とちがった二人の役者の若い女性ファンが大ぜい来ていて、拍手は好之助に対する方が大きかったのである。

掛声も「橘屋」というよりは、「大和屋《やまとや》」という方が多かった。録蔵は女性ファンの熱烈な関心の枠の外に置かれたようである。

気がつくと、正森和歌子が前から五列目の客席にいた。むろん、録蔵が送った切符だと思うが、不二子が知ったら、心中、おだやかではなかったであろう。

私は好之助と録蔵が一生けんめい、つとめているのを見て、事情はともあれ、若いライバル同士の競演は気持がいいと思った。

しかし、仲よし三羽烏《がらす》といわれた丹四郎、好之助、録蔵が、共演の芝居をこれからして前のようにしっくりとした雰囲気を持てるだろうかというふうにも考えた。

興行会社は、役者のプライバシーを、つねに探査している。企画を立てたあと、役もめや不平がおこると困るからで、ことに女性の問題、結婚の問題は、役者同士もしくは、役者をとりまく人たちの不和を招くので、慎重に調べ、対策を講じる。そういうことを、専門にリサーチする係まで、おいているのだから、おもしろい。

丹四郎、録蔵の結婚についても、会社は、いろいろ聞きこもうとした。

結局は、録蔵がサバサバと、ほかの女性に求婚したのだから、一応めでたしめでたしと手をしめてもいいはずだが、こだわりは好之助にあったようで、九月の興行の大切《おおぎり》に、「鞘当《さやあて》」を出したいと思い、プロデューサーが好之助を訪ね、「名古屋《なごや》(山三)をお願いします」といった時に、「不破《ふわ》(伴左衛門)は誰です」というので、「丹四郎さん」というと、妙な顔をしたそうである。

この南北原作の吉原仲の町の一幕は、敵役《かたきやく》の不破と、葛城《かつらぎ》という遊女をとり合って勝つ二枚目の名古屋が出るので、役者の柄からいっても、二人それぞれ妥当なのだが、好之助は、「いま丹四郎君が目下は名古屋で、私は不破みたいなもんだからね」といって、首を振ったらしい。

会社も、一人一人人気があるが、三人まとまると、なお若いファンの喜ぶトリオが、しっくりしなくては困ると思い、悩んでいた。

すし初に私がいた時長井社長がぶらりとはいって来て、「竹野さん、どうも面倒ですよ、三人の芝居をぜひ秋にと思っているのだが、『三人吉三』の二年前のあの調和が、いまはとれそうもなくてね」とつぶやいている。

そこへ、雅楽が折よく来たので、社長は、事情を訴えた。

雅楽は、「そういうことは、私の若い時にも、よくあったもんですよ。そのころは、花柳界のひとが多かったが、時には、二人の役者とわけがあったという過去を、二人とも知っていて、その一方と結ばれるのがわかると、もう一人は、いまべつな女とつきあっている癖に、へんに鼻白んだものだ」といった。

「高松屋《たかまつや》さんの時もそうですか」

「からかっちゃいけません」と、老優は笑っていた。

酒をおいしそうに、この店に自分のを置いているぐい呑みで飲み干して、雅楽がいった。

「そうだ、これなら大丈夫という名案がある」

「何ですか」と社長は目を輝かした。

「三人で『忠臣蔵』の一日がわりというのはどうです。これなら芝居が芝居だし、三人の力くらべでもある、ファンの中には三日見ようという人もいる。二十五日のところ、四十五日興行にしても、これはきっと当ります」

「それがいい、そうきめましょう」

「ただね、長井さん、いまの『忠臣蔵』は大体、由良助は九代目團十郎、勘平は五代目菊五郎《きくごろう》の型ですることになっている。

しかし、こんどは、三人の家系がちがうのだから、めいめいのいえのやり方で見せるようにしてもらうほうがいい。私は『忠臣蔵』なら、三通りでも四通りでも型を知っているから、一人一人に来てもらって、ていねいに教えますよ」といった。

三

演目が発表になったら、早くも前景気は、上々だった。

私が八月のはじめに、すし初に夕方寄ると、店の一隅の葭戸《よしど》を立てた小部屋に、雅楽と若い娘がいて、たのしそうに話している。

「竹野です」と声をかけると、「さアどうぞ」というので、はいると、女性は、「演劇界」連載の芸談をずっと聞いている関寺真知子《せきでらまちこ》であった。

利口で美しいこの娘は、雅楽がすっかり気に入っているらしい。それだけに、私の前で老優がすこしてれくさそうにいった。

「一日がわりの話をいましていたところですよ。このひとが話を引き出すのがうまいので、ついつい、いろいろ話が出て来ます」という。

一日がわりというのは、いま、歌舞伎界の長老になっている役者が五十年前に、「忠臣蔵」で、それを経験した。私も見ているが、おかると顔世《かおよ》と力弥《りきや》は、成駒屋《なりこまや》、松島屋《まつしまや》、いまの京屋《きょうや》の三人が持ち役で、男の役の由良助、若狭之助《わかさのすけ》、判官《はんがん》、師直《もろのお》、勘平、定九郎《さだくろう》、平右衛門《へいえもん》といった役々を四人の役者がかわるがわる演じたのであった。

ふだん演じることのない、たとえば沢瀉屋《おもだかや》の判官が意外によかったりして、毎日かようたびに、発見があり、たのしい芝居であった。

「明治のはじめの六二連《ろくにれん》の評判記に出ているんだが、團・菊・左、中村宗十郎《そうじゅうろう》なんて人たちが、『菅原《すがわら》』や『千本桜《せんぼんざくら》』を一日がわりでして、玄蕃《げんば》だの、『車引』の金棒ひき、『千本桜』の川連館《かわつらやかた》に出て来る『化かされ』といわれる僧兵までかわっているんです」

という話を雅楽がする。

関寺真知子が熱心にノートに書きつけている姿は、教室にいる女子学生のようだった。

「私も、一日がわりの経験がある。『車引』の松王、梅王《うめおう》、桜丸《さくらまる》を同じ年配の仲間とした。それから『夏祭』の団七《だんしち》、徳兵衛《とくべえ》、三婦《さぶ》をかわったこともある。若かったのだが、私はふけ役の三婦がいちばん好評で、内心不服でしたよ」老優は笑いながらいった。

私が、そばから、「でも、つい十年ほど前の高松屋さんの三婦は絶品でした」

「そうですか、まア私も、あの役は自信がある。あの役は、彫り物（入れ墨）がありそうな商売だが、団七が殺し場で、裸になって彫り物を見せるので、遠慮して、彫り物がないことになっている。そのかわり、三婦の仏壇の脇にかけてある着物に、竜の模様がついているんです」

一日がわりの話から、そういうおもしろい歌舞伎の約束事が語られる。雅楽の芸談は、こんこんと清水が湧いて来るようだった。

前売りがはじまると、三日のうちに、いい席の大半は売り切れたそうだ。

前売りの主任と劇場の廊下で会ったら、

「三日ずつ買う方が多いんです、ですから、いつもの二十五日を五日のばし、三人が十回ずつ、いろいろな役に出ることになりました」

「なるほど」

「ところでおかしいのは、三日に一枚、かぶりつき（最前列）をぜひといって買う方がいるんです。ということは、いつも丹四郎さんなら丹四郎さんが由良助、録蔵さんが勘平と同じものを、十回見るということになり、そうなさる訳が、私たちにはわからないので、そんなふうになってもいいのですかと念を押すと、それがいいんですといって、買ってゆかれました」

「どういうことだろうね」

「若いきれいな女の方でした。手の切れるような新札を置いてゆかれたんですよ」といった。

一日がわりは珍しいので、各紙の演芸面も大きく扱ったし、「演劇界」は「忠臣蔵」特集を企画、私も「むかし見た忠臣蔵」という原稿をたのまれた。

私の見たのでは、先代の河内屋《かわちや》の師直がじつによかったし、この役者は、五段目で与《よ》市兵衛《いちべえ》と定九郎と勘平の三役をかわったのである。

六段目の勘平の家の前に、小川が流れていて、それで家にはいる前に、足を洗ったりしたし、切腹の前のセリフに、「わが運命をためさんと」といったりした。そんなことを書いた。

老優が丹四郎と好之助と録蔵を一人ずつ、千駄ケ谷の家に呼んで、型と口伝《くでん》を、教える。そういう貴重な光景を、「見にいらっしゃい」といわれたので、「喜んで伺います」と返事をしたが、「関寺さんにも来てもらっていいですか」とわざわざいったので、おかしくなった。

しかし、「演劇界」には、九月号に「忠臣蔵」だけでいつもの倍のページが高松屋芸談としてのるわけだから、読者も大喜びだろう。

いつも外出の時は洋服の三人が、こういう時は申し合わせたように、涼しそうな単衣で来る。教わりながら立って演じるわけで、洋服では、さまにならないからだ。

雅楽は型の話の途中で、自分もひとしきり演じてみせたりする。

もう本興行で見ることのあり得ない、老優の勘平の二つの財布を見くらべる姿が見られ、私は宝物を拾ったような気がした。

好之助がテープレコーダーを持って来て、雅楽の話をとろうとした時だけは、きびしく、「いけないよ」と叱った。

「このごろはとかく、テープにとって行こうとする人がいるが、私は、やめてもらう。頭にしっかり入れて帰ってもらわないと、身にしみないものだ」というのだ。

真知子がそういう小言の時も、ノートをとろうとしたら、「こんな話まで、書き残さなくてもいい」と苦笑した。しかし、真知子にそんなことをいう時、目が細くなるのだ。

つい先ごろまで、この千駄ケ谷のビルの一階のコーヒー店に毎朝行き、ガラス戸の向うの花屋の開店を待ち、つとめている少女を見るのを楽しんでいた雅楽は、孫のようなマドンナをつねに求めている。それが若さと健康をたもつ秘訣かもしれない。

私は三人がいろいろな役の心得を傾聴し、自分も演じて見せるのを見ながら、やはり丹四郎は由良助、好之助は平右衛門、録蔵は勘平の役者だと思った。

偶然おかるを演じる英二郎が話をききに来て、好之助の平右衛門と二人で、七段目の兄妹のからみを演じるのを見たのも、おもしろかった。

「英二郎は平右衛門が由良助に、東《あずま》のお供を許され、脱いだじゅばんの肌を入れる時に、おかるがやさしく介添えするといいよ」といい、雅楽がそのおかるを演じて見せたのだが、やはり女になっているのにも、おどろいた。

果せるかな、三人はそれぞれ、自分の役を、見物に喜んでもらおうとして必死になった。

初日に私はさっそくゆき、監事室で雅楽と見たが、録蔵の勘平がさすがによかった。雅楽が見ながら、「ああ、いけない、こんなことをしてはいけない」と時々大声でいう。

監事室の青年が、帳面にそれを書きとる。それを「駄目帳《だめちょう》」といって、終演の後、老優の伝言として、それぞれに伝える。これはいつもの初日の恒例だが、今月はつまり初日が三回あるのだから大変だ。

四

劇評家の招待日も、三回あるわけだ。どの新聞も、比較評をのせるために、いつもの倍以上のスペースを使った。

ところが四日目から六日目にわたって見たベテラン記者の評で、「録蔵の勘平が案外生彩を欠く」とあった。

私は初日に見たので、あと二日は、劇評家たちと同じ席で見たのだが、録蔵の勘平は初日はじつによかったのが、どうして、こんなふうに書かれるのか、ふしぎだった。

劇評を読んで心配した雅楽が、七日目にゆくと、この日の勘平はほんとうによくなかったという。

はじめおかるの父親を誤って撃ったと思いこんで狼狽《ろうばい》する勘平が、おどおどするのは、芝居の筋なのだから当り前だが、勘平でなく、録蔵という役者が、おどおどしているようだったというのだ。

「どうしたんだろう」と雅楽は思ったのだが、すぐ注意するとかえっていけないので、その日はだまって帰ったと聞いた。

十日目の昼間、千駄ケ谷に電話が録蔵からかかって来て、「御相談したいのですが、今夜、はねて(終演して)から、伺っていいですか」といったから、

「いや、私も五段目と六段目だけ見直すから、すし初に来るように」といい、私も誘われ、監事室で、勘平をもう一度見た。

五段目はとにかく、六段目で花道でおかると会ったあと、家の前に戻って来た勘平が、格子戸をはいりながら、客席のほうをチラッと見たのが、わかった。

そのあと、前夜の雨洩《あまも》りのあとを見あげたりして、猟師の縞の衣裳をぬぎ、おかるに紋服を持って来させて、すてゼリフをいいながら着かえ、かわらけ茶の色の帯をしめる。この芝居をしながらも録蔵はまた客席にチラリと目をやり、視線の定まらないような顔をしている。

「へんですねえ」

「へんですよ、録蔵、どうかしている。元来この男は舞台で客のほうを見ない、行儀のいい役者として定評があったんだがね」

雅楽はふしぎがっていた。

楽屋に走り書きで、老優は、こう書いた。「今日、六段目見直した。約束どおり、すし初に来ておくれ　高松屋」

私を相手に、雅楽は飲んでいたが、いつになく、屈託のありそうな表情で、酒も二三杯でやめ、小鉢の料理にも、箸をつけない。

私もだまっていた。真意はわからないが、録蔵の取り乱し方を、案じているに、ちがいなかった。

店の戸がそっとあいて、録蔵がはいって来た。勘平の顔ではわからなかったのだが、化粧を落したのに、顔色は青ざめきって、病人のようだった。

「おじさん、申し訳ありません。見苦しい舞台をお目にかけて」

「どうしたんだ」いつもなら、さっそく猪口《ちょこ》を手渡して注ぐのを、きょうはせず、心配そうに尋ねている。「竹野さんも、気にしている。遠慮なく話しなさい」

「はい」録蔵は、神妙に返事をして、こんな話をした。

今月、三日に一枚ずつ、かぶりつきのほとんど中央の席を前売り開始の日に買って行った女の人のいることを聞き、はじめは何とも思わずにいたが、その「いの二十一」という、きまった席の番号を知って、ふと考えると、それは六段目の勘平が、おかるが行ってしまったあと、ずっといて、前夜鉄砲で誤って自分がおかるの父親を撃ったのではないかと思いこみ、ひとりで苦悩する時にいる定位置のまん前であるのがわかった。

初日にその居どころについた時、見ると、女性の客で、薄いショールを肩にして、膝に何か掛けているので、まだ寒くもないのに、どうしてこんな格好をしているのかと思ったが、初日だから、そんな思いは一瞬で、忘れていた。

やがて母親が来て、勘平のふところから、財布をとり出し、「与市兵衛を殺したのは、こなたであろう」と責められ、その折檻《せっかん》を甘んじて受けた時、チラッとさっきの女性を見ると、肩のショールと膝掛をとり、下から、矢がすりの着物が出て来ていた。

つまり、昼の部のおわりの「道行」で、おどったおかると同じ模様なのである。ハッとしたら、胸の動悸がはげしくなった。

二人の武士が門口に立って声をかけた時、立ち上って、「これはこれは御両所には、ようこそ御入来《ごじゅらい》」というセリフが、いつものように、すぐ出て来ない。

「忠臣蔵」でこんな絶句をしたのは、大の不覚であった。

切腹して、二人侍《ににんざむらい》に介抱され、起き直った時、つい見てしまったが、まったく見おぼえのない顔であった。

なぜ、矢がすりを着ているのかと思ったが、歌舞伎のファンが、舞台で女形の着る衣裳と同じような姿をしたがるという話は聞いているし、いま時まさか黄八丈は着ないが、矢がすりは復古調流行の昨今、女子学生が着る可能性もある。まして、つい先ごろ、自分がすすめて婚約した相手に、矢がすりを着せて、連れて歩いているのである。

四日目、同じ女性が来たとすれば、自分の勘平の日をえらんでいるのだから、うれしいファンだと思い、外からはいって、紋服に着かえながら、チラッと見ると、きょうも同じ席に、矢がすりの女がいる。しかし、三日前の女性とはハッキリちがっていた。

初日の客は丸顔だったが、きょうのは、面長だった。ちがう女性が、矢がすりを着て、ここに来るというのは、どういうわけだろう。

しかし、初役の由良助がまだキチンと固まらないのが気になっているから、その日は特に深くも考えなかったが、七日目に、同じ席に、矢がすりの別の、前の二人よりも若い女子学生のような娘がいたのに、ギョッとした。しかも、前の二人がひっつめの髪だったのに三度目の客は、「婦系図」の妙子のように、ひさし髪でリボンをつけているではないか。

謎はその夜はとけなかったが、ゆうべハッと気がついた。これは、勘平を見に来ているのではなく、勘平を演じている自分に対する、いやがらせだということである。

「おじさん、私もこんど女子学生を妻に迎えることにしました。いままで勝手なことをしていたので、おはずかしいんですが、私の女房になろうと思っていた女も、いく人かいるような始末です。遊んでいる相手と、ねんごろになったとしても、結婚しようといったことは一度もありませんし、向うから、念を押されたこともなかったんですが、何もことわらずに、早稲田に在学していた正森和歌子との婚約を発表したんですから、おじさんにはこんなことをお聞かせして申しわけありませんが、私をへんに恨んでいるひとも、いないではないと思うんです」

一杯の酒も口にしないまま、一気に、録蔵はこう話した。

「まア、とにかく、すこし、おやりよ」とはじめて雅楽がすすめ、やっと録蔵も苦そうに飲んだが、老優は、やさしく訊いた。

「それで、きょうは、どうだったんだい」

「やっぱり、いたんです、矢がすりが」

「ほう」

「きょうは、またちがう顔で、目が大きく、派手な顔立ちなんです。三日おきに、ちがう矢がすりのひとが来るのは、たしかに異常で、私はもう、それがつい気になって、きょうも、何だか、うわの空で、勘平をすませてしまいました」

「夜だけなのかしら、そのかぶりつきの女の客というのは」と私は質問した。

「ええ、昼の部の席は、買っていないんです。『道行』の勘平に出ているんですが、夜だけなんです」

「おかしいね」

ふと雅楽を見ると、さっきまできびしい顔をしていた老人が、たのしそうに目を細めて、「録蔵、持ち役でおかやに出ている喜久治《きくじ》を呼んでおくれ、たしか新富町にいたはずだが」といった。

録蔵はふしぎそうに一瞬、返事をためらったが、すぐ劇場に電話して、喜久治を呼び出してもらった。

まもなく、六十三歳のわき役としては巧者な喜久治がとんで来た。押っ取り刀といった気配で、タクシーで来たらしい。

「ゆっくり飯でも食べていたのじゃないかと思ったが、お前を安心させたくもあって、来てもらったんだ、まアとにかく、駆けつけ三杯」と雅楽は、この新しい客のためにとり寄せておいたうにの小鉢をそっとその前に置き、酒をついだ。

「十三日目から、録蔵の六段目の幕切れをちょっと変った型にしておくれ」

録蔵と喜久治は怪訝《けげん》そうに顔を見合わせている。老優がいった。「録蔵の勘平は、音羽屋《おとわや》の本格的な型だが、おわりだけ変えて、二人侍が門口に立つまでに、おかやが急いで戸棚をあけ、畳紙《たとう》から出して、おかるの着ていた矢がすりを勘平の前へ持ってゆく。その振袖を、勘平が抱いて、口の中で、おかるといいながら死ぬのだ。これは、上方《かみがた》の型だ」

「へえ」喜久治は目を見はっている。

「録蔵がていねいに、うまく話してくれたんで、聞いているうちに、こんな妙なことをした人間の見当がついたんだよ」

雅楽はうれしそうに、杯を重ねながら説明する。

「このいたずらをしたのは、但馬不二子だろう。むろん、おどりの会の『道行』で、録蔵が矢がすりのおかるを主張した時に、その和歌子さんのことを考えているんだと思って、不二子はカッとなったのだ」

「はア」録蔵はうつむいて、うなずく。

「そこで、こんどは、逆に、おかるの矢がすりを着せた若い娘を、いちばん前の列にすわらせて、勘平の舞台を混乱させようとしたのだ」

「そうですか」と私は、明確な絵ときのいつもの口調に、酔っていた。

「でも、二回目、三回目、ちがうひとでしたが」

「そりゃそうさ。誰でもいい。録蔵に見せるのは、女ではなくて、矢がすりなんだ。矢がすりが目の前にいたら、どぎまぎするに、きまっている」

「はア」録蔵は大きくうなずいた。「たしかに私は気もそぞろにさせられました」

「おそらく、矢がすりを着て行ったのは、但馬流の女弟子だよ。その娘たち、中には奥さんもいるかも知れないが、その人たちには、多分、不二子がこういったんだと思う。うちの会で『道行』だけ見せた録蔵さんが、五段目と六段目で、きっといい勘平を見せるから、あんた方のために見やすい前の席をとってあげたんだよ、ここにある矢がすりを着て、かわるがわる行って下さいな。矢がすりはおかるの衣裳だからちょうどいい」

「そういえば、不二子は、おどりの会のあと、矢がすりっていいものね、あれでおどったほうがよかったかも知れない。私も矢がすりで、街を歩こうかしらなんていってました」

「それで勘平の幕切れを変えますのは」喜久治がおそるおそる尋ねると、雅楽はこう答えた。

「忘れていた。録蔵の勘平の日の原《はら》と千崎《せんざき》の二人にそういって、喜久治が振袖を出して勘平に抱かせる間《ま》を作るために、格子戸の外に、ゆっくり歩いてもらうように、いっておくれ」

私は十三日目、珍しい型が見たいので、また監事室に行った。変った演出なので、見物がざわめいたような気もする。

矢がすりの色が鮮やかで、いかにも色気があって、悪い型ではない。

この日、やはり五人目の女が矢がすりでいたそうだ。薄目をあけて、録蔵が見たら、あきらかに動揺したらしかったと、その夜私は録蔵から聞いた。

雅楽の解決の仕方は、つまり矢がすりを以て、矢がすりを制したのである。

十六日目の夜、千駄ケ谷の老優の家に、録蔵から電話がかかった。「きょうは、いつもの席に、誰もすわっていませんでした」

「不二子が弟子から聞いて、録蔵にやられたと思ったんだろう」雅楽は笑った。

一件落着と考えた録蔵が、丹四郎と好之助を翌日誘って、芝居の帰りに、食事をしながら、こんどの話を聞かせたそうだ。

好之助は、おもしろがって、「高松屋のおじさんがいい知恵を出してくれて、よかったね」というと、丹四郎はわざと、そっぽを向いて、「おれの知ったことじゃねえ」

「勝手にしろ」録蔵はそういい、三人は、一斉に吹き出した、という。

むかしの弟子

一

中村雅楽《なかむらがらく》という役者と私が親しくなってから、もう三十年以上経っている。

いろいろなことがあったが、私は老優が目に涙をうかべるのを見たことが一度もなかった。

雅楽の役では、娘を誤って殺して後悔して泣く合邦《がっぽう》とか、娘の夫の運命を娘の舅《しゅうと》と共に泣く「酒屋」の宗岸《そうがん》とか、かなり見ているが、舞台で形として見事に泣きはしても、涙は出ていなかった。

じつは役者にも、そういう場合、涙を出す人と、芸で泣く形を見せるだけという人と、ふた通りあり、名優とうたわれた六代目菊五郎《きくごろう》は後者であった。それに引きかえて初代吉右衛門《きちえもん》はほんとうに毎日目を赤くして落涙した。

猿翁《えんおう》になった先代猿之助《えんのすけ》のところに、弟の八代目中車《ちゅうしゃ》が行って、「音羽屋《おとわや》（菊五郎）と播磨屋《はりまや》（吉右衛門）と、まるっきり泣く芝居がちがいますが、どっちがほんとでしょう」

と尋ねたら、ちょっと考えていたあとで、「まアどっちでもいいだろう」といったという、おもしろい話がある。

ところで、雅楽は六代目と同じような考えであったと思われる。

だが、こんど心から泣く顔を、私ははじめて見たのだ。

それはこういう時であった。

「菅原伝授手習鑑《すがわらでんじゅてならいかがみ》」の「寺子屋《てらこや》」という芝居は、「忠臣蔵」と同じくらい著名な演目で、毎年誰かがかならず演じている。

これは京都の郊外の芹生《せりよう》の里で、武部《たけべ》源蔵《げんぞう》という菅公《かんこう》の弟子が、村の子供に手習を教えている、今でいう習字塾である。源蔵と妻の戸浪《となみ》は、菅公につかえているうち、わりない仲になったため、主人から勘当されるが、その日勅使が下り菅公が流罪を命じられて九州にゆくことになったので、そこにいるひとり息子の菅秀才《しゆうさい》をあずかって立ちのいて来たという設定があるのだ。

勘当はしても、菅公は源蔵を見こんで、筆法を伝授だけはして別れるのだが、その「伝授場《でんじゆば》」という場面が久しく上演されずにいたのを、さっき書いた菊五郎の菅公、吉右衛門の源蔵で、戦争中に復活したのである。

その台本と演出を踏襲して、今でもたまに出ることがあるのだが、この四月に木挽町《こびきちよう》の劇場で、中堅と若手の一座の興行の時、「伝授場」「寺子屋」を通して舞台にのせたのであった。

私は三日目に行って、監事室をのぞくと、いつもその三日目あたりに来る雅楽が腰かけていたので、ならんで見ることにした。

「伝授場」で、じつは気に入っている家来の源蔵を、「不義はお家《いえ》の法度《はっと》」というたて前があるために心ならずも放逐する菅公の苦悩を、獅子丸《ししまる》がじつに巧みに見せた。また、主人のそういう心持をすっかりわかった上で、戸浪の手を引いて花道をはいってゆく栄《えい》五郎《ごろう》の源蔵もよかった。

主人と家来の離別しがたい感情が見事に示され、客席でもハンカチを目にあてている女性の見物がかなりいたが、ふと見ると、隣の雅楽が泣いているではないか。

しかもそれは嗚咽《おえつ》といった感じで、歯を食いしばっている老優の目から涙がしたたり落ちるように見えたのだった。

私は素知らぬふりをしていたが、こんなに泣いた雅楽をはじめて見て、何か身につまされることでもあったのかと思った。

その日、「寺子屋」までいて、七時ごろ二人は近くのすし初に行った。カウンターにかけて飲みはじめたが、好奇心はどうしてもおさえ切れない。

「高松屋《たかまつや》さんの涙をきょうはじめて拝見しました」といってしまった。

すると、雅楽は「竹野《たけの》さんが怪訝《けげん》に思っているのもわかっていましたよ。『伝授場』

を見て、私にもこんなことがあったのだと思い出して泣いてしまったんです」といった。

そのあと、まずこう口を切った。

「私には楽五郎《らくごろう》という弟子がいたんです」

「知っています」と私は口をはさんだ。「なかなか腕の立つ人で、高松屋さんの『毛谷村《けやむら》』の時、斧右衛門《おのえもん》というきこりの役に抜擢《ばってき》されたのを見てますよ」

「あの楽五郎は二十年前に、私のところから出てゆきました。私がきつく叱ったからです」

以下、その話をかいつまんで紹介する。

楽五郎は少年の頃から雅楽夫妻があずかって、内弟子として育てた。芸のたちがよく、ちょっとした役をさせても、失敗はほとんどなかった。人間としてもよく出来た男で、仲間からも好かれたし、大幹部の誰彼からも目をかけてもらうので、師匠としても鼻が高かった。

楽五郎が二十《はたち》になった頃、雅楽の妻の遠縁に当る高住《たかすみ》さだ子という十六の娘が、遠州《えんしゅう》から上京して、家事を手伝うようになった。東京という都会でいろいろ学べばいいという考えが親にはあったようで、それには信頼できる雅楽の家に住まわせれば、まちがいがないというわけであった。

やはり気だてのいい美しい娘なので、町内の店の若い者にも人気があり、買物に出た時、付け文をされたりした。さだ子は笑いながらその手紙を雅楽夫婦に見せていた。

三年ほどのあいだ、楽五郎とさだ子は、同じ屋根の下で、ひとつ釜の飯を食べているのだから、当然親しみを持ち、仲よく暮していたのだが、雅楽が或る時ふと気がつくと、二人が雅楽たちのいる前ではあまりしゃべらずにいて、そのくせ、ほかの場所では小声で話し合っているらしい気配《けはい》がわかった。

雅楽のことだから、この二人は好き合っているにちがいないとさとった。決して悪い組み合わせではないから、夫婦にしてやってもいいと、妻と話したくらいである。

しかし、二人が手を握ったりもせずにいるだろうと雅楽は信じていた。もの堅い男と、つつましい女だから、そうにきまっていると思いこんでいたのだ。

ところが、或る日、さだ子がちょっと国に帰って来たいといったので、土産物を持たせて送り出すと、次の日、楽五郎が「おひまをいただいて二三日旅をしたい」といった。ちょうどその月の芝居がおわった時なので、「それもよかろう」と許したのだが、じつは二人は打ち合わせて、外で会ったのである。

楽五郎とさだ子が、帰りもわざと日を変えて千駄ケ谷の家に姿をあらわした表情を見て、雅楽は直覚した。二人とも人がいいから、すぐ見すかされてしまったのだ。

雅楽はしかし、何もいわなかった。そのまま一週間すぎると、楽五郎がたまりかねて、師匠の前に両手をつき、「さだ子さんと二人で、伊豆に行っていたのです、申しわけありません」と告白した。そして、「苦しくて、どうしても隠しておけなくなってしまいました」という。泣いていた。

雅楽として、「そうか、それはよかった」とは答えられない。そこへ次の部屋から、さだ子が飛びこんで来て、「おじさま、許して下さい。私、楽五郎さんが好きなんです」と、やはり泣き出した。

雅楽はこういった。「お前たちが互いに好意を持っているのはわかっていた。夫婦にしてやってもいいと、かみさんとも噂していたのだが、勝手に二人で、私に嘘をついて旅に出たりしたのは、きたならしいことだ。私は、そういう不潔な行動は許すことはできない」

きびしい口調で申し渡すと、二人は顔を見合わせ、途方にくれた様子だった。

その夜相談でもしたのだろうか、楽五郎とさだ子は雅楽夫婦の前に並んですわり、「面目なくて、このまま、この家に御厄介になるわけに行きません。悲しいことですが、お膝もとから離れさせていただきます」といった。

雅楽としても、そういう二人を、この家に住まわせたいとは思わなかったので、すこし考えた末、「まアいいだろう。身体を大切にして、かならず夫婦になるんだね。楽五郎がせっかくおぼえた芸の道をすてるのは、全くもったいないけれど仕方がない」といった。

こうして、楽五郎とさだ子は出て行ったのであった。

「いまはどこにいるんでしょう」と私がいうと、雅楽は、「遠州の相良《さがら》という、さだ子の町に今いることはたしかです」と苦しそうな顔でいった。

「楽五郎はそのあと、毎年、年賀状だけはかならずよこしたんです。しかし所番地を書かず、謹賀新年と、自分の本名の吉村圭吾《よしむらけいご》とだけ書いた年玉つきの葉書は、年末にポストに入れるので、消印がないのです。

住所をはっきり書かないということで、身をひそめてはるか遠くから私の健康を祈ってくれている、そう思っていました。

しかし、ことし届いた年賀状には、はじめて相良町本通一六高住方と、所番地を書き、妻も息子もおかげ様で元気にくらしておりますというふうな文面がありました。夫婦のあいだに男の子がいたのがはじめてわかって、ホッとしましたが、二人を私のところで夫婦にさせてそばにいてもらえばよかったという悔いは、今も残って消えません。

きょう勘当される源蔵夫婦を見送る天神様を見ていて、私は二十年前の苦い経験がつい思い出されて、泣いてしまったんです。みっともなかったでしょう。許して下さい」

といった。

私は何もいえなかった。そして深い感動に浸っていた。

結局、雅楽は腕があって男前でもある門弟楽五郎に、充分未練が残っているのだと思った。

二

そんな話をしているところに、すし初ののれんをあげて、「伝授場」で天神様に出ていた獅子丸が若い女形《おんながた》とはいって来た。

「きょう見たんだよ」と雅楽がいうと、目を見はって、「どうも不出来で、はずかしうございます」と頭をさげる。

「いや、なかなかよくやっている。きょうは『伝授場』で、私は泣かされてしまったよ」という老優の言葉で、獅子丸は「ほんとですか、高松屋のおじさんを泣かせたとしたら、勲章を頂いたより、うれしいことです」と素直に喜んだ。

その時、私ははじめて気がついたのだが、あの芝居の筋だけでなく、獅子丸の菅公が上手だったからこそ、雅楽を落涙させたわけなのであろう。

「何か、お気がつくことは、ありませんでしょうか」と尋ねられて、雅楽は「そうだな、叱りながら源蔵大婦を見る目が、どうしてもやさしくなってしまう、そんな感じを工夫すれば、役がもっと奥行深いものになるかも知れない」と一言だけ答えていた。

こういう若い役者の大先輩から教えられている場面には、長年居合わせているが、きょうのダメ（注文）には、ひとしお、思いがこもっているようだった。

そのあと、私は話題を変えて、「楽五郎さんのいる相良というのは、『伊賀越《いがごえ》』の『沼津《ぬまづ》』で呉服屋《ごふくや》十兵衛《じゅうべえ》のセリフにある九州相良と何か関係があるんでしょうか」と訊いた。

「じつはことし、楽五郎からはじめて居場所を書いて来たので、改めて地誌でたしかめたんだが、その町にあった大名がのちに九州に転封されたのだという話です」というのであった。

付け加えておくが、その夜帰って日本地図と『読史備要《とくしびよう》』を見ると、相良というのは、東海道線の藤枝《ふじえだ》から御前崎《おまえざき》のほうにゆく街道にある城下町で、はじめ本多《ほんだ》という大名が一万五千石、のちに田沼《たぬま》が三万石で支配していた町だという。

しかし、間もなく、私はその町に行くことになるのだ。

「菅原」を見てから二ヵ月経ったころ、私の姪の娘が縁があって藤枝の銀行につとめている青年と結婚することになった。地元で式をあげ、披露宴もその町で開くからぜひ御夫妻で出席して下さいという案内があったので、喜んでお祝いに参上すると返事をした。

雅楽とこの月も会って監事室で観劇、いつものようにすし初に行き、「近日藤枝までゆくんです」といった。

すると、即座に老優がうれしそうにいった。

「たのまれて下さいませんか。御迷惑だと思うが、折角近くまでゆくんだから、相良を訪ねていただけないだろうか」

じつは私は、藤枝と聞いた瞬間に、ついでに相良の町を見て来ようかと思った。バスでゆけばすぐのはずだから、ひと晩だけ余計に泊って、家内を待たせてひとりで行こうと考えたのだが、雅楽にそういわれたので、何となく見にゆく理由ができて、更に気が楽になったのである。

「それで、楽五郎をいきなり訪ねるんですか」というと、「いや、それもあんまり唐突だと思う。あの男は竹野さんを知らないから、不意に行っても、妙な顔をされたら、あなたにもすまない。それで、こうして頂きたい」というのが、次のようなことだった。

私はメモに書きつけたのであるが、

1、相良にはいったら、あの町にある、いちばんいいという評判のおどりの稽古所を聞いて、そこに私の名刺を持って訪ねて下さい。私の名前ぐらいは多分知っていると思う。訪ねて、二十歳前の弟子で、圭吾という父親、さだ子という母親を持っている若者がいるかどうか、尋ねていただきたい。

2、別にもし義太夫《ぎだゆう》の稽古所があれば、そこでも、同じ質問をして下さい。

3、もしそういう弟子がいたら、芸のたちはどんな工合《ぐあい》かと尋ねて下さい。

4、それだけで、楽五郎に会って頂く必要はありません。

というのが、雅楽の依頼するすべてであった。

何となく事件を刑事が調べるように、足をはこんで手がかりをつかもうとする方法を、雅楽が示してくれたので、私もおもしろくなったが、つい愚問を発してしまった。

「高松屋さんの御指示通りにして来ますが、稽古所というのをなぜ訪問するのでしょう」

「竹野さん、私はね、私がもし楽五郎なら、師匠をしくじって舞台と遠ざかったとしても、芝居に対して、きれいさっぱり忘れてしまうことはできないはずです。多分に自信を持って芸道にはげんでいたあの男は、さだ子と相良に住んで、おそらくさだ子の家の薬種問屋の帳場にでもすわっているのではないかと思う。二人が家を出てから、縁つづきではあるが、まったくさだ子の家からは便りがなく、こっちからも何もいってやらないまま、ゆき来は途だえてしまっているから、これはあくまで私の想像です」

「ほう、楽五郎としては、しかし、お店で帳づけなんかしているだけでは、おそらく手持無沙汰だし、さぞ不本意でしょうね」と私は卒直にいってみた。

「もちろん、食うに困るわけでもなく、好きな女と連れ添って、子宝にも恵まれたんだから、普通の人間なら満足して毎日を送っていると思うが、一旦歌舞伎の世界に身をひたしていた者は、何年何十年経っても、自分の育った過去の思い出は消えるものじゃない。しかし、今更私の前に出て、破門を許して下さいともいい兼ねるだろう」

「そうですね」

「そこで、私が楽五郎だとしたら、自分の子供が幸い男だったのだから、東京にいつの日か行かせて、親のかわりに私に会い、許されるなら門弟の末席にと懇願すると思う」

「ほう」

「それで楽五郎は、多分そういう夢を現実にする前に、倅《せがれ》に役者になるための基礎として、すくなくともおどりを、それからもしいい稽古所があれば義太夫を勉強させようと考えているのではないかと思うんです。仮にお願いした二ヵ所に、楽五郎の子供が入門していて、芸のたちも悪くないということがわかったら、私としては、向うから何かいって来る前にも思案するつもりです」と老優はいった。

つまり、雅楽はとっくの昔に、楽五郎夫婦が訪ねて来さえすれば、喜んで迎える気になっていたのだろう。

しかし、世の成り行きというものは、すこしばかり面倒である。そこで親が来なくても、息子が来るなら、門を開こうとしているのだろう。「思案するつもりです」というのは、それを意味するのだと、私はさとった。

それにしても、二ヵ月前の「伝授場」以来、雅楽の中に、むかしの弟子の追憶がよみがえっていたのを知り、楽五郎に対する愛情がいまだに濃いのを知り、私はもう一度感動せずにはいられなかった。

六月の大安吉日を期して、親戚の娘が祝言の盃をめでたくとり交わし、町でいちばん大きい不二の家という料亭で、披露の宴席が開かれた。

私と家内は不二の家の近くの旅館に一泊、翌日私だけ、相良に行った。未知の土地だが、雅楽の話を聞いていたのと、町を訪れる前に調べてもおいたので、耳に馴染んで、はじめから旧知の場所に着いたような気がした。

戦災とかかわりのない、昔の城下町の街並がそのまま保存されているのが、何よりうれしい。

私は郵便局に行って、県の電話帳で相良の頁を見て、個人でなく企業体の方で、稽古所をさがしてみた。すると、「邦楽邦舞」という項目があり、花柳《はなやぎ》・藤間《ふじま》という稽古所が三つ、竹本《たけもと》という稽古所が一軒あるのがわかった。

私はとりあえず、局の近くの喫茶店にはいり、コーヒーを注文したあと、店の主人に、「つかぬことを伺いますが、この町のおどりの師匠でいちばん盛大にお弟子をとっているところを御存じありませんか」と訊いてみた。

幸運にも、その店の主人はこういった。「この先百米《メートル》ほどのところに、花柳寿美孝さんという看板が出ています。私の親戚の娘もお稽古にかよっているのですが、お弟子さんはかなり大勢のようですよ」

私は厚く礼を述べて、寿美孝を訪ねた。ちょうど昼の休みなので、弟子もいなかった。雅楽の名刺を見て、五十がらみの女性は、「まアえらい方の御紹介ですか」と丁重に招じ入れてくれた。

雅楽にたのまれたような質問をすると、「ええ、十八になる色白の子が二年前から来ていますよ。なかなか、たちもよく、私もたのしみにしているんです」

「お父さんは圭吾さんというんじゃありませんか」

「ええ、お母さんが、たしか、さだ子さんといいましたっけ」

これで充分だった。

次に電話帳に一軒だけ出ていた竹本雌蝶《めちょう》という稽古所を訪ねた。芸名通り、女の義太夫で、六十五六の師匠だったが、ここにも高校生で、吉村久夫《ひさお》という十八歳の子が最近稽古に来るようになった。声量もあるし、筋もよくおぼえているという答えであった。

雅楽の見通した通りの事実が、こうして立証された。

三

それはそうとして、私は折角行った相良の町で、楽五郎夫婦が住んでいるはずの薬種問屋の店を、どうしても見ずに帰って来る気がしなかった。

もちろん、前を素通りするだけでいい。いつもの好奇心をおさえるわけにはゆかないのだ。

又しても電話帳でさがすと、高住という薬屋が、企業体の中に出ていた。所番地を手帖につけて、私はその店をさがした。

いま時東京にはもう見られない紺の大きなのれんに、白くカギの手の中に高という字を染めぬいてある。石のおもしをつけたので、裾がピンと張っているのが、見ていてこころよい。

その脇に店の間口がひろがっているわけだから、こののれんはいわば看板のような意味を持っているのだろう。

中に三人ほど店員がいたが、楽五郎がその一人かどうかは、素顔を知らないのでわからない。

立ち止ってまじまじと見てもいられないので、ゆっくり前を通りすぎると、店の横から色の白い四十代の女性が出て来た。

地味な色のスーツを着ている。これが、さだ子だろうと思って、私はすこし胸がおどった。もちろん、知らぬ顔で見すごした。

東京に帰って、早速千駄ケ谷にゆき、相良での見聞を報告した。高住薬舗の前を通ってみたと話すと、雅楽は私の目をじっと見つめて、「竹野さんも、私と同じように、物見高いんですね」と笑った。

「私にもそういうところがありますよ」と老優は続けた。「若い頃に、私は旅に出て、浜松の小屋で、はじめて自分の出し物をさせてもらいました。忘れもしない、『引窓《ひきまど》』の十次兵衛《じゅうじべえ》です。まだ独身だったし、遊び仲間が一座にいく人でもいるから、三日あの町にいるあいだ、毎晩芝居がおわると、飲み歩いていました。すると、その時行ったある店の娘が、私と二人きりで会いたいと小声でささやくんです。悪い気持はしませんが、何かが起ってその町をスラリと出てゆくわけにゆかなくなったら大変だと思ったので、言葉を濁していると、私は決して軽々しくこんなことをいっているのではありません。私の家は栄町二丁目の葉茶屋です。固い女ですわというのです。つまり、私の口からいうとおかしいが、その娘は私を好きになって、本気で私のかみさんになりたいと思ったらしいんです」

「いい話ではありませんか。それで、どうなさったんで」と訊くと、「その時は結局、二人きりで会ったりせず、東京に帰ってから手紙を書くといって、翌日名古屋に発《た》ちました。今思うと、可愛い子でしたっけ」

「手紙をそれで、出したんですね」

「まだ結婚するには早い、役者としてもうすこし修行をしたいと書いてやったら、よくわかりました、御出世を祈りますという返事でした。ところで竹野さん、私はそれから五年経って、また浜松の小屋に出たのです。その娘が見に来て楽屋に顔でも出すのではないかと内心期待していました。しかし、娘は来ない。それで私は栄町二丁目の葉茶屋をそっと見に行ったんですよ。中にはいらず、竹野さんと同じようにゆっくり前を通って帰って来ました。店の横から誰も出て来ませんでした」

雅楽は、いつものように私に出してくれた杯に酒をつぎながら、遠い昔を思い出すような目をした。

ちょうど老優の妻女がいて、「また浜松のお話ですか」と微笑した。いい夫婦だ。

その二日のちに、雅楽から電話がかかった。「相良から吉村久夫という名で、私のところに、あの町の地酒で前にはよくもらっていた菊根分《きくのねわけ》というのを二升送って来ました」という。うれしそうな声だった。

夜、すし初で会うことになったが、雅楽はカウンターで、たのしそうに杯を重ねている。おかみさんが「何だか、雅楽の小父さま、うれしそうですね、きょうは」といった。

「竹野さん、菊根分っていい銘柄でしょう。役者の弟子が師匠の名前をもらうのは、あきんどでいうのれん分けということになりますが、つまり、苗を配って、花を咲かそうというので、楽五郎も楽三も、いってみれば根分けした相手なんです」

雅楽のこういう話し方は、声が朗々としているので、何となく詩のようであった。

「楽五郎は、竹野さんがおどりと義太夫の稽古所に行って下さったのを聞いて、私が自分をまだ忘れていない、そして自分の息子のことを心配していると思ったんです。つまり、自分はもう舞台に帰らないにしても、息子の身柄が、ことによったら私に預ってもらえるのではないかと考えているのでしょう。それで私がいい名前だといつもいっていた酒を、子供の名前で送って来たんです」雅楽はしみじみと語った。

その菊根分を一本、私は雅楽からもらった。うちで飲むと、地酒によくある特別な香りがあって、じつに芳醇である。老優が目を細くして、これを味わっている姿が目にうかんだ。

また五日ほど経ったら、雅楽から電話がかかった。「きのう、相良の楽五郎から電話がありました。私が出ると絶句して、泣いているらしいんです。どうしたんだといいましたら、倅を伺わせてもいいでしょうかと聞きます。私はこういいました。東京に馴れてない子供を一人で旅に出すなんて危険じゃないか」

「ははア」私は思わず、笑ってしまった。

「高校生がまちがいがあるわけはないにきまっていますが、そういうと、では父親が送ってゆくことにさせて頂きます、といいました。じつは明日午後、親子で出て来るんです。竹野さんもいわば二人の中に立って下さったわけです。千駄ケ谷まで、おいで願えませんか」と雅楽がいう。

喜んで伺いますといった。師匠と弟子の二十年振りの対面という、いい役者とうまい役者が演じる場面に居合わせられるとは、めったに経験できないことだ。私は勇み立った。

　午後一時に雅楽の家に着き、私は二人で、茶の間で待っていた。老優はそわそわして、自分のうしろの長押《なげし》にかかっている八角時計を、ふり返っては何度も見ている。

　二時すこし前に、玄関に訪ねる声がした。雅楽夫妻がサッと立ち上って、迎えに出た。

「まア三人で、まア、まア」と妻女が大声でさけんだ。

　楽五郎とさだ子、そのうしろから、聡明そうなひとり息子の久夫がはいって来た。

　私にはわかったのだが、雅楽は正座して、両手を膝におき、三人をじっと見ている。つまりこの姿勢が、楽五郎と会うための形なのであった。

　程のいい距離に、三人は横に並ぶ。真中の楽五郎が畳に手をつき、深々と頭を下げた。

「長いあいだ御無沙汰いたしました。かげながらお身の上を案じてはいても、図々しくお便りをさしあげるわけにもゆかず、ついつい長い年月をすごしてしまいました」

「みんな、元気そうでいいね。この子かい、久夫君というのは」

「はい、まだほんの子供でして」

「どうして立派なものだ。親まさりだ」と雅楽はわざとおかしそうにいう。

「さだ子さんも、ちっとも変らないわね」と妻女が夫の脇から声をかける。

　先日高住の店の横から出て来たのはまさしくこの女性であった。しげしげ見ると、色白で鼻すじが通り、口もとがしまって、美しい人妻である。

「紹介がおくれたが、この人が東都新聞の竹野さんという古い記者でね、藤枝にゆくと聞いたので相良に寄ってもらって、久夫君のことを、それとなく調べてもらったんだよ」

「そうでございましたか」と三人は私を見た。私は何となく、きまりが悪かった。それで、かえって気楽になると思ったので、こういった。

「そっとお店も見て来たんです」

五人がドッと笑った。

「高校生に芸事を勉強させようとしているのは、できたら、将来、芝居の世界にと思っているのではないかと私は考えた。今は国立劇場に研修所があるから、そこに行ってもいいが、何なら私が預って面倒を見よう」

老優がいうと、楽五郎はまたしても、涙ぐんで、「ありがとうございます。父親が御厄介になり、こんどは倅が。うれしいお言葉でございます」といった。

この先、どういうことになるかは、その時はきまらなかったが、三人は今夜は新宿のホテルに予約しているといったのを、食事だけでもしてゆくようにと、夫妻が強《た》ってすすめたので、改めてすわり直した。

妻女がわざわざ人に手伝ってもらってこしらえた、心づくしの手料理を大きな食卓に運ぶ。私もお相伴《しょうばん》することになった。

さだ子も勝手知った台所に立って、茶碗や皿小鉢を盆にのせて来る。賑やかな夕食がはじまった。

菊根分のほかに、老優がいつもきめて飲んでいるすし初と同じ桜正宗が出た。

久しぶりの師弟が、さしつさされつしながら明るく談笑しているのを見て、私も幸せになっていた。

雅楽も楽五郎もさだ子も、ほんとうにうれしそうであった。

同じ畳の上にいながら、私は客席から見ている気持である。源蔵夫婦が主人の家に菅秀才を連れて来たという場面があったとしたら、こんな舞台になると思った。

明日もう一度来るといって、三人は午後九時すぎに、行ってしまった。残った私は雅楽から何度も礼をいわれた。

そのあとで、老優が私に苦笑しながらいうのだった。

「きょう、すっかり変った二人を見ながら気がついたんですがね、二十年前に楽五郎とさだ子をきびしく叱った私の胸の中に、美しいあの娘を奪った男に対する焼き餅があったのかも知れませんね」

老優中村雅楽

ぼくの書いた小説のほとんどの作品に、歌舞伎俳優の中村雅楽《なかむらがらく》という老人が出て来る。ぼくは、ドイルのシャーロック・ホームズから、綺堂の半七《はんしち》、胡堂の平次《へいじ》をふくめて、事件の謎をとくために登場する「叡智《えいち》」の型通りに、この人物を描いてみた。こういう人の頭のよさが、スーパーマンすぎると真実性がとぼしいという人もあるが、ぼく自身は、自分がホームズ以下代々の名探偵の博識、カンのよさ、ポーズ等に、一種の憧憬を、少くとも少年の頃持った、その時の気持を損《そこな》うまいとしているので、わざと雅楽を、理想化して書いているわけなのである。むろん、ぼくは年歴も浅く描写もつたないから、そういう意味でよく書けていないというそしりは甘んじて受けるつもりだが、「あんな頭のいい役者がいるか」という質問には、「六代目菊五郎《きくごろう》が実際の事件にのり出したら、あのくらいの鋭い示唆《しさ》はするだろう」と答えることにしている。

ただ困ったことには、第一作の「車引《くるまびき》殺人事件」の時、雅楽をよほどの高齢にしてしまったので、この老人のそれ以後当然齢を重ねてゆく過程をリアルに描くのに難渋する。しかし、雅楽が捜査の必要上、普通の人の行けない所へ行ったり、人を呼びつけたりするのに、劇界の最長老という立場が、ものを言っているのも事実で、初期の半七や平次のように白面の青年では、やはり、事件が劇界の裏で行われた場合に限っては、雅楽の行動に自由がきかないだろうと思う。

つまり、「車引」の時に、雅楽を老優にしたのは、自然の成り行きであった。そして同時に老人だから「團十郎《だんじゅうろう》切腹事件」の場合のように、人間ドックにはいることもある一方、八代目團十郎をその目で見た人とむかし知りあうという設定も成り立つのである。

当分、雅楽には、老いてますます壮《さか》んでいてもらおうと思う。

編者解説

新保博久

＊＊「團十郎切腹事件」（『宝石』一九五九年十二月号）と＊＊「グリーン車の子供」（『小説宝石』七五年十月号）は、戸板康二の中村雅楽《なかむらがらく》シリーズの初期・中期を代表する名作短編として知られている（作品名の肩に＊＊を付したものは本書に収録。既刊『等々力座殺人事件　中村雅楽と迷宮舞台』収録作品には＊を付した）。前者で直木賞、後者で日本推理作家協会賞に新設された初年度の短編部門を受賞しているが、この二編が一冊本に同時収録されるのは意外にも本書が初めてなのだ。

これら代表作が二編ながらに、東海道線車中のエピソードが発想源になったというのは面白い暗合だ。作品の核心に触れるので、「團十郎切腹事件」を未読のかたにはこの段落を読み飛ばしてもらいたいが、「グリーン車の子供」は題材からもまあ当然として、「團十郎切腹事件」のほうは戸板氏が京都から東京に帰る途次、食堂車で食事を終えて座席に戻ったとき隣席の乗客が、名古屋で入れ替わったのだろうが別人になっていたのを、同じ人が変装したのだったのではないかと空想したのがきっかけだという。東海道新幹線が東京オリンピックに向けて東京—新大阪間で開通した一九六四年以前だから、氏が乗っていたのは特急つばめだろう。「車引《くるまびき》殺人事件」（五八年）一作だけのつもりが、雑誌の責任編集を買って出ていた江戸川乱歩に隔月で書くように懇請され、常に何か使えるトリックはないかと考えていたのかも知れない。

「それから、車窓を見ながら行くと、大磯の近くに、旧東海道の松並木がある。それを見ているうちに、八代目團十郎の旅を思いつき、その死の絵ときを、こしらえてみようと決心した」（一九七七年、立風書房版『團十郎切腹事件』作品ノート）。ジョセフィン・テイの『時の娘』（ハヤカワ・ミステリ文庫）で、作中の警部が入院中のつれづれにリチャード三世悪王説を覆すような歴史推理を、みずからも試みてみたかったのだ。

「グリーン車の子供」のほうは戸板氏自身の体験ではなく、氏が自作の戯曲に出演してもらう村松英子と赤坂のホテルの喫茶室で打ち合わせた際、新大阪から新幹線で駆けつけてきた彼女が、「幼女を母親から預けられ、車中その相手をさせられて大変だったと話した」のがヒントになったという（日本推理作家協会賞受賞の言葉）。本文庫版では「グリーン車の子供」を初出誌以来、初めて「ひかり号」ヴァージョンに戻した点に注目されたい。と言っても何のことだか分からないだろうが、この短編で中村雅楽が乗る東海道新幹線の列車は、戸板氏個人の作品集でも、アンソロジーに何度となく再録された版でも、すべて「こだま号」になっている。本編が推理作家協会賞を受賞したとき選考委員会の席上、小説の出来は素晴らしいのだが、ひかり号が熱海駅に停車するのが現実に反すると指摘された。のぞみ号の誕生以前、最速だったひかり号は、一九七六年以前の上り列車は名古屋から東京までノンストップだった。そこで受賞の可否には関係ないが、こだま号に改めてはどうかと委員会が提案したのを作者も容れて、この作品は舞台をこだま号に変更したものが流布されてきたのだ。変更に際して発車時刻や乗車時間などに最小限、筆が加えられている。

おかげで熱海に停車するという問題点は解消されたが、逆にほかの箇所で多くの不自然が生ずる仕儀となった。詳しくは、選考委員のひとり佐野洋が連載「推理日記」の一回を費やした「『グリーン車の子供』をめぐって」が創元推理文庫版〈中村雅楽探偵全集〉2『グリーン車の子供』に付録資料として添えられているのや、佐野氏の『新推理日記』(講談社文庫版では『推理日記Ⅱ』)を参照されたい。そこに指摘されていない点でも、雅楽のような高齢のＶＩＰを新大阪から東京へ帰らせるのに、乗車時間が最も短く済むひかり号を手配しないことなど奇異と言うしかない。ともかく現在、ひかりヴァージョンを読むのは至難なので、こだまヴァージョンを既読のマニアにも喜ばれるよう、本文庫版ではひかりを採用しようかと軽い気持で両方を比較してみた結果、単にレア版だからという理由でなく、本編はひかりヴァージョンでなければならないと痛感した。

ひかりであることの唯一の難点は熱海停車の件だけだが、現在では熱海に停まるひかりも存在する。この小説の時代には、ひかりは熱海を通過したはずだと疑問を呈されることも、もはやあるまい。むしろ問題は食堂車で、開通して十年以上、立食形式のビュッフェしかなかった新幹線に、博多まで延伸して最長乗車時間が六時間を超えるため、ひかり全列車にテーブルで食事ができる食堂車が併設されるようになったのが、小説が書かれる直前の一九七五年三月なのである。

「歌舞伎役者の中でも、この老優は、新しいものに興味を持つ人で、若い時分帝劇にイタリアの歌劇団が来た時に、わざわざタキシードを誂《あつら》えて、着て行ったという逸話があるくらい」（一九六二年「ラスト・シーン」*）、新しもの好きのモダン老人に、さっそく食堂車を使わせたいと作者は考えたのだろう。ところが、こだまには食堂車がないのでビュッフェで我慢させざるを得なくなった。雅楽と竹野《たけの》記者は「二人でビール一本を」飲んでいるが、当時ビュッフェでは瓶ビールがなくグラスで供するはずなので、ここも直さないと本当はいけなかった。削れば済むような些末な点だが、そうやって細部を削るほどに小説は味わいを失ってゆくものだ。今後本編が再録される際にはひかり号に戻すべきだと思う所以である。

なお、「グリーン車の子供」の作中人物たちの努力にも拘わらず、翌年に発表された短編「妹の縁談」によると、雅楽が微妙な役を演るはずだった「盛綱陣屋」は「高松屋《たかまつや》さん（雅楽）が腰が痛いとおっしゃって結局おくら（取り止め）になった」らしい。実際に舞台姿が見られるわけでない読者としても残念な気がする。

さてグリーン車の乗車時間がずいぶん長引いてしまったが、この『楽屋の蟹　中村雅楽と日常の謎』は前集から一転、殺人事件が主体だった初期（一九五八〜六三年）に属する「團十郎切腹事件」を除いて、犯罪を扱わなくなったシリーズ中後期の約六十編かなら精選した傑作集である。作品数が曖昧な言い方になるのは、雅楽が名前しか登場しない「かんざしの紋」（六八年）や、刑事を退職後の江川《えがわ》だけが顔を見せる「灰」（七八年）など、シリーズに含めるかどうか思案される短編が若干あるからだ。これらも漏らさず収録した創元版〈中村雅楽探偵全集〉ながら、徳冨蘆花《とくとみろか》「不如帰《ほととぎす》」など著名文芸作品に戸板氏が新解釈を施した『浪子のハンカチ』（七九年）の、連作八編のうち三編で竹野記者が語り手を務めるのは見送られている。まるごとの復刊を期待したからだそうで、全集の編者日下三蔵《くさかさんぞう》は引き続き、雅楽もの以外を集成した〈戸板康二推理全集〉（仮）を予告していた（二〇〇八年『中村雅楽探偵全集付録』）が、現在のところ実現していない。三編のうち一編なりとも本集で救うことも考えたが、中途半端に復活させるよりも、かつて『浪子のハンカチ』を文庫化していた河出文庫版（一九八八年）での新版が実現するよう新しい読者の支持を待ちたいところだ。

その竹野記者は、戸板氏が暁星《ぎようせい》中学の同級生のイメージと苗字を借用したものだという。ファーストネームのほうはただ一作だけ、長編『第三の演出者』（一九六一年）に体裁上、出す必要があって悠太郎《ゆうたろう》と明かされている。「車引殺人事件（原型版）」を含む演劇雑誌『幕間』別冊「歌舞伎玉手箱」（五一年一月）のカラーセクションを構成担当した際のペンネーム、戸板康二とイニシアルが同じの高島《たかしま》悠太郎から流用したらしい（竹野悠太郎でもT・Yになる）。ワトスン博士がコナン・ドイルの、半七捕物帳を筆録している〝わたし〟が岡本綺堂を投影しているように、竹野も戸板氏の分身にほかならない（氏は新聞記者ではないが、ジャーナリストという点では同じ）。

一九七九年から八〇年にかけて、中村勘三郎*（十七代）の主演によりテレビ朝日の土曜ワイド劇場の枠で「車引殺人事件」「奈落殺人事件」などを原作にTVオリジナルも交えて三本が制作された際は、フルネームを作者も忘れてしまっていたのか竹野伸夫《のぶお》とイニシアルも一致しない名前に替えられていた。まだ若い二枚目だった近藤正臣《こんどうまさおみ》が扮したが、戸板氏は「こっちも若返ったような気がして、うれしかった」（講談社文庫版『團十郎切腹事件』後記）と述べていたものだ。だが小説のほうでは、初期には竹野を分身にしていた作者が、このころには雅楽のほうに同化してきた印象があり、作風の推移もそれと無縁ではない。

「楽屋の蟹」**（『別冊小説新潮』一九七八年四月号）に登場する、雅楽のお気に入りである歌舞伎座のクローク檜垣《ひがき》嬢も戸板氏自身のお気に入りとして造型されたものだろう。そのプロトタイプは「＊松王丸変死事件」（五九年）に出てくる市来《いちき》たか女ではないか。「ぼくの小説の中で、最も力をこめて美しく描写された人物」（立風書房版『團十郎切腹事件』作品ノート）というそのキャラクターを要約すれば知的で清楚かつ、そこはかとなく色香を漂わせる風情で、そういった女性は以後も何人か活躍するが、シリーズ最後期、演劇雑誌のために雅楽から芸談の聞き書きをする関寺真知子《せきでらまちこ》が最終形態と言える。最後の雅楽推理手帖『家元の女弟子』（九〇年、文藝春秋）は、彼女との出会いから別れまでを描く雅楽の老いらくのロマンス連作とも読めるが、本集には『オール讀物』以外に発表されて連関の弱い「＊＊一日がわり」（『小説宝石』八七年九月号）を採った。初期短編「ラッキー・シート」（六一年）に似た着想が使われている。ところで「楽屋の蟹」で、雅楽のライバル役者だった市川高蔵《いちかわたかぞう》が檜垣という苗字にあまり反応しないのは、彼女の母親の婚家の苗字だからだろうか。

閑話休題。収録のほかの短編についても書いておかなければならない。

フランチャイズだった『宝石』が一九六四年五月号を最後に休刊したあと、中村雅楽の出番は一時期激減しているが、コナン・ドイルがシャーロック・ホームズを嫌ったのと違い、作者に見限られたわけではない。短編の依頼があっても、雅楽もの以外をと注文された時期があったという。歌舞伎を知らない読者に敬遠されるのを憚《はばか》ったからしい。「しかし、私も三度に一度は、雅楽ものにしてもらっていたが、『グリーン車の子供』が推理作家協会で推薦されたあとは、もっぱら『雅楽でどうぞ』ということになった」（八七年「乱歩さんと私」、講談社版江戸川乱歩推理文庫16）

「グリーン車の子供」に先立つ雅楽の再始動は七〇年代から本格化するが、「句会の短冊」（一九七一年）は犯人当て小説という注文を意識しすぎて、貴重な短冊を盗んだ容疑者の名前が、阿波小路《あわのこうじ》・馬場《ばば》・千葉《ちば》……とABC順で、覚えやすいのはいいがパズル感が強くて小説的なふくらみに欠けるようだ。「虎の巻紛失」**（『別冊小説宝石』七二年十一月）のほうが、第九節を解答編とする犯人当て形式なのは同じでも、問題編と関係なく冒頭で、初期の「等々力座殺人事件」*への言及があって雅楽の推理力を軽く紹介するなど、名探偵復活を告げる余裕を感じさせる。ちなみに、雅楽の好きな金沢の名物菓子というのは、森八《もりはち》の長生殿《ちょうせいでん》だろう。

「目黒の狂女」**（『別冊文藝春秋』一九七六年十二月）は、七一年の暮に佐藤オリエが出演する芝居のビラを本人が街頭で配っているのを受け取った経験および、エッセイ「狂女」（六八年、『夜ふけのカルタ』所収）で語られている、目黒駅前で和服姿の異様な女性からカーネーションを押しつけられた話とがヒントになっているらしい。短編集『グリーン車の子供』（七六年、徳間書店）から六年ぶりに刊行された雅楽作品集『目黒の狂女』（八二年、講談社）の表題作となったが、そのあとがきに「雅楽登場の小説は、まだこれからも、楽しみにこしらえて行くつもりである」と書かれている。「こしらえる」とは戸板氏のよく遣う言い回しだが、初期のトリックをあくせく工夫しなければならない焦りから解放されて、日常の何気ない出来事をじっくり何年も温めていたのが窺われる。

「コロンボという犬」**（『小説現代』一九八一年十一月号）と「弁当の照焼」**（『小説現代』八三年八月号）は、歌舞伎を知らないからと尻込みする読者にも興味をもってもらえそうなトピックのある短編を選んでみた。「むかしの弟子」**（『小説宝石』九一年六月号）は著者急逝の二年前で、亡くなるまで旺盛に執筆活動は続けていたものの、これが最後の雅楽登場作品になってもよいとの気構えがあったようにも思われる。本集に「元天才少女」**（『小説推理』七八年十一月号）と「芸養子」**（『小説現代』八二年六月号）を収めたのは、雅楽最後の事件を十二分に楽しんでいただく伏線の意味も込めた。特に後者では、芸養子という概念を学んでもらいたい。

　雅楽のキャラクターがまだ固まっていなかった第一作「車引殺人事件」では、雅楽に孫がいることになっている。だが「写真の若武者」（一九八四年）で竹野は、雅楽に孫がいるという噂に仰天していた。「…私は、雅楽夫妻が、金婚式をとうの昔に過ぎた生活のあいだに、子を作らなかったのを知っている。子供のない雅楽に、孫が存在するはずがない」

実はシリーズを通して読むと、もっと大きな矛盾があることに気づくのだが、今はそれには触れないでおく。「むかしの弟子」では、子供のいない雅楽に孫芸養子とでも呼ぶべき存在ができて、晩年の大きな生き甲斐を得ると予想される。本集一冊だけでも雅楽に親しんできた読者は、読み終わってしみじみ主人公とともに幸せを感じるに違いない。戸板康二のエッセイ集の一つ（一九九〇年、三月書房）に倣って、「みごとな幕切れ」というほかないのである。

出典一覧

團十郎切腹事件　『團十郎切腹事件』河出書房新社　一九六〇年

虎の巻紛失　『グリーン車の子供』トクマ・ノベルス　一九七六年

グリーン車の子供　『グリーン車の子供』トクマ・ノベルス　一九七六年
（『小説宝石』一九七五年十月号を参照して修正）

目黒の狂女　『目黒の狂女』講談社　一九八二年

楽屋の蟹　『目黒の狂女』講談社　一九八二年

元天才少女　『劇場の迷子』創元推理文庫　二〇〇七年

コロンボという犬　『目黒の狂女』講談社　一九八二年

芸養子　『淀君の謎』講談社　一九八三年

弁当の照焼　『劇場の迷子』講談社　一九八五年

一日がわり　『家元の女弟子』文藝春秋　一九九〇年

むかしの弟子　『劇場の迷子』創元推理文庫　二〇〇七年

老優中村雅楽　『日本推理小説大系』第10巻月報　東都書房　一九六〇年

本書は河出文庫オリジナルです。本文中、今日では差別表現につながりかねない表現がありますが、作品が書かれた時代背景と作品の価値をかんがみ、そのままとしました。

楽屋《がくや》の蟹《かに》
中村雅《なかむらが》楽《らく》と日常《にちじょう》の謎《なぞ》

二〇二四年 一 月一〇日　初版印刷
二〇二四年 一 月二〇日　初版発行

著　者　戸《と》板康二《いたやすじ》
編　者　新保《しんぼ》博久《ひろひさ》
発行者　小野寺優
発行所　株式会社河出書房新社
〒一五一-〇〇五一
東京都渋谷区千駄ヶ谷二-三二-二
電話〇三-三四〇四-八六一一（編集）
〇三-三四〇四-一二〇一（営業）
https://www.kawade.co.jp/

ロゴ・表紙デザイン　粟津潔
本文フォーマット　佐々木暁
本文組版　株式会社創都
印刷・製本　ＴＯＰＰＡＮ株式会社

Printed in Japan　ISBN978-4-309-42077-6

横溝正史が選ぶ日本の名探偵　戦前ミステリー篇

横溝正史〔編〕　41895-7

ミステリー界の大家・横溝正史が選んだ、日本の名探偵が活躍する短篇９篇を収めたミステリー入門にも最適のアンソロジー【戦前篇】。探偵イラスト＆人物紹介つき。

横溝正史が選ぶ日本の名探偵　戦後ミステリー篇

横溝正史〔編〕　41896-4

ミステリー界の大家・横溝正史が選んだ、日本の名探偵が活躍する短篇10篇を収めたミステリー入門にも最適のアンソロジー【戦後篇】。探偵イラスト＆人物紹介つき。

サンタクロースの贈物

新保博久〔編〕　46748-1

クリスマスを舞台にした国内外のミステリー13篇を収めた傑作アンソロジー。ドイル、クリスティ、シムノン、Ｅ・クイーン……世界の名探偵を１冊で楽しめる最高のクリスマスプレゼント。

カチカチ山殺人事件

伴野朗／都筑道夫／戸川昌子／高木彬光／井沢元彦／佐野洋／斎藤栄　41790-5

カチカチ山、猿かに合戦、舌きり雀、かぐや姫……日本人なら誰もが知っている昔ばなしから生まれた傑作ミステリーアンソロジー。日本の昔ばなしの持つ「怖さ」をあぶり出す７篇を収録。

ハーメルンの笛吹きと完全犯罪

仁木悦子／角田喜久雄／石川喬司／鮎川哲也／赤川次郎／小泉喜美子／結城昌治 他　41789-9

白雪姫、ハーメルンの笛吹き、みにくいアヒルの子……誰もが知っている世界の童話や伝説から生まれた傑作ミステリーアンソロジー。昔ばなしが呼び覚ます残酷な罠！　８篇を収録。

文豪たちの妙な話

山前譲〔編〕　41872-8

夏目漱石、森鷗外、芥川龍之介など日本文学史に名を残す10人の文豪が書いた「妙な話」を集めたアンソロジー。犯罪心理など「人間の心の不思議」にフォーカスした異色のミステリー10篇。

復讐　三島由紀夫×ミステリ

三島由紀夫　41889-6

「サーカス」「復讐」「博覧会」「美神」「月澹荘綺譚」「孔雀」など、三島由紀夫の数ある短編の中から選び抜かれた、最もミステリアスな傑作12篇。『文豪ミステリ傑作選　三島由紀夫集』を改題復刊。

生きてしまった　太宰治×ミステリ

太宰治　41890-2

人間が生まれながらに持つ「原罪」とは何か？　生と死の狭間で揺れ動く人々を描いたミステリアスな傑作15篇。『文豪ミステリ傑作選　太宰治集』を改題復刊。

『吾輩は猫である』殺人事件

奥泉光　41447-8

あの「猫」は生きていた?!　吾輩、ホームズ、ワトソン……苦沙弥先生殺害の謎を解くために猫たちの冒険が始まる。おなじみの迷亭、寒月、東風、さらには宿敵バスカビル家の狗も登場。超弩級ミステリー。

アリス殺人事件

有栖川有栖／宮部みゆき／篠田真由美／柄刀一／山口雅也／北原尚彦　41455-3

「不思議の国のアリス」「鏡の国のアリス」をテーマに、現代ミステリーの名手６人が紡ぎだした、あの名探偵も活躍する事件の数々……！　アリスへの愛がたっぷりつまった、珠玉の謎解きをあなたに。

復員殺人事件

坂口安吾　41702-8

昭和二十二年、倉田家に異様な復員兵が帰還した。その翌晩、殺人事件が。五年前の轢死事件との関連は？　その後の殺人事件は？　名匠・高木彬光が書き継いだ、『不連続殺人事件』に匹敵する推理長篇。

黒死館殺人事件

小栗虫太郎　40905-4

黒死館を襲った血腥い連続殺人事件の謎に、刑事弁護士法水麟太郎がエンサイクロペディックな学識を駆使して挑む。本邦三大ミステリの一つ、悪魔学と神秘科学の一大ペダントリー。

帰去来殺人事件

山田風太郎　日下三蔵〔編〕　41937-4

驚嘆のトリックでミステリ史上に輝く「帰去来殺人事件」をはじめ、「チンプン館の殺人」「西条家の通り魔」「怪盗七面相」など名探偵・荊木歓喜が活躍する傑作短篇８篇を収録。

十三角関係

山田風太郎　41902-2

娼館のマダムがバラバラ死体で発見された。夫、従業員、謎のマスクの男ら十二人の誰が彼女を十字架にかけたのか？　酔いどれ医者の名探偵・荊木歓喜が衝撃の真相に迫る、圧巻の長篇ミステリ！

赤い蠟人形

山田風太郎　日下三蔵〔編〕　41865-0

電車火災事故と人気作家の妹の焼身自殺。二つの事件を繋ぐ驚愕の秘密とは。表題作の他「30人の３時間」「新かぐや姫」等、人間の魂の闇が引き起こす地獄を描く傑作短篇集。

黒衣の聖母

山田風太郎　日下三蔵〔編〕　41857-5

「戦禍の凄惨、人間の悲喜劇　山風ミステリはこんなに凄い！」——阿津川辰海氏、脱帽。戦艦で、孤島で、焼け跡で、聖と俗が交錯する。2022年生誕100年、鬼才の原点！

日影丈吉傑作館

日影丈吉　41411-9

幻想、ミステリ、都市小説、台湾植民地もの…と、類い稀なユニークな作風で異彩を放った独自な作家の傑作決定版。「吉備津の釜」「東天紅」「ひこばえ」「泥汽車」など全13篇。

絶対惨酷博覧会

都筑道夫　日下三蔵〔編〕　41819-3

律儀な殺し屋、凄腕の諜報員、歩く死体、不法監禁からの脱出劇、ゆすりの肩がわり屋……小粋で洒落た犯罪小説の数々。入手困難な文庫初収録作品を中心におくる、都筑道夫短篇傑作選。

日本怪談集　奇妙な場所

種村季弘〔編〕　41674-8

妻子の体が半分になって死んでしまう家、尻子玉を奪いあう河童……、日本文学史に残る怪談の中から新旧の傑作だけを選りすぐった怪談アンソロジーが、新装版として復刊！

そこにいるのに

似鳥鶏　41820-9

撮ってはいけない写真、曲がってはいけないＹ字路、見てはいけないＵＲＬ、剝がしてはいけないシール……怖い、でも止められない。本格ミステリ界の旗手による初のホラー短編集。

琉璃玉の耳輪

津原泰水　尾崎翠〔原案〕　41229-0

３人の娘を探して下さい。手掛かりは、琉璃玉の耳輪を嵌めています――女探偵・岡田明子のもとへ迷い込んだ、奇妙な依頼。原案・尾崎翠、小説・津原泰水。幻の探偵小説がついに刊行！

最後のトリック

深水黎一郎　41318-1

ラストに驚愕！　犯人はこの本の《読者全員》！　アイディア料は２億円。スランプ中の作家に、謎の男が「命と引き換えにしても惜しくない」と切実に訴えた、ミステリー界究極のトリックとは⁉

花《はな》窗《まど》玻《は》璃《り》　天使たちの殺意

深水黎一郎　41405-8

仏・ランス大聖堂から男が転落、地上80ｍの塔は密室で警察は自殺と断定。だが半年後、再び死体が！　鍵は教会内の有名なステンドグラス…。これぞミステリー！　『最後のトリック』著者の文庫最新作。

花嫁のさけび

泡坂妻夫　41577-2

映画スター・北岡早馬と再婚し幸福の絶頂にいた伊都子だが、北岡家の面々は謎の死を遂げた先妻・貴緒のことが忘れられない。そんな中殺人が起こり、さらに新たな死体が……傑作ミステリ復刊。

華麗なる誘拐

西村京太郎　41756-1

「日本国民全員を誘拐した。五千億円用意しろ」。犯人の要求を日本政府は拒否し、無差別殺人が始まった——。壮大なスケールで描き出す社会派ミステリーの大傑作が遂に復刊！

ある誘拐

矢月秀作　41821-6

ベテラン刑事・野村は少女誘拐事案の捜査を任された。その手口から、当初は営利目的の稚拙な犯行と思われたが……30億円の身代金誘拐事件、成功率０％の不可能犯罪の行方は⁉

最高の盗難

深水黎一郎　41744-8

時価十数億のストラディヴァリウスが、若き天才ヴァイオリニストのコンサート会場から消えた！　超満員の音楽ホールで起こったあまりに「芸術的」な盗難とは？　ハウダニットの驚くべき傑作を含む３編。

交渉人・遠野麻衣子

五十嵐貴久　41968-8

総合病院で立て籠もり事件が発生。人質は五十人。犯人との交渉のため呼び出されたのは、左遷された遠野麻衣子だった——。ベストセラーとなった傑作サスペンスが大幅改稿の上で、待望の復刊！

交渉人・遠野麻衣子　爆弾魔

五十嵐貴久　41972-5

都内で起きた爆弾テロの犯人は、遠野麻衣子に向けて更なるテロ予告と教祖釈放を要求。必死の交渉が続く中、爆破事件により東京は大混乱に陥る……。『交渉人・爆弾魔』を改題＆大幅改稿した傑作警察小説！

交渉人・遠野麻衣子　籠城

五十嵐貴久　41979-4

喫茶店経営者が客を人質に籠城。自ら通報した犯人はテレビでの生中継を要求する。前代未聞の事態に麻衣子は困惑するが、そこにはある狙いが——。『交渉人・籠城』を改題＆大幅改稿した傑作警察小説！